U0538358

秦嶺記

賈平凹 著

華品文創

秦嶺記

序

韓魯華

一日，賈平凹版本收藏與研究家朱文鑫先生來訪，告知臺灣華品文創出版股份有限公司要出賈平凹長篇小說典藏書系叢書，已與賈平凹溝通過，要我寫個序。雖有些為難，但作為老朋友，還是勉為其難地答應下來。

記得一九九七年，我要寫本研究賈平凹文學創作的著作，與賈平凹在一家醫院裡做訪談，聊到興致處，他說：香港要出本他的作品集，你給咱寫個序吧。我不假思索就拒絕：開玩笑，我能給你寫得了序？他說：需有人寫個序，這是出版方的要求。那時雖還年輕，但也有自知之明。要說給賈平凹寫序，不說全中國，就陝西那麼多大家前輩，怎麼也輪不到我這個剛出道不久的年輕人。可賈平凹卻堅持，也就只好勉為其難。好在那時年輕有股子猛勁，很快就完成了。這便是附於那本作品集前面的導讀。這篇三千來字的導讀，也就成為我後來出版的《精神的映象——賈平凹文學創作論》的一個簡略的綱要。

轉眼幾十年過去了，鄙人也步入古稀之年。六十歲後，深深體會到文章驚恐成的意味。雖然從一九八〇年代初大學畢業就開始追蹤閱讀研究賈平凹，越是閱讀思考就越是困惑疑問叢生，更不敢說已把賈平凹以及當代文學就完全讀懂讀透徹了。所以，這裡只能談點自己閱讀賈平凹的粗淺感受。

在談賈平凹的長篇小說之前，先說句賈平凹的文學創作。說到賈平凹的文學創作，一般學者都以他一九七二年踏入大學校門，在校刊上發表詩作〈相片〉，或者說一九七三年在《群眾藝術》發表革命故事〈一雙襪子〉（有人將此作視為短篇小說，我以為不妥。該作雖有虛構的成分，但創作基本模式是按照當時革命故事模式而寫作的。合作者是賈平凹大學同鄉同學馮有源。）作為起始。近年在對賈平凹文學創作蹤跡實地考察中，發現他一九七〇年在修建苗溝水庫時，有意無意之間，就開始了極有文學意味的寫作。除了那些刊登在工地簡報或牆報上的詩歌或故事外，還有模仿孫犁《白洋淀紀事》寫下的厚厚一本筆記。據看過的朋友講，這本筆記若發表，其藝術感悟力與表現力絕不亞於他早期發表的作品。據此，是否可以說賈平凹的文學創作起始或萌發於一九七〇年的苗溝水庫時呢？當然，這一結論，還需更多材料進行驗證。不管怎麼說，就是從一九七三年發表〈一雙襪子〉算起，到二〇二三年出版長篇小說《河山傳》，賈平凹的文學創作也走過了整整半個世紀。在這半個世紀裡，他以其富有藝術挑戰性、探尋性的創作實績，建構起當代中國文學史上一道獨特的文學景觀。這道獨特的文學景觀的文學史意義，借用李星先生的話說，就是賈平凹作為一位「東方的作家，民族的作家」，他是「以自己的為傳統文化所陶冶了靈與肉的精神與創作，與當代世界作著深層次的對話，」「用自己如椽之筆在為自己所生活的時代命名。」（李星〈賈平凹文學的時代意義〉，原載《陝西日報》二〇一六年十二月二日）還有陳曉明先生十多年前在一篇數萬言的長論中也做過這樣的評價：「現代漢語白話文學歷經百年的風吹雨打，終於成長幾棵大樹，賈平凹無疑傲然在列。不管從數量還是質量，不管是對當代現實的表現，還是對西北地域文化的表現，不管是他筆下眾多鮮活靈動的人物，還是獨具韻味的文學風格，賈平凹都無可爭議是當代最卓越的作家之一。歷經三十多年的創作歷程，他的創作涵蓋了一部當代中國文學變革史，他筆力所及無疑是當代文學抵達的境地，他的困擾與艱難，無疑也是當代中國文學的困境。深入解讀賈平凹的創作，細讀他的作品，也是在解開中國當代文學的地形圖。他身上顯現出來的文學意蘊如此豐厚，匯集的問題、矛盾與啟示是如此之多，以至於我們如果不認真對待賈平凹的創作，就不能腳踏在當代中國漢語言文學的堅實的土地上。」（陳曉明〈穿過「廢都」，帶燈夜行——試論賈平凹的創作歷程〉《東吳學術》二〇一三年第五期）於此，我更想用一種比喻的話語來描述賈平凹的文學創作及其意義：賈平凹的文學創作構成了當代中國文學史上一架富有高品質文學藝術礦藏的山脈。這架山脈通東西而會南北，有聳立入雲的高峰，也有深邃幽靜的山谷。這架山脈不是沉於海底或者谷底，而是存活於高原之上。賈平凹的文學創作，更多的不僅僅是借鑑或者吸納，而是在做著一種會通。他用自己的創作實踐，在致力拉通與中國古代文學、與世界文學的經脈。他是在以自己的文學藝術創造實踐，延續著中華

民族文化思想與文學藝術的精神文脈。（韓魯華、潘靖壬《賈平凹文學創作與研究的整體觀》，小說評論二〇二二年三月）

別的不說，僅就數量而言，據朱文鑫統計，已公開發表出版的作品字數近二〇〇〇萬字，出版作品六〇〇餘種，其中發表散文五三九篇，短篇小說一六七篇，中篇小說三十七部，出版長篇小說二十部，海外作品一三〇餘部（種），獲得不同獎項五十餘次。其作品量之大，在當代中國作家中，實屬屈指可數。

當然，作家文學創作的價值意義，自然是不能僅以數量來衡量的，更重要的是作品藝術品相品位。對此，我不想再做什麼言說，前面所引李星、陳曉明二君與本人的評價，就足以說明問題。在此只想說，賈平凹雖然已過古稀之年，但其文學創作不僅沒有衰退跡象，反而是更加鼎盛，僅長篇小說近十年間就創作了九部。其筆法之老道，思考之深廣，境界之寬闊，已構成當代中國文學創作上一種特有的晚年創作現象，受到評論界的高度關注。這次華品文創出版的長篇小說叢書的四部作品，其中有三部就是近三四年創作的。

賈平凹的文學創作，就文學文體樣式而言，自然首要的是長篇小說。不僅賈平凹如此，當代中國作家基本亦如此。自一九九〇年代後，長篇小說似乎成為確定一位作家在當代中國文學史上地位的一個最為重要的衡量尺度，許多作家都將主要精力放在了長篇小說創作上。自《廢都》之後，賈平凹的文學成就主要體現在長篇小說創作上。這樣說，並非有意弱化或者遮蔽賈平凹其它方面的文學創作實績。就賈平凹的文學創作整體來說，不僅短、中、長篇小說，均有進入當代中國文學史的優秀作品，他的散文創作及其藝術主張，那也是在當代中國文學史上佔有極為重要的一席之地的。

賈平凹的長篇小說創作，起筆於一九八四發表在《文學家》上的〈商州〉，這部「團塊結構」的小說，是賈平凹在大規模行走故鄉商州完成了一連串的中短篇小說、散文之後，於長篇小說創作上的初試牛耳。作品將商州的人文歷史、自然景觀與現實人物故事書寫照應性地組構在一起，在藝術的完成度上坦率講，還不是那麼的完美無缺。隨後的《浮躁》則是在當時文壇獨領風騷的，獲得美國美孚飛馬文學獎。繼之的是《妊娠》。這部稱之為長篇小說的《妊娠》，實際是已發表的多個中短篇小說的集合。之後便是我稱之為當代中國文學之孤本的《廢都》。雖然這部作品獲得法國費米娜文學獎，但其爭論至今也未徹底終止。再之後，《白夜》《土門》《高老莊》《懷念狼》《病相報告》《秦腔》《高興》《古爐》《帶燈》《老生》《極花》《山本》《暫坐》《醬豆》《青蛙》《秦嶺記》《河山傳》，一部接一部地寫到了今天。其中《醬豆》為外文版，《青蛙》屬未刊稿。這樣算來賈平凹已寫出來二十一部長篇小說。這些作品連接起來看，就是當代中國的一部社會生活發展變革史、一部當代人的生存狀態史、一部人情人性史、一部精神文化史。

在賈平凹長篇小說創作歷程中，有幾部具有節點性的作品，這就是《廢都》《秦腔》與《山本》。如果細心閱讀，就會發現，這幾部作品之後，就有一批在敘事藝術相近的作品出現。這也應和著賈平凹每過十年左右，就會在敘事藝術由此大的突破性新開拓。

《廢都》，不僅在賈平凹的文學創作中，就是在當代中國文學創作史上，不管你是喜歡還是厭惡、肯定還是否定，甚至謾罵，都是一部怎麼也繞不過的存在。它就像當代中國文學發展歷程上的一個路碑，客觀地歷史地聳立在那裡。《廢都》昭示著賈平凹文學創作上開拓新的藝術道路。而這在完成《浮躁》之後，他便有了清醒的認知：宏大敘事「這種流行的似乎嚴格的寫實方法對我來講將有些不那麼適宜，甚至大有了那麼一種束縛。」他要進行新的藝術追求：「藝術家最高的目標在於表現他對人間宇宙的感應，發掘最動人的情趣，在存在之上建構他的意象世界。」（賈平凹《浮躁》序言之二，《浮躁》作家出版社二〇〇九年版）

對於《廢都》存在許多誤讀，其中最為重要的一點就是大膽而露骨的性描寫。深層的問題在於對於知識分子消沉乃至墮落與社會現實強有力的揭示，刺痛了許多人的神經。在中國文學史上，有關性描寫的作品，總是極易讓人們從倫理道德層面加以詬病。古代的《金瓶梅》如此，現代的郁達夫的《沉淪》、丁玲的《莎菲女士的日記》如此，到了當代，賈平凹的《廢都》也難逃此命運。就是在國外也有著相似的境遇，比如《查泰萊夫人的情人》的命運。但是，終歸經過時間的沉澱之後，又不得不承認它們的文學藝術價值。對於《廢都》及其解讀，現在人們的心態要比一九九〇年代平和多了，人們的評說，也要客觀冷靜多了。據我所知，甚至當年猛批《廢都》的學者評論家，幾乎都改變了當年的看法。這可能是一種社會的發展進步，也可能是隨著年齡的增長，當年的年輕人都進入老年，心境心態尤其是思想認知等，都發生了變化。

但是，如果僅僅將聚焦點放在性描寫上加以評判《廢都》，那可能與作家的創作初衷，與這部作品的思想藝術成就，相去甚遠。

閱讀《廢都》一定要與當時的社會時代背景與人們的文化精神狀態聯繫起來，也要與賈平凹當年的個體生命情感與生存狀態聯繫起來。中國的改革開放自一九七〇年代末開啟，到了一九八〇—九〇年代之交，進入到更複雜、更深層的歷史轉型期。市場經濟不可避免地迅猛地來到人們的面前，這種社會時代急劇的歷史變革，猶如一個巨浪打來，撕裂了單向價值邏輯所建構起來的美好夢境，讓人們尤其是所謂的菁英知識分子徹底蒙圈了，無以適從。那些被視為知識菁英的人們，從社會的中心地位一下子拋到了社會的邊沿，一時難以找到自己新的現實地位，處於苦悶、尷尬、無奈、無助，而又不甘心的精神狀態。這才有了莊之蝶式的墮落。所展示的世情世態，其內裡蘊含的人性、民族文化的根性以及尤其是知識分子的文化心理結構變異與現實的精神建構，才是需要人們深思的。

剝掉了皇帝的新衣，呈現給世人一個赤裸裸的肉體，又怎麼能不讓樂道皇帝新衣的人們尷尬甚至憤怒呢？

《廢都》之後，賈平凹的長篇小說創作進入到一個持久狀態。在十餘年間，賈平凹的長篇小說創作，依然高度關注世態世情，關注人的尤其是農民的生存狀態與歷史變革中人的精神心理建構，以及在這變革中人性的展示。於文學敘事藝術上，走出了一條自己的在存在之上建構自己的意象世界的日常生活敘事模式，直至《秦腔》，進行了一次總結性的歸結。我將其概括為「生活漫流式」生活敘事。當然，《秦腔》的歸結，是基於此前寫作的《白夜》《土門》《高老莊》《懷念狼》《病相報告》等基礎之上。這些作品，如《高老莊》《懷念狼》等，在藝術創造上，可以說都是可圈可點的。但由於《廢都》之陰影遮蔽，使得這些作品難以展示處應有的光華。還有一點，那就是於整體敘事建構上，採用中國傳統的意象敘事藝術思維方式。由於現實生活敘事的成分濃重，人們往往將在存在之上建構自己的意象世界的整體藝術追求，給忽視掉了。其實直至最新的《河山傳》，依然凸顯著整體性的意象敘事結構。所以，《秦腔》在賈平凹的長篇小說敘事藝術上，具有歸結與開創的意義。在此後的《高興》《古爐》等敘事上，又有著更新的拓展。路子越走越寬廣。

如果說《廢都》以及《白夜》等，明顯的承續了明清世情小說藝術傳統的意味非常濃重，到了《古爐》以及《帶燈》，特別是《山本》，非常明顯的具有著對於漢唐乃至先秦文學敘事傳統承續發展。像《老生》《秦嶺記》等，對於《山海經》空間敘事的承續發展，形成了海風山骨式敘事藝術基調。尤其是《山本》，可以感覺到《三國演義》《水滸傳》等藝術因質的創化。

《秦腔》的出現，為賈平凹重新贏得了新的被眾多論者的讚譽。《秦腔》是賈平凹文學創作上又一次轉折性的作品，也是他新開啟的作品。

這個小說寫了一個名叫清風街的村鎮一年多的生活。這生活是圍繞著幾個層面展開的：清風街社會層面的生活，著筆重點有兩個：一是建農貿市場，與之相對的是在一條山溝裡淤地。前者是現任村支書幹的，後者是原村支書幹的；前者是青年一代，後者是老年一代。二是收繳各種農業費稅，也就是清風街的抗稅事件。其次是家族生活。有兩個大家族，一是夏家，一是白家。著力點在夏家。再次是家庭生活，主要是夏天智家。還有一個情感生活，這主要是夏風、白雪和傻子引生。這些都是表層生活。

深層是鄉村在城市化過程中，所帶給人們的生命情感的無歸宿和精神飄遊以及由此所帶來的困惑、眷戀與挽留嘆息。賈平凹似乎在寫最後的鄉村。這在中國現當代文學中還是少見的。賈平凹的敏銳在於，當一種生活剛剛開始的時候，他就預感到了未來的恐懼。

中間層次是中國正在經歷的鄉村社會及其文化形態的歷史變革與轉型。這是人類生命及其命運在從鄉村走向城市的痛苦、悲憫、恐懼與震撼。有人說上帝創造了鄉村，人類創造了城市，人類正在以自己創造的城市，消失著上帝創造的鄉村。這是悲劇還是喜劇，人類生存環境和歷史文化生態的嚴峻性，就說明了問題。所以，不要只看作品的表層故事。賈平凹經常是設置一些迷魂陣，你一鑽進去就出不來了。他在作品中有時候提出的問題非常尖銳，比如三農問題，這是社會問題，還可能解決，現在中國政府正致力解決三農問題。但他於深層提的問題，人們常常是難以解決的，比如誰能把鄉村消失過程中的戀土情節、生命情感的鬱結問題解決了。大家都知道現代城市文明代表著歷史發展的一種趨向，可就是把這鄉土情結丟不掉。

這是在高速城市化進程中為鄉村尤其是鄉土文化的快速消解乃至消失唱出的一曲挽歌。

在藝術表達上，《秦腔》給人們提出了許多值得思考的問題，比如，長篇小說是否可以不去結構支撐作品的基本情節，而用漫流式的細節連綴，照樣可以把作品支撐起來。這就像用磚或石頭去箍窯洞。一塊一塊的磚，借著粘和與力的作用，形成了個拱形，不要牆的支撐，也不要柱子和梁，常常是借著地勢，與這磚箍的拱形連為一體。建築與自然的地理融為一體，渾然天成。再比如文學不僅僅是一種反映，也不僅僅是一種再現，還是一種還原，一種混沌的呈現式的還原。尤其是如何建立新漢語寫作的問題。賈平凹自二十世紀九十年代開始，致力於新漢語寫作的倡導，但並沒有引起人們的重視。

其間隱含著一個大問題：「五四」以來所建構起來的以西方文學語言為參照系的現代文學語言系統，如何進一步本土化，如何承續被五四割斷了的古代文學語言體系，如何將語言生活原生化。而這語言中又滲透的是民族思維方式和審美情感方式。現代漢語，語音是以北京為核心的北方語音為主，語匯則是建立在現代人的生活及其交流語言基礎之上的，語言的語法建構，也很顯然地受到了西方語言的影響，其思維方式則是帶有明顯的西方現代文化思維方式的特徵。特別是五四時期，歐化傾向十分的明顯。現代漢語中，雖有古語，但無古韻。書面語和生活語言幾乎沒有多少差異。文學創作，其語言是否可以在一定程度上保持古代漢語的更多特性呢？特別是在語言的思維方式上，更突出本民族的思維特徵呢？我們可以將現代現實、歷史小說與武俠小說做一對比，就會發現，武俠小說的語言，雖然形成了套路，但閱讀起來卻更具節奏的韻味，與古漢語的表述方式更接近。再做個比較，大陸的文學語言和臺灣的文學語言相比，臺灣的文學語言則更具漢語言的傳統特徵。賈平凹倡導新漢語寫作，在我看來，他就是想突破現有的現代漢語的寫作模態，而建構起與傳統的漢語對接的新的寫作語言，尤其是在語言的意境創造，思維方式模態建構上，更突出中國傳統的特徵。

從《秦腔》到《山本》，賈平凹的長篇小說創作，就題材而言，現實題材與歷史題材並進，敘事藝術上，在持續日常生活敘事的同時，不斷拓展敘事的藝術視域，特別是對於漢唐以及先秦文學敘事藝術的吸納發展，可以說，每部作品都有著新的思考與藝術探索，其整體思想與藝術的深廣度，達到了一個新的境地。其中，最能給人以心靈震撼的，當屬《古爐》。

不論從何種角度看問題，被評論家王春林稱之為當代中國文學一部「偉大的中國小說」《古爐》，對於賈平凹的文學創作而言，都是一個極為重要的收獲，都是他的文學創作邁向更高藝術境地的一次極為重要的探險。不僅如此，《古爐》在同類小說創作上，是具有超越意義的，其當代中國文學文學史的價值和意義，是不容忽視的。

賈平凹《古爐》這部小說敘述的，是發生在一個名叫古爐村的故事。但作家所敘述的故事的內涵，顯然已經超越了這個小山村地域空間的限定，而在建構著二十世紀中國或者世界的一個歷史故事。也就是說，古爐是作為中國的社會歷史映像而存在的。古爐村是中國村，而這個中國的村子，則是存在於世界的，亦是人類社會發展中，在進入二十世紀後半葉之後，歷史地延展於中國的村莊，以及這個村莊所演繹的文革故事。問題在於，對於這場標以「無產階級文化大革命」——歷史的敘述，作家確實進行了如實的記述——從這場災難的醞釀到發生、發展。但是，作家的深層創作意圖，似乎並不僅僅是對於這場運動本身的描述，而是將筆觸深入到了生活、人性，以及人自身等內在機理。

閱讀《古爐》使人想到德國作家格拉斯的《鐵皮鼓》。這二者雖然所書寫的時代、地域等有著極大的區別，但在對於人類歷史特別是災難性的歷史記憶的反思，具有著相通之處。

這兩部作品都具有著對於曾經發生過的人類歷史災難的深刻反思。這種反思中也隱含著深刻的批判意識與人性叩問內涵。相比較而言，《鐵皮鼓》的反思與批判，顯得更為直截了當，更為犀利，也就更為令人震撼。而《古爐》的反思與批判，顯得要委婉與蘊藉一些。賈平凹這樣做，並非完全出於對於現實的考慮，而是與他對於社會歷史人生命運的思考變化相一致。更為重要的是，他們並不是糾纏於歷史，而是透過歷史刺穿了人性，把思考引向了更為廣袤的人類歷史空間。不論是賈平凹還是格拉斯，他們都有一個共同的寫作訴求，這就是對於本民族文化根性的挖掘，這種挖掘使人感到的不僅是疼痛，還有著沉重的壓抑，凝重的沉思。

到了《山本》，賈平凹似乎在文學敘事做著一次歷史性總結與反思。此後又進到一個短長篇的創作調整期。

其實，在《古爐》《帶燈》《老生》等創作中，已顯露出賈平凹在藝術探索的拓展。《山本》的寫作是富有野心的，賈平凹要給秦嶺立傳。他以《秦腔》為故鄉立了個碑，《山本》是要為他擴大了的故鄉秦嶺立碑的。他是在挑戰自己，也是在挑戰已有的歷史敘事乃至當代文學敘事的規約性。把《山本》放在賈平凹整個文學敘事中來看，也應當說是他具有歷史性總結與反思的大作品。如果說《廢都》是賈平凹生命被撕裂後的存真：一代知識分子精神與社會世相的剖析，那《山本》可能是賈平凹生命沉積的歷史存照：一頭老牛反芻胃中沉積一個世紀的原食物。從文學敘事角度看，就如陳曉明先生所說《秦腔》標示著「鄉土敘事的終結和開啟」，（陳曉明：〈鄉土敘事的終結和開啟——賈平凹的《秦腔》預示的新世紀的美學意義〉，《文藝爭鳴》，二〇〇五年第六期。）那《山本》呢？在筆者看來，它是在終結以往歷史敘事，尤其是革命歷史敘事。因為它完全超越了既往歷史觀念形態，不僅從人及其人類歷史來審視那段歷史，也不僅僅是從佛或上帝的目光在看。於此，他似乎是以天地神人相融會的視域在看。

過去的歷史敘事包括《李自成》以及後來的現代革命歷史敘事《保衛延安》、《青春之歌》、《紅日》、《林海雪原》等等，都是以一種非常態歷史時期所形成的思想觀念思維方式來看待歷史生活，或者以非常態的眼光在敘寫非常態的歷史。擴而大之，以非常態歷史時代所形成的思想觀念、藝術思維，來敘寫常態的或曰和平年代的歷史生活。《山本》將非常態的歷史生活當作一種歷史常態生活加以敘寫。也就是從常態的歷史視野審視非常態的歷史，或者說，它是將非常態的歷史納入歷史常態視域進行審視，這是一種後歷史敘事解構之後的另一種建構。換句話說，就是賈平凹解構之後所重構的秦嶺上世紀二三十年代的歷史。這個歷史是經過作家生命情感體驗之後所建構的歷史。它不是看山是山的歷史，而是看山還是山的歷史，是入得金木水火土五行之內，而又出乎金木水火土之外的歷史。

從文學的歷史敘事角度來說，《山本》表明：歷史原本是生活的自然流淌，歷史的原本意義就是人的意義，而人的意義則又是大自然的意義。當然，這歷史首先是中國的現代歷史，這生活也自然是以秦嶺為喻體的中國人的生活，因而，所表達的歷史的人的意義，也就首先是中國人的意義，而這人所融入的自然的意義也就是中國人於秦嶺即自然中演化的意義。這就像繞口令似的表述，其實其內裡依然蘊含著《山本》文學敘事基本的藝術思維方式，包含著審視秦嶺及其於秦嶺中所演化的人事與世事的綜合視域。《山本》的敘事，是在超越了以往的社會政治視角，以及社會歷史、人生命等視角，以天地神人綜合的視角在重新審視過往的歷史。

將這部作品與《老生》與《秦嶺記》等結合起來進行互文式閱讀，更能窺探出賈平凹在思想藝術上思考。

六十歲後，賈平凹的文學創作心態更加沉穩釋然坦然，但創作生命力卻是超乎意料的旺盛。這是一二年間，計有《帶燈》（完稿二〇一二，出版二〇一三）《老生》（完稿、出版二〇一四）

《極花》（完稿二〇一五，出版二〇一六）《山本》（完稿二〇一七，出版二〇一八）《暫坐》（完稿二〇一九，出版二〇二〇）《醬豆》（二〇二〇年三月完稿）與《青蛙》（二〇二一年二月完稿）《秦嶺記》（完稿二〇二一，出版二〇二二）《河山傳》（完稿、出版二〇二三）。

《暫坐》似有與《廢都》《白夜》相呼應的意味城市敘寫。《暫坐》是一幅別一樣時代的別一樣生命樣態的城市風景，讓人回味起明清搖曳迷麗的世態人情的敘寫，尤其是清末民初的《海上花列傳》等。在對十二位性格各異女性的敘寫中，搖曳著人生況味與感悟的睿智，對社會人生更加的融容、理解與大度。在賈平凹的生命歷程中，有兩個極為重要的生命疼點，一個是文革時父親被打為歷史反革命，從此他成為「狗崽子」，一個是《廢都》給所帶來的災難性的衝擊。《醬豆》就是一部關於《廢都》創作及其出版的書。因此，談論《醬豆》，就需得反顧《廢都》。其實這二者已經構成了一種互文的關係建構。作家的文學創作，要找到並把握自己生命之痛點與社會時代之痛點，將自己的生命痛點與社會歷史時代的痛點相吻合，在寫出自己生命痛點的同時，亦寫出社會時代的痛點。《廢都》便是如此。《醬豆》可看做是賈平凹對於自己生命情感所鬱結的心理情結所做的一種釋解的努力吧。或者，賈平凹試圖對自己這段生命做一個了結交待。在這裡，賈平凹通過文學敘事，也在解剖著自己。魯迅先生曾經說過，他在解剖別人的同時，也在更嚴厲的解剖自己。就此而言，《醬豆》也可以說是一部賈平凹自我解剖的小說。看了《醬豆》之後，隱約之中，覺得賈平凹可能還得寫部以其父被打成歷史反革命為基本素材的作品。果然便有了《青蛙》。賈平凹到了這般年齡，其生命建構要比過去通脫地多了，或者頗有一種看破的味道在裡面。也許正因為有了如此的生命情感的體悟，方才釋然地去記述那段疼痛的歷史記憶了。

《秦嶺記》由主體則與已發表過的附錄一——《太白山記》、附錄二——六篇構成。在這裡，賈平凹打破或者模糊了小說與散文的界限，是一種將二者融為一體的文體，可稱之為筆記體小說。不論起筆還是落筆，開篇還是收章，都是那麼的自然，那麼的慧透，似乎不是作者在敘寫而是上天在不經意間的灑落。似乎不是人在講故事，而是秦嶺自己在演繹自身的故事。一個故事一個故事的敘說，這種空間的展現是那麼的自然流暢——自然的灑落。是一種散點透視中的整體聚合式的敘事結構。

《河山傳》是一部為中國四十餘年改革開放或社會歷史轉型的立傳之作。這傳不是正統史詩性的，而帶有歷史傳奇性，亦可視為中國改革開放歷史傳奇。這一訴求是通過給洗河與羅山這樣的由鄉而城的小人物立傳而實現的。從書寫農民進城角度來看，可將《河山傳》視為《高興》姊妹篇，將兩部作品放在一起閱讀，即可看出中國鄉村與城市的發展變化，高興與洗河兩代進城鄉下人不同的人生命運，也可窺探出賈平凹將城鄉作為整體審視的敘事藝術新拓展。

下面再談幾點賈平凹長篇小說敘事藝術建構的感受。

賈平凹的長篇小說創作，如果從文學地理審美藝術建構來看，可分為鄉村敘事與城市敘事兩大類。作家在進行自己的文學地理建構中，總是首先將藝術創造關注的目光投向自己的出生地與居住地，將出生居住地作為自己文學地理建構基本版圖的原型。同時，作家也如同其他人一樣，連續性或間隔性地行走於不同的地域空間，在行走中不斷地拓展著文學地理的版圖。就賈平凹而言，它的居住主要有兩個地方，一個是故鄉棣花（商州），一個是西安。這就建構起商州——西安基本的文學地理敘事版圖。當然，商州與西安，不是兩個對立的地理區域空間，而是相互關照的地理區域空間。這正如他所說的，從商州看西安，又從西安看商州。在這相互觀看中，敘寫出了商州——西安文學地理版圖的審美藝術空間。

賈平凹是當代中國鄉土敘事的具有代表性的作家之一。他的鄉土寫作，既承續著現代鄉土文學傳統，也吸納著中國古典文學乃至世界文學敘事藝術優良因質。中國現代鄉土文學敘事，形成魯迅與沈從文兩大傳統。在談及這方面時，人們更主要關注的是賈平凹對於沈從文傳統的繼承，其實，賈平凹也承續了魯迅傳統有承續。這從他不斷強調對於民族根性的解析與批判中就可以得到印證。他是將兩大傳統融合在一起，進行發揚光大。

賈平凹從一九八〇年代初期，就開始探索如何走出一條本民族現代文學路子。這既出於對當代乃至現代新文學歷史及現狀的思考，也得益於對於世界文學的閱讀感悟。比如，他在閱讀川端康成之後，就感悟到：「沒有民族特色的文學是站不起的文學，沒有相通於世界的思想意識的文學同樣是站不起的文學。用民族傳統的美表現現代人的意識、心境、認識世界的見解，所以，川端康成成功了」（賈平凹《靜虛村散葉》，第一一八頁，陝西人民教育出版社一九九〇年版。）

自此，賈平凹包括長篇小說在內的文學敘寫，一直都在探索著用中國的審美藝術方式講述中國的故事。在本土化、民族化的文學藝術敘事中，尋求在與世界文學對話中共構。正因為如此，他的長篇小說創作，在關注當代中，一方面伸向中國古代文學傳統，一方面放眼世界文學及其發展。他是在全球化的語境下，於回歸民族本體的文化思想與文學藝術建構中，探尋著中國現代文學在世界文學建構中自我確認的途徑。

對於賈平凹的文學敘事，我一直強調其對於中國古典文化與文學藝術精神的繼承與發展的問題。就賈平凹的文學敘事藝術思維而言，於整體上來說，是一種意象思維模態建構。這種整體意象敘事建構，不僅追求其象徵性、隱喻性等，而且在敘事把握上特別強調整體性、流觀性、模糊性、散點透視性等等。這也就是說，賈平凹的文學敘事，一方面追求作品的這種整體意象藝術建構，非常重視敘事結構的整體性、茫然性、意象性。在這裡，也就表現出他意象敘事思維的另外一個突出特點，那就是整體性把握。這種整體性藝術思維，給他文學創作的具體敘事，帶來了一種新的變化，同時也使得其敘事與其意象建構更為渾然一體。

以上僅是本人對於賈平凹長篇小說創作的粗淺認識，全做拋磚引玉之用。究竟這些作品寫得如何，相信讀者在閱讀了作品之後，會做出自己的判斷。

希望臺灣的讀者能夠喜歡賈平凹的小說，讀出自己心目中的賈平凹來。

是以為序。

二〇二四年五月　西安

目錄

秦嶺記

一

中國多山，崑崙為山祖，寄居著天上之神。玉皇、王母、太上、祝融、風姨、雷伯以及百獸精怪，萬花仙子，諸神充滿了，每到春夏秋冬的初日，都要到海裡去沐浴。時海動七天。經過的路為大地之脊，那就是秦嶺。

秦嶺裡有一條倒流河。河都是由西往東流，倒流河卻是從竺岳發源，逆向朝西，至白烏山下轉折入銀花河再往東去。山為空間，水為時間。倒流河晝夜逝著，水量並不大，天氣晴朗時，河逐溝而流，溝裡多石，多坎，水觸及泛白，綻放如牡丹或滾雪。若是風雨陰暗，最容易暴發洪澇，那卻是驚濤拍岸，沿途地毀屋塌，群巒眾壑之間大水走泥，被稱之過山河。

白烏山是一塊整石形成，山上生長兩種樹，一種是楷樹，一種是模樹。樹間有一小廟。廟裡的寬性和尚每年都逆河上行到笠岳。參天者多獨木，稱岳者無雙峰。這和尚一直嚮往著能再建一個小廟在笠岳之巔，但二十年裡並未籌得一磚一椽。只是笠岳東崖上有窟，每次他來，窟裡就出水，水在崖下聚成了池子才止。窟很深，兩邊的壁上有水侵蝕的蟲紋，排列有序，如同文字，又不是文字。和尚要在窟裡閉關四十九天。

倒流河沿岸是有著村莊，每個村莊七八戶人家，村莊與村莊相距也就二三十里。但其中有一個人口眾多的鎮子，字面上是夜鎮，鎮上人都姓夜，姓夜不宜發「爺」音，所以叫黑。黑鎮是和尚經過時要歇幾天的地方，多在那裡化緣。

逆河上行，早期裡都沿著河灘，河水拐道或逢著山灣，可以從河中的列石上來回，一會兒在河南，一會兒在河北。河裡漲了水，只能去崖畔尋路，崖畔上滿是開了花的荊棘叢，常會遇到豺狼，褐色的蛇，還有鬼在什麼地方哭。最艱難的是走七里峽，峽谷裡一盡煙灰色，樹是黑的，樹上的藤蘿苔蘚也是黑的。而時不時見到水晶蘭，這種「冥花」如幽靈一般，通體雪白透亮，一遇到人，立即萎縮，迅速化一攤水消失。飯時沒有趕到村莊就得挨餓，去採拳芽，摘五倍子，挖老鴰蒜，老鴰蒜吃了頭暈，嘴裡有白沫。每次跟隨著和尚的有十多人，行至途中，大多身上衣衫被荊棘牽掛，襤褸敗絮，又食不果腹，胃疼作酸，或怕狼駭鬼，便陸續離開，總是剩下一個叫黑順的。

黑順是夜鎮人，性格頑拗，自跟著郎中的爹學得一些接骨術後就不再聽話，爹讓他往東他偏往西，爹說那就往西，他卻又往東。爹死時知道他逆反，說：我死了你把我埋在河灘。黑順想，十多年不聽爹的話，最後一次就順從爹吧，把爹真的埋在了河灘。一場洪澇，爹的墳被沖沒了。他幡然醒悟，在河灘啼哭的時候，遇見了和尚，從此廝跟了和尚。

兩人逆行，曾多少次，路上有背袱荷擔順河而下的人，都是嫌上游苦寒，要往山下安家。順溝逃竄的還有野豬、羚牛、獐子、岩羊和狐子。唯有一隊黃蟻始終在他們前面，逶迤四五丈長，如一根長繩。到了竺岳，岳上樹木盡半人高，倔枝扭節，如是盆景，在風中發響銅音。東崖的窟裡出水，崖下形成了一池，一隻白嘴紅尾鳥往復在池面上，將飄落的樹葉一一銜走。黑順問：這是什麼鳥？和尚說：淨水雉。黑順說了一句：今黑裡做夢，我也做淨水雉。和尚卻看著放在腳旁的藤杖，覺得是條蛇，定睛再看，藤杖還是藤杖。

和尚到窟裡閉關了，四十九天裡不再吃喝，也不出來。黑順除了剜野菜、採蘑菇，生火燒毛栗子，大部分時間就守在窟外。

一日黃昏，黑順採了蕨根歸來，窟口的草叢中臥著一隻花斑豹。有佛就有魔。他大聲叫喊，用木棒擊打石頭。花斑豹看著他，並沒有動，鼻臉上趴滿了蒼蠅和蚊蟲，過了一會兒，站起來，就走了。所有寺廟大門的兩側都塑有護法的天王，那花斑豹不是魔，是保衛窟洞的。黑順一時迷糊，弄不清了花斑豹是自己還是自己就是了花斑豹。就坐在窟外捏瓷瓶。瓷瓶是打碎了裝在一隻口袋的稻皮子裡，他手伸在稻皮子裡拼接瓷片，然後捧出一個拼接完整的瓷瓶。這是爹教給他接骨的技術訓練，他再一次把拼接好的瓷瓶搗碎，攪在稻皮子裡，又雙手在稻皮子裡拼接。

黑順的接骨術已經是很精妙了，跟和尚再往笁岳，所經村莊，只瞅視人的胳膊腿。凡是跌打損傷，行動不便的，就主動診治，聲明不收分文，能供他師徒吃一頓飯或住一宿就是。和尚在給人家講經的時候，他坐在柴棚裡喝酒，得意起來，失聲大笑，酒從口鼻裡都噴出來。

一九八八年，倒流河沒有發洪水，卻颳了兩個月熱風，沿途的竹子全開花。竹子一開花便死去，這是凶歲。隨後山林起火，山上的人更多地順河去逃難，群鳥驚飛，眾獸奔竄。和尚和黑順行至夜鎮，和尚圓寂在那裡。黑順背著和尚依然到了笁岳，放置在崖窟裡。崖窟從此再沒有出水，但和尚屍體在窟裡並不腐敗。第二年黑順依舊來笁岳看望和尚，和尚還端坐窟裡，身上有螞蟻、濕濕蟲爬動，而全身肌肉緊致，面部如初，按之有彈性。

消息傳開，不時有人來笁岳瞧稀奇，議論和尚是高僧，修得了金剛不壞身。不久，民眾籌資，在窟口修築了一座小廟，稱之為窟寺。
黑順想著自己跟隨和尚多年，又到處行醫，救死扶傷，也該功德圓滿，便在窟寺下的舊池址上放置一木箱，他坐進去，讓人把木箱釘死，說：半年後把我放在師父身邊。
半年後，有人上竺岳，卻見木箱腐爛，黑順已是一堆白骨。

二

山外的城市日益擴張，便催生了許多從秦嶺裡購移奇花異木的產業。有個藍老闆先是在紅崖峪發現了野生蘭，著人挖了上萬株，再往六十里外的喂子坪去探尋。喂子坪是峪瑙的一個村子，幾十戶人家，時近傍晚，四山圍合，暮霧陰暗，並沒有家家煙囪冒煙，也聽不到雞鳴狗吠。進了巷道，見不到牛糞，亂磚蹋腳，兩邊的院門多掛了鎖。隨便趴在一家門縫往裡看，院子裡滿是荒草，上房和廂房有倒了牆的，坍了簷的。但村子裡竟還有數棵古銀杏。出了巷子，是一塊打麥場，幾座麥草垛已經發黑，碌碡上卻生了苔蘚。再往北去，眼前陡然一亮，一戶人家院外的古銀杏合抱粗，三丈高，一樹的葉子全都黃了，密密匝匝，鼓鼓湧湧，在微風裡翻動閃爍，而樹下的落葉也一尺多厚，如是一堆金子耀眼。藍老闆從來沒見過這麼好的銀杏，看那人家，院門開著，正有三隻四隻什麼小獸跑了進去，而落葉邊一頭豬在那裡拱地。雞往後刨，豬往前拱，它在土裡並沒有拱出能吃的草根，嘴卻吧唧吧唧響。藍老闆說：若能買得這銀杏，你叫一聲。豬果然哼了一聲。藍老闆歡喜了，又說：再能叫一聲，我就買定了。豬又哼了一聲。連續問了三下，豬哼了三下，藍老闆搓了個指響，也就進了院子。

院子不大，堆放了一摞豆禾稈、一筐籃新拔來的蘿蔔，一個捶布石和三隻小板凳。上房掛著蓑衣、篩子、鋤頭、槤枷。貓在窗台上洗臉。一隻旱蝸牛從牆上爬過時叭地掉下來，沒有碎，翻過身又往牆上爬。而捶布石後的一張草簾子上躺著一個人，並沒有見到跑進來的小獸。藍老闆覺得奇怪，便叫那草簾上的人問話。喂，喂，你醒著嗎？他感覺那人是沒有睡著，卻不吭聲。裝睡的人是叫不醒的，藍老闆就坐在小板凳上吃煙，等著那人自己醒來。小板凳咯吱吱響，以為卯鬆，低頭看著，板凳腿濕漉漉的，還帶著泥。藍老闆突然間腦子嗡嗡的，一片雲霧飄落下來，發覺到這個板凳便是進來的一隻小獸。再看那人，那人枯瘦乾癟，就是一塊樹根呀。還有，捶布石成了山龜，門邊掛著的篩子成了貓頭鷹，蓑衣成了刺蝟。頓時驚駭不已，奪門要出時，門裡進來一個老頭，身上腰帶鬆著，一頭落在腳後。老頭說：你來啦！說話的口氣和藹，藍老闆定住了神，呼吸慢慢平穩，回頭看睡著的那人就是那人，板凳是板凳，捶布石是捶布石，掛著的依然是篩子和蓑衣，自言自語，是自己眼睛花了。

還都站在院門口，相互問候了，藍老闆說明來意，老頭說：這銀杏樹不賣的。來過幾撥人要買的，不賣。藍老闆說：我給你出高價。老頭說：多高的價，一百萬？藍老闆說：你老說笑話吧。老頭說：這是古樹，八百年啦！藍老闆說：再古的樹也是樹麼。草簾子上的人翻了個身，還在睡著。

價錢談不攏，藍老闆並沒有離開喂子坪，住到了村東口另一戶人家裡。那房東長了個噘嘴，在火塘裡生火給藍老闆烤土豆，不停地吹火外，就是話多，說村裡的陳年往事，唾沫星子亂濺。藍老闆也就知道了以前的村人多以打獵為生，而這幾十年，山林裡的野豬、岩羊、獾和果子狸越來越少，好多年輕人又去山外的城市裡打工，村子就敗落了，日子很窮，留下的人只種些莊稼，再以挖藥維持生活。到了半夜，喂子坪颳大風，雨如瓢潑，屋外不斷傳來怪聲。房東說：你把窗子關了。藍老闆起身關窗，窗子是兩扇木板，一扇上貼著鍾馗像，一扇上也貼著鍾馗像，他瞧見對面人家後簷下影影綽綽地有人，招呼能過來烤火。房東說：甭叫，它們也不能到火邊來的。說完微笑，又低頭吹火，火苗上來燎了頭髮。

連著去和老頭談了三天，銀杏樹價錢終於談妥。藍老闆出錢請村人來挖樹，人也只是五個人，兩個還是婦女。再要出錢讓他們把樹抬出峪，已經不可能，房東說我再給你尋吧，不知從什麼地方就找來了十人。這十人倒壯實，但全說土話，藍老闆聽不清楚。銀杏樹抬出十里，他們說這樹是死人呀：死人越抬越重的。要求加錢。藍老闆應允了，各給了十元。抬到二十里地的溪口，他們歇下來要洗一洗，卻嚷嚷腳手髒了用水洗，水髒了用什麼洗？不願意抬了。藍老闆咬咬牙：給就給多些，十五元！但他身上只有二十元的票子，給每個人的時候，讓他們退回五元。銀杏樹繼續往峪外抬，還不到五里，路往坡上去，是抬著費勁，他們還要加錢。藍老闆就躁了，說：我這是把蘿蔔價弄成肉價啊！雙方爭吵，他們兇起來，把銀杏樹從坡上掀去了溝底，一聲喊，逃之夭夭。

藍老闆獨自返回城市，又氣又饑，去飯館吃飯，掏出錢了，才發現那些人退回的錢全是冥票，一下子癱坐在飯店門口，而街道上熙熙攘攘，車水馬龍。他癡眼看著，看出那麼高的樓都是秦嶺裡的山，只是空的，空空山。那些呼嘯而來呼嘯而去的車輛，都是秦嶺裡的野獸跑出來變的。而茫茫人群裡哪些是城市居民，哪些是從秦嶺來打工的，但三分之一是人，三分之一是非人，三分之一是人還是非人，全穿得嚴實看不明白。

藍老闆一陣噁心，嘔吐了幾口，被飯店的服務員趕了出去。

三

從倉荊到馬池關三百里的古道上，有個廣貨鎮，過去和現在一直都是秦嶺東南區域的物資集散地，每天老幼雜遝，摩肩接踵，出出進進著幾萬人。鎮街也講究，橫著兩條，豎著兩條，形成井字狀，而每個十字路口，除了商店、銀行、酒樓、客棧外，分別還建有佛廟、道觀、清真寺、天主教堂，以及依然在沿用的大大小小騾馬、鹽茶、藥材、瓷器、糧油、布帛的幫會館。你真的搞不清那麼多人都是從什麼地方集聚來的，又將要分散到什麼地方去。該是怎樣的神奇呀，這鎮街的前世今生能如此的繁榮！

在眾多的幫會館裡，竟有了一家魔術館。

館主姓魚，魚是鎮上的獨姓，他的先人在明代犯官事逃至這裡就以耍魔術為生，到了十四世魚化騰，術業熾盛，聲名遠播。館地挺長，分兩進院，後院樓閣亭台的為家人居住，前院的大場子青磚鋪地，有戲台子，雕梁畫棟，四邊廂廊，峻桷層榱。魚化騰每每演出，場子裡人頭攢湧，他神出鬼沒，變幻無窮。能從空中抓來一繩，繩在地上斷為三截，又自接了，直立行走。能口裡吐一股煙，煙變成雲，雲變成紙，將紙揉著揉著又飛出一隻鴿子。能將自己身子移位，甚至把頭顱突然滾落，捧在手中。能讓空盆子倒出水。能手一指，一隻雞蛋就進入封閉的玻璃瓶中。能穿壁。能隱身。能吹動紙屑，紙屑變為花朵，把整個台子都鋪一層。能持竿在人群裡釣魚，魚活蹦亂跳。能在褲襠裡抓蛇，連抓七條蛇。能將自己變成一張照片貼在了牆上，再從照片裡走出來。

魚化騰的魔術不可思議，人們就疑惑他不是人，本身是魔。魚化騰也不辯解，說：我之所以把魔術館建在佛廟旁，就是讓你們見佛見魔。還又說：我就是魔，待一切眾生都成佛了，我也發菩提心。

像一件物品看多了正面就要看背面一樣，魚化騰的魔術既然是魔術，人們都希望能知道真相。魚化騰滿足了人們的好奇心，開始表演時，每完成一個魔術就揭秘這個魔術。他在表演換臉，把四個女孩引上台，四個女孩各是各的長相，然後一聲響，台上騰起白霧，四個女孩開始穿過一道黑色的布幕。第一個女孩出來，巴掌臉、大眼睛、鼻梁高挺。第二個女孩出來如第一個面貌一樣。第三個出來和第二個面貌一樣。第四個出來和第三個面貌一樣。四個女孩一模一樣啊，滿場子人都傻了。魚化騰這才消散白霧，扯開黑色布幕，那裡藏著先前的四個女孩，他告訴說這是布幕後換了人，四個相貌一樣的女孩是他的外甥女，四胞胎。人們得知了如此這般，哦聲不絕，哄然大笑。台子上的魚化騰繼續在揭秘，他要這四胞胎把如何在黑色布幕後的替換再演示一遍。明明看著四胞胎就站在那裡，又突然一聲響，台子上白霧再起，四胞胎卻瞬間消失了，走出來四隻鴨子，嘎嘎聲叫成一片。魚化騰是在揭秘中再醞釀和形成了一個更大的秘，使人們目瞪口呆，驚駭不已。魚化騰笑著說：真相是永遠沒有真相啊！

魚化騰五十八歲那年的正月十五，夜場表演升浮。在台子上把一手電筒立著打開，一道光柱豎在空中，他就爬光柱而上。上到兩米處，給觀眾抬手，突然頭一歪跌下來。他跌下來趴在那裡不動彈，手電光還照著。人們以為他這又是揭秘。二十分鐘後，他仍不動彈。有人覺得不對，上台子去看，他一隻手伸在口袋僵硬，雙目翻白，往起扶的時候，從口袋裡掉出一瓶救心丸，人已經死了。

四

從西固山出發，公路一直在半山腰上逶迤，經過木王埡、雲仙台、四方坪、洪渠梁，到花瓶子寨，山勢險峻，谷峽深邃。二十世紀九十年代末，一輛吉普在觀音崖側翻，跌落崖下的萬丈深淵。因為不知道開車的是誰，從哪裡開來的，要到哪兒去，而深淵裡又無法打撈，就不了了之。

三個月後，一個白衣男子來到這裡，在路邊翻車處撿到了一枚紐扣，然後登岩去寺裡住了一夜。天明離開，觀音殿的外殿的外牆上貼著一張紙條，上面寫著：終於真的想念你，想去看望你。你會說，滾一邊去，能滾多遠滾多遠。我想能滾到清溪裡，正好是炎夏。不恨你，有謝意。僧人和香客看了，莫名其妙。

一場雨，遺落紐扣的地方長出了一朵野菊。數年後，整個崖頭、坡上、峽谷裡都有了野菊。一朵野菊，指甲蓋大的一點黃，並不起眼，而滿山滿谷，密密實實擁擠的全是野菊了，金光燦燦，陣勢就十分震撼。

五

月亮埡一帶，山多挺持英偉，湫又多陰冷瘆寒，溝溝岔岔凡有村寨，不是出高人，就是出些癡傻。則子灣寨的史重陽行醫四十年，輯有《奇方類編》，分別二十七門，頭面、鬚髮、耳目、口鼻、牙齒、咽喉、心肺、痰嗽、噎膈、脾胃、血症、痢瀉、臌脹、瘧疾、風癱、疝氣、傷暑、傷寒、痔漏、損傷、瘡毒、急治、保養、補益、婦人、小兒和雜治，累計治則方劑約八百餘種。其選方範圍，從頭至足，男婦小兒，內外諸證，以及六畜昆蟲，無不備列。因醫術高明，濟世活人，十八個村寨有三十人集資在則子灣寨後的山上為他修廟。史重陽知道了堅決不允許，廟改亭，作為村子的標識。從此，進溝的人五里外就看到了一個八角亭，琉璃瓦亭蓋在陽光下閃閃發光。

而距則子灣寨八里的高澗村，幾十年間不斷地有人出山到城市打工，苟門扇始終窩在村裡。他腦子差成，沒有婚娶，除偶爾幹些農活，大多時間都是坐在牆根曬太陽，見人瓜笑。但他消息靈通，方圓十里內，哪個村寨哪戶人家過紅白事，開飯的時候，他肯定出現。人家倒不嫌棄，認這種人是喜財神，說：你來啦！盛一大碗米飯，多夾了肉，讓他去吃。但不能入席，蹴在上房門外的台階上。

村寨一般人的一生要做三件大事：一是蓋一院房子，一是給兒子結婚，一是為父母送終。常常是有人完成這三件大事，得意地說：哈，我現在一身輕了，該享清福呀！可說這話的人，二年五年便喪生了。麥子和包穀一結穗，麥稈包稈就乾枯，閻王爺不留沒用的東西還在世上。村寨裡的人大多勤勞，早早完成了任務，村寨裡也就很少有七十以上的人。而則子灣寨的史重陽八十四歲了還活著，高澗村的茍門扇差一月也七十三了。

史重陽六十四歲時親自上山採藥，開始撰寫《秦嶺藥草譜》。越採越覺得秦嶺無閒草，越寫越覺得自己覓尋和採集的不夠。從七十歲起，每年臘月三十晚上，吃過年夜飯，他伏桌做三年規劃，第一年去熊耳山採藥，第二年去白馬峰採藥，第三年去虎跳峽採藥，並每一年從一月到十二月，如何採藥，採了藥如何炮製，如何製作標本，如何試驗藥效，如何記錄撰寫，安排得滿滿。三年規劃實施過了，再規劃下一個三年。他已經規劃到了一百二十五歲。總覺得事情多，忙不完，而眉毛鬍子全白了，竟精神抖擻。

茍門扇呢，還是吃飯不知饑飽，睡覺不知顛倒。村裡的男勞力幾乎都去了山外的城市，他就成了守村人。養了一隻狗，狗和他一樣瘦骨嶙峋。他站在太陽下要曬汗，問狗太陽能把什麼都曬乾了，怎麼曬不乾汗？狗臥著打盹，不理他。他拿了炭去河裡洗，問狗炭怎麼洗不白？狗又臥在那裡打盹了，夢裡有了囈語。他看見樹上開花，說樹開花是樹在給他說話，但樹上有許多謊花，那是樹在說謊話。

一年的端午節，則子灣寨有人結婚，茍門扇趕了過去。吃飯的時候，見眾人都在問候一個老者，他打聽那是誰，旁邊人說名醫呀。你不認識？他是不認識，便走近去，說：你是名醫？你姓啥？史重陽說：我姓史，你貴姓？苟門扇哦了一下，說：不能說，不能說，說出來不好。史重陽說：有什麼不好的？苟門扇說：你姓史，我姓苟，狗吃屎哩。大家沒有笑，把他手裡的碗奪了。

後來，史重陽免費給苟門扇開藥治病，苟門扇嫌熬出來的藥湯難喝。史重陽又配了藥酒。苟門扇貪酒，喝醉了吐，狗就吃他吐下的。喝了三個月，狗是死了，苟門扇沒事，只是病治不好。

六

黃柏岔的王卯生在星羅峽打獵，被一頭麝牴落崖下。而在西津渡開飯館的梁雙泉要擴大店面，去上游十五里的星羅峽砍竹子，砍了竹子才結好排，發現草窩裡的王卯生。王卯生昏迷不醒，一條腿折了，骨頭白花花戳出來。梁雙泉去試了口鼻，還能出氣，說：我咋攤上這事！把王卯生背上竹排。王卯生甦醒，睜開眼來，有鷹似乎就站在空中，兩邊溝壑巉岩大起大落，全往後去，而自己躺在竹排上，四圍的水波洶洶，像是翻攪了無數的刀刃。王卯生看著梁雙泉，說：哥，我好像認識你。梁雙泉說：咱沒見過面。竹排下行到西津渡，梁雙泉把王卯生再背回飯館，又請來同村的郎中洪同中接骨療傷。王卯生在飯館裡歇養，梁雙泉給好吃好喝，從不問王卯生的來路出處。洪同中每三天來換藥一次，醫術好，話也多，還要喝酒。他一喝便醉，醉了就說佛論道，講《易經》和《黃帝內經》。王卯生和梁雙泉都佩服他有鬼才，他真的是鬼，一醉顯了形。如此這般，過了一月，王卯生返回黃柏岔，但三人已成了朋友，從此相互往來不絕。

有了這次經歷，王卯生感嘆真的是愛恨存於無常，生與死只在呼吸間。要不是被梁雙泉搶救，洪同中療傷，他就在昏迷中死在了星羅峽裡，而他和梁雙泉、洪同中前世是什麼關係呀，今生竟有如此緣分。

受洪同中影響，王卯生收拾了刀槍，不再打獵，人與萬物都沉浮於生長之門，岩羊的肉鮮美，狐狸有好皮毛，羚牛和麝有牛黃和麝香，人就可以去殺害嗎？梁雙泉隨後也不開飯館，灶前摔勺敲碗都惹灶神不安，在人口舌上做剋扣生意怎麼能有福報呢？有油水的地方最滑，而你是一顆釘子釘牆的時候，鎚子正在砸你。

一年後，梁雙泉的母親病逝，王卯生和洪同中前去幫著，在梁家的祖墳地新掘墓穴。梁家的祖墳在半山坡上，大大小小幾十座墳塋，梁雙泉指點著這座墳塋裡埋的是誰，那座墳塋裡埋的又是誰。王卯生奇怪梁雙泉的是四個伯父和四個嬸娘都去世了，四個嬸娘的墳塋都在，四個伯父卻只有三個。梁雙泉解釋三伯父在雲南當兵，十年前去世後就埋在了當地。洪同中說：生有時，死有地啊。其實人是一股氣從地裡冒出來的，從哪兒冒出來最後又從哪兒回去。王卯生說：照你說法，這三伯父是這裡的人卻是雲南的氣，四個嬸娘都是外地人而氣是從這裡出來的？洪同中說：是的。

王卯生很長時間裡糾結自己是從哪兒的地裡冒出的一股氣呢？是氣，就有氣味，他皺起鼻子在梁雙泉身上聞，也皺了鼻子在洪同中身上聞，要聞出他們是不是同一個地方冒出來的同一種氣味。梁雙泉和洪同中問他，是狗呀，要幹什麼？王卯生不說明，他沒聞出個香甜酸臭。

在那個漫長的冬夜，圍著的火塘裡火燒得通紅，烤著土豆，吊罐裡燉著蘑菇，而壺裡的酒已經溫熱了，他們一宿都說著一個話題，這是不想說卻不得不說的，那就是愛與恨、生與死，三人都被悲哀激動。最後王卯生陪不過洪同中的酒量，最後一句話還含在嘴，他睡著了。

再後來，王卯生在某一天突然好奇了一個問題：他打了幾十年獵，跑遍了星羅峽方圓百里所有的溝岔，怎麼就從來沒有見過自然死亡的野獸屍體呢，包括那些黑熊、花豹、野豬、羚牛，也包括那些刺蝟、黃鼠狼和山兔，甚至任何一隻鳥。他用心地再去尋找過一年，到底還是沒有。

七

在秦嶺南坡，東陽縣統計局的白又文往西川普查人口，陸續完成了黑水峪的竹壩村、蒙梁山的石堡村、鐵峪的騎風樓村，於二十六日到達闢山瑙的葫蘆村，就住在村長家二樓上。工作了三天，白又文神經衰弱症就犯了，第四天晚上怎麼也睡不下，獨自坐在樓台上看月。

月是下弦月，似乎什麼都還明白，卻什麼也看不清楚了，溟溟濛濛，石澗裡的水流聲隱隱傳來，林子中有鳥呼應，而無數的蛾蟲像揚起的麥糠在身前身後飛舞，不時就撞到臉上，抓不住，又揮之不走。漸漸，雞上了架，豬先後進圈，天越來越黑，四周的峰巒和樹林子便消失了輪廓。白天裡看到那些分散在坡嶮上的幾戶人家，門楣上都掛著燈籠，現在，黑暗是瞎子般的黑暗，亮著的燈籠看不見了燈籠，只是一團紅光懸在空中。後來，各家各戶開始關門，狗此起彼伏地叫過一陣，終於聲軟下去，再沒起來。村裡的人都該睡下了。人睡下的夜一切沉沉入靜，越是有蛐蛐鳴響夜越靜得死寂。一隻貓從瓦房頂上走過來，雖然悄沒聲息，還是聞到了一絲臊味，同時臉上多了些涼意，感覺裡，露水已經從褲腳爬上來了。白又文挪了挪身子，想著進屋喝些水去，這時候，他驀地發現，在黑暗的深處有了許多星星，光點微小，還是一對一對的，遊移不定。啊那不是星星，是野獸的眼睛，要麼是狐狸，要麼是獐子或獾，從樹林子裡、山洞岩穴裡出動了。白又文立即屏住氣，觀察著，感嘆黑夜裡並不是萬物安息，星星出來，露水出來，獸出來，蛐蛐、蚯蚓、濕濕蟲出來，好多好多的東西都跑出來了。隨之，令白又文驚訝不已的是林子裡的人音也出來了，男的女的，老的少的，單個的或幾人一夥的，就匯集到村前的溝壑上。溝壑在白天裡縱橫著紅褐色的岩層，怪石嶙峋，荊棘雜亂，這陣卻平平坦坦得如是一塊草甸。白又文便看到了梁三和那個疤臉在解板，一棵樹是村東那棵紅椿樹，伐下來捆在一個木架上，兩人把鋸在樹上來回扯動。疤臉據說是小時候被熊抓過一掌，從此半個臉塌下去，一隻眼睛也壞了。他獨眼看不準樹上的墨線，梁三不停地訓斥：拉端，拉端！照壁下蹴著幾個老漢在吃旱煙，不知怎麼就互相指責了，一個說你糊塗得是不下雨的天。一個說你麻迷得是走扇子門。接著你向我吐一口唾沫，我向你吐一口唾沫，等吐出了痰，翻臉了，要動手腳。有人趕緊打岔，說：那東坡上是不是麝？大家往東坡上望，是有三隻母麝，也坐著，把腿分開了，不停地在下邊擺弄，掰開來放出香氣，招蚊蟲飛來趴在那裡了，又合起來。劉三踅挑著一擔糞要去菜地裡，路上碰上了一條魚，路上怎麼會有魚呢，魚渴得在地上蹦，他卻向魚問水。那個叫得寶的孩子坐在碌碡上很久了，四處張望，一會兒看著張保衛在遠處打胡基，每打一杵子就嗨一聲，時不時就放個響屁。一會兒看二栓子在給村長說什麼事，兩個人說躁了，二栓子雙手拍自己屁股，一跳一跳的，村長一聲吼，他立刻蔫了。後來又看石娃子他奶經過柿樹下了往樹梢子上瞧，樹梢上是有一顆蛋柿，那是留給烏鴉的，她拿腳踢樹根，希望蛋柿能掉下來，但踢了兩下，樹紋絲不動。得寶呲咩一笑，從碌碡上跌下來，正好有人過來，是劉三踅的二嬸，說：哎喲，得寶給我磕頭啊！得寶沒吭氣，又坐在了碌碡上。劉三踅的二嬸又說：賣啥眼哩！白又文覺得賣眼這詞好，村裡有賣鹽賣醋的，村長能賣嘴，光面子話一說一上午，不覺得累，而劉三踅的二嬸，這穿得花哨的女人，聽村裡人議論，褲帶鬆……巷道裡，老童又在打老婆了，抽了褲帶在老婆的脊背上打。一夥年輕人出現在了村口，全穿著西服，有的還戴著墨鏡，他們是從打工的城裡回來了。他們有約定，平時可以不回來，但只要誰家去世了老人，接到通知都必須回來幫忙料理後事，否則村裡沒了精壯勞力，棺材難以送到墳上。他們和梁三打招呼，詢問著這解下的板就是給恩厚他爹做棺嗎？梁三在回答，疤臉卻說老童為什麼打老婆，因為老童前世是老婆娘家的驢，就高高聲叫道：五爺五爺，是不是有些人上世是來報恩的，有些人上世是來報仇的？五爺沒有理，蹴在照壁下打盹了。白又文站起來伸伸懶腰，卻不知怎麼就從樓台走下來，而且他也奇怪，那麼高的樓台他一下子就下來了。他往人群去，他面前是一隻鵝，鵝在叫著自己名字，鴿路邊的草葉。他腿上沾有一片草屑，鵝扭頭來鴿，把腿鴿疼了。旁邊的豬圈裡，一頭豬前腿搭在圈牆上，哼哼唧唧在笑。他拾起個柴棍在豬腦門一敲：你敢笑話我！豬縮下身子不見了。前邊一團塵土飛揚，以為是起雲啊，雲裡有龍的，原來驢在打滾。接著有人吵架，是這邊院門口的人和斜對面院門口的人吵架，一個比一個話說得難聽。別的院門口都有人，卻沒勸的，倒是一個在說：鹽潮水，鐵出汗，旱煙發軟了是不是要下雨呀？一個所答非所問：你有天大的窟窿，我就有地大的補丁。颳來一股戧面子風，吵架的散夥了，看熱鬧的也關院門。白又文繼續往前走，經過一戶門前，菜地邊的籬笆不是柴棍兒扎的，栽了一圈狼牙刺，一個白髮老太太突然就站在那裡，還不到穿棉衣的時節她穿著棉衣，被狼牙刺剮破了，一朵棉絮還飄揚在刺條上。老太太彎腰在撿錢。不知誰把紙幣遺失在這兒，或是風從什麼地方吹來的吧？撿了一張，又撿了一張，轉過身，石頭後還有一張。老太太把大票拿在手裡看，看到幣上的人頭像，正笑出了豬聲，猛地發現了他，要藏錢已經來不及了，說：你也來撿。他尋來尋去沒有撿到，老太太再撿著了一張，說：這不是做夢吧？這不是夢，肯定不是夢。然後自言自語。他沒有回應老太太，後來就碰上了會計員，葫蘆村最俊朗也最精明的男人，吆喝著村民都往西山梁上採五味子。西山梁上五顏六色呀，有成片開著黃花的黃臘條和連翹，有綻著很長白絨絮的菅草，松柏蒼青，攀附的藤蔓綠得深深淺淺，五味子真的成熟了，這兒，那兒，是一蓬一蓬的紅果。白又文又在想，土地裡能藏污納垢，土地裡也有各種色彩以植物表現了出來。去山上採五味子的都是些婦女，她們採了就繳到會計員家，一斤三元錢，然後會計員將收購來的五味子高價再轉售到縣藥材公司。今天也該去趟縣城了，會計員的兒子就在門前發動手扶拖拉機，使勁地踏搖把，踏一次不行，踏一次不行，陡然地一聲哼，轟轟隆隆響開了。

白又文是在手扶拖拉機的轟隆中驀地清醒，發覺天已經麻麻亮，樓台旁的槐樹上正起飛一群麻雀，呼呼嚕嚕，如雲中過雷。村長一家人才起了床，小兒被拉起來放在台階上，還迷迷瞪瞪睜不開眼，媳婦提著尿桶是去了廁所，村長卻到樓台來取放在那裡的糖。白又文說：上午糖地呀？村長說：借給二栓子去。白又文說：你和他吵得那麼兇，還借給他糖？村長說：我和他吵？沒呀。白又文說：你夜裡沒出去？村長說：夜裡都睡覺哩，誰出去。哦，哦，村裡的地就二栓子沒糖，我夜裡做夢倒是訓過他。白又文眼睜得滾圓，驚慌了，覺得這一夜裡，他是看到了村長的夢，看到了村子裡人的夢。他把看到的一切講給了村長，說：那麼，我發現夢的一個秘密了，夢是現實世界外的另一個世界，人活一輩子其實是活了兩輩子。村長疑惑地看著他，說：你是不是也做了一個夢？

白又文離開了葫蘆村，以後的日子裡，他再沒分清過哪些事是他在生活中經歷過的，哪些是他在夢裡經歷過的。但他感覺豐富而充實。

八

班幹河往南八十里，進入崁川，亂山擁擠，溝峪無序，水流分散為三條。一條繼續向南，一條進了姜湯峪繞北一個大彎再向南，一條則在豆沙埡下掉頭歸到滋魯河向東去了。豆沙埡是古鹽茶道上的關隘，埡裡臥著一個村子，埡口上長著一棵老松。

元末明初一群廣東人遷徙來栽下的這棵松，樹幹只有碌碡粗，卻八丈多高，直溜溜朝上，頂端枝葉繁茂，遠看如空中浮著一朵蒼雲。八百年來，村裡人一直說粵語，粥裡煮肉，在夜間婚娶，習俗有別，思維怪異，他們就是以這棵松與天神聯繫和溝通的。

二十世紀九十年代，有一日天忽然炸裂，雷聲如鼓，無數的火球砸下來，老松就被擊中，轟然倒坍。這一場災難極其詭譎，別的東西雖未毀壞，但從夏到冬，豆沙埡草不再長，樹無綠色，三年後才逐漸恢復。只說豆沙埡從此平庸了，村裡有個叫豆在田的人突然去了縣政府，拿著二張照片，報告說他在打獵中拍照拍到老虎。縣政府正好在向省裡申請野生動物保護區的專案，青出望外，立即向外公佈。老虎在整個秦嶺裡都早已滅絕，而在嶡川重新發現，這可是巨大新聞。山外的記者紛沓而至，豆在田也便一時由人變成了人物。

但村裡人說，豆在田並不是獵人，只是平日愛逛山，用網子套過野雞，拿戳鏢扎過山兔。曾經上過幾年學，肚裡稍有點文墨就懶於種莊稼，多幻想，倒是能說會道。村委會曾經看他日子貧困，照顧性地安排他去做森林火點監視員，每月補貼一千元，他卻監視了一月，就拿出五百元雇了一個半傻人去監視，自己買了個破相機，去閒逛快活了。

山外又有記者來採訪，豆在田的門鎖著，門上貼著對聯：養雞成大鶴，種籽做棟梁。問鄰居他人呢，鄰居說：可能去縣政府討獎金吧，聽說要獎一萬元的。記者返回，走到村口遇見了他，他掐了個穀穗兒在那叫雀兒，雀兒叫不到跟前來。他領記者回到家，索要採訪費。記者沒有準備採訪費，他說：前邊來的都給的，沒有就不採訪。

三個月後，那三張照片遭到質疑，社會上紛紛指責他和縣政府在作假說謊。縣政府的人把他叫去：你老實說，照片上的是真老虎？他說：真的，只是拍得不清晰。縣政府的人給了他個高檔相機，要他再去尋老虎，尋到了拍最好的照片。

豆在田又尋找了半年，沒有尋到。一日，在山坡上走累了，看到一棵枯木倒在草叢裡，他說：你睡了，我也睡一覺。沉睡中遭到蛇咬，再沒有醒來就中毒死了。

豆在田一死，帶走了謊言、荒唐、恥辱、驚恐和病毒，豆沙埡就完全地消了聲息。年底，他的兒子出生，是個墓生子。家人在屋後栽下一棵桐樹，按照風俗，此樹和兒子一起成長，將來兒子去世時，樹伐下便可做棺材。這兒子從小體弱，但和豆在田一樣，幹農活身沉，蒼蒼聲，跟誰都咬死嘴。三十歲時，常到滋魯河邊的鎮上找人玩，漂亮的女人，美味的食物，機智的對話，每次集會，就他最活躍。

這兒子找村長要低保，村長說：你年輕輕的吃低保？他說：我窮得連水都喝不上。村長說：水用井放著哩！

他養了一隻跛腳貓，這貓不逼鼠，經常會像人一樣咳嗽。鄰居的阿婆約了人在家打麻將，貓去了，對著阿婆竟叫了聲：奶奶。村人認為這貓不吉祥，抓了往死裡打。可一連五次，每次看著是打死了，又活過來。村人有些害怕，特意去鎮上請道士來禳治妖孽。

道士在豆沙埡住過三天，說此貓前世是豆在田。這兒子就哭了，說：怎麼我爹是貓？道士說：凡是生命，都是平等的，不在乎是人是貓。這兒子說：我爹就是托生，那也該是老虎豹了，牛呀驢呀的，怎麼會是跛腳貓？道士說：不論是人是獸，是花木，是莊稼，為人就把人做好，為獸就把獸做好，為花木就開枝散葉，把花開豔，為莊稼就把苗稈子長壯，盡量結出長穗，顆粒飽滿。任何生命死後都有靈魂，如氣團一樣在空中飄浮，當遇到人懷孕，獸交配，花木莊稼授粉，感應了它就托生。而每一次生命如果能圓滿，死後的氣團就大，如果生命不圓滿，死後的氣團就小。氣團越大的將會托生大的東西，氣團越小的只能托生小的東西。

貓被道士禳治後，拿頭撞石碑，撞死了埋在石碑下。道士說：可憐。它再托生，該是螞蚱或是蚊子蒼蠅了。

豆在田的兒子自此離開了豆沙埡，到山外城裡去打工，再沒有回來。

九

飛豬寨裡人姓雜，趙錢孫李周吳鄭王的都有，先是叫雜寨，後因這裡養的豬有了故事，才改了名。

養豬的人叫孫全本，人瘦小，身上毛長，又不安生，村裡人都把他喚作猴子，他不生氣，說：喚我要加上姓，我是孫大聖。孫大聖便也把豬叫八戒，再叫二師兄。豬通人性豬就可愛，人有了豬性，人卻貪婪。到了二〇一〇年，他就不再只養一頭豬了，要做飼養專業戶，壘起了大圈，一下子養了百十頭。

豬是見不得豬的，大圈裡，經常相互內鬥，嘶叫聲不斷。孫大聖一走進圈，叫一句：二師兄們！所有的豬都安靜了，他就在每一個豬脊梁上按按，試著膘的薄厚，訓斥著誰在偷懶。然後在槽裡添食，為了吃，豬又咬起來，他就拿攪料棍敲那強勢豬的腦門，大聲說：不許霸槽！

豬無聊的時候，或者各自用嘴拱圈土，在裡邊尋著菜根和蚯蚓，或者逗弄落在圈棚上的烏鴉，嘲笑長得黑。再就是前蹄搭在圈棚牆頭上，一邊吧唧吧唧著嘴，一邊拿眼睛看著巷道的這頭和那頭，看著斜對面主人家的籬笆。籬笆進去就是上房，兩個門扇上貼著秦瓊敬德。它們看著那不是紙，是活的，院裡沒人了，門扇是合著，兩個門神就打架，而孫大聖和他老婆回來了，門扇推開，兩個門神又都肅然而立。它們覺得有趣，但守了秘密，不給孫大聖說。

孫大聖在縣城參加了飼養專業戶培訓班，有了新觀念，回來把寨子後的一個山包承包了，扎上了鐵絲網，讓豬群在山林裡散跑。散跑的豬多長瘦肉，銷售得特別好，賺了好多錢。孫大聖就張狂了，做了件綢衫子穿上，遲早不繫紐扣。早晨把豬趕上山林，晚上再把豬吆回大圈，風把綢衫子吹起來，呼呼啦啦響。有人嫉妒了，說：你這是要上天呀！他說：上呀！嫦娥吃了藥就飛到月亮上了，你給我藥不？豬聽到了，就抬頭往天上看，天高，天上樹梢一直往高處，高處有麻雀，有斑鳩，有鷂子和鷹，還正過一架飛機。

孫大聖開始喜歡招呼人來家裡喝酒。來的人都是和他對近的，恭維他了不起呀，養豬養成了村裡的首富。他嘿嘿著：生我孫大聖，必有花果山！

他到外地養豬場參觀，回來給老婆談他的一個設想：捉些野豬和家豬一塊養，野豬能帶動家豬多跑，而且互相交配了，產下的崽一定長得快，肉也好吃。他老婆心想：給豬配野種呀！是不是他有錢了也生了花花腸子？堅決不同意，而且此後處處防備，凡是在外邊看到孫大聖和別的女人說話，就大聲咳嗽，臉上憤然作色，回到家了再哭得嗨嘮嗨嘮的。

孫大聖不再實施捉野豬的事，卻從縣城買回了好多新的飼養，給老婆說這種飼養像藥一樣的，能給豬催，吃上六個月可以長到二百斤。於是在大圈裡安放了長木食槽，每天豬進山林道，都先飽吃一頓。豬當然又聽到了孫大聖說給老婆的話，在吃新的飼料時，就議論這飼養是藥，那和嫦娥一樣了，吃了藥就飛月亮上去？飼料的味道並不好吃，它們每次都在搶食。

但豬們越來越大，越來越肥，沒有能飛起來，而鐵絲網內的山林裡，蒲公英在飛，栗子樹上的栗子熟了炸著殼，栗子在飛，松鼠把尾巴長得長哄哄的從崖上往下飛，還有一種蛇，從這棵樹上往那棵樹上飛。豬群恨自己沒有翅膀，沒有衣袂，恨不能生了火，變為煙，煙能飛到天上。

它們再被趕進山林，就不再低著頭尋吃野果子、竹筍、蕨根，全坐下來往天上看。其中有個小豬，它嫌樹枝把天分割得支離破碎，某一天就從鐵絲網裡硬擠出來，跑到草坪上看天，天實在是高啊，便大聲地召喚鳥。鳥是一隻禿頭雕，扇動著幾尺長的翅膀，像一塊黑布一樣落下來就把它抓起來。孫大聖聞聲跑過來撵，沒撵上，禿頭雕抓著小豬已經到了空中。

這件事傳到別的村寨，都不說豬是被禿頭雕抓走的，而說那是一隻會飛的豬。雜寨從此就叫作飛豬寨。

十

西後岔在黑池峪，距羊角山十五里，距柳子河口四十里。岔裡多洞窟，多水塘，雲霧早晚都來，傍著壑常見孔窟，隔溪就是幾戶人家。從岔口到岔瑙，沒有大樹，梢林也稀稀落落，卻到處能見到桃李、迎春、杜鵑、籬子梅、薔薇、牡丹、劍蘭、芍藥，還有黃菊、蒲公英、白芷、呼拉草。每年清明節後，南風一吹，四季都有花開。西後岔從來都有養蜂人，蜂多的時候，滿天飛舞，嗡嗡聲響得天地都暈眩。而蝴蝶也多，灰蝶的，斑蝶的，環、蛺、閃、硯，小的如指甲蓋大，大的超過了手掌。

花多就女人多，其實不是西後岔女多男少，是漂亮的女人三個五個在一搭了就顯得女人多。每逢岔外的鎮上有廟會，一大早，這個坡嶮的女人喊叫著那個壑畔的女人，那個壑畔的女人喊叫這個坡嶮的女人，遙相呼應：去呀不去？去呀去呀，一定得去呀！她們的喊叫前音長，後音短，蒼煙蒙蒙中惹得雞鳴狗吠。然後一簇一夥的出門了，穿著印著花的衫子，臉上抹了花露水，鳳仙花膏塗得指甲猩紅，走著走著還在路旁摘一朵什麼花插了頭上。女人們如風著葉，往往男人們心性綿軟，也是差不多長相雷同，五官過於緊湊了，有些猥瑣，他們不反對自己的媳婦和女兒去廟會，農活太多，就甘願在地裡受苦。

到了改革開放，山裡人可以出山進城務工了，女人們積鬱豁然，而漂亮女人出去的最多。一片子綠茵草地，掐一遍草尖子，掐一遍草尖子，草尖子被一遍一遍掐過了，剩下的只是殘莖敗葉，狼藉不堪。

出去的女人先是每年春節回來一次，說著普通話，走路不再高抬腳，眉裡眼裡雖然透有山野的清冽，但衣袂鮮豔，塗脂抹粉，已經是城裡的富貴氣息。榜樣的力量無窮，磁石吸引著鐵片釘子和螺絲。差不多十天半月裡，西後岔冰天雪地，她們是行走的花，是星耀攢動，靈光四溢，更多的女人聽著外面大世界的故事，心旌飄搖，想忘記一切，而雪一直在下，整夜整夜貓都歇斯底里的叫春。她們要離開了，自然而然就帶走了別的女人。為此數年過去，岔裡的漂亮女人越來越少，以至於有好事者來西後岔訪美，感嘆著看景不如聽景。再後來，做姑娘的都出去了，嫁來的媳婦也陸陸續續進城，等返回時就是離婚。到了二〇〇〇年左右，岔裡的女人稀罕了，男人們不是娶不到媳婦就是離婚了打起光棍。

沒有了女人，男人們就活得沒意思。吃了飯，鍋懶得洗，睡在炕上，沒人暖腳。離過婚的，還把媳婦的舊鞋按風俗吊在井口，盼望著有一天人能回來。沒結過婚的，燈光下看牆上貼著的年曆，年曆上印著美人圖，越看越氣，拿刀在上面亂砍。模樣還整齊的開始出山打工或逃往他地，而留下來看守村的白癡和殘疾人，他們吃啥狗吃啥，牛幹啥他幹啥，喪失了尊嚴，沒有了羞恥，連臉也不洗。西後岔好幾處屋院就倒坍了。

二〇一〇年大旱，包穀和黃豆無收，冬麥種下出不了苗，草木不再開花。二〇一一年還是大旱，養蜂人逃離，蝴蝶成堆死去，梢樹林子起火。二〇一二年春天只說天降甘霖了，卻是大雨成潦，老鼠列隊過路，蛇在樹上扭結有碗粗。糧食短缺，物價上漲，蘿蔔賣成了肉價。五十多年未見過的狼也出現了，月亮地裡嗥叫，像人在哭。

縣扶貧工作隊到西後岔，正是秋天，三角楓葉子變紅，那個隊長偶爾看到一蓬一蓬的木棉和毛臘，驚呼：啊這兒有花！木棉和毛臘的花不是花，白是白的，只是吐出來的絨絮。

十一

從牧護關到黑龍口街要經過二郎山，山上多獾，山上就一直有獵獾的人。獾能爬樹，喜歡在樹上玩，看到有人了，用前爪在空中抓飄過來的雲，嚇唬鳥，故意暴露自己。人若是也到樹上去，它會爬到最高的枝上，或閃電一般又跳到另一棵樹上，一般是獵不到。獾聲東擊西，其實要隱蔽它的家，它的家在土洞裡。獾出洞入洞都要用土把洞口封住，獵人只要看到有隆起的新土，就去挖。洞很深，拿竿子捅不了，叫喊著，敲鑼，放鞭炮，也恫嚇不出來，只能用水灌或者煙燻。

獾的皮毛厚實，最宜做圍墊，山裡人挑擔、掮木頭，戴這種圍墊，容易換肩又耐磨。做成的鞋，叫窩窩，穿上一冬凍不了腳。獾的肉發酸，不好吃，熬了油能治燙傷。黑龍口街有三家作坊，就做獾油給山外的藥鋪供貨。

獾的蠢笨是以聰明表現的，這如同野雞被追急了，就只把頭埋在草叢裡。獾在生死之際也很兇，它會咬住戳過來的刀子，即便拿木棒打死，還不鬆口。獵人改用麻袋、鐵絲籠去套，總不免有獵人被咬斷了手指頭，也有人曾被咬住了腿，硬是把拳頭大塊肉撕下來。但獾皮和獾油珍貴，獵人不懼怕凶險。

秦嶺裡，有的山上熊出沒，有的山上金絲猴為王，有的溝裡羚牛成群，有的溝裡生存著成千上萬的蝙蝠，白天全悄悄地吊掛在崖壁上，一到晚上飛出來，翅膀扇動的聲響如濤起風嘯　獾能居住在土洞的黑暗裡，當然有著不可告人的心事，幾十年來一直想把二郎山作為領地。而遺憾的是它們不屬於被保護的野生動物，在人的獵殺中，生育抵不過死亡，日益減少。

十年前，牧護關有人上二郎山捕獵時，發現了一個洞口，點著柴後，正用衣服把煙氣往裡邊扇，陸續有三隻獾鑽出來，竟然都長著一張人臉：長眼、寬鼻、齙牙嘴。獵人嚇得癱坐在那裡，看著三隻獾笑著往柴火堆上撒尿，把火澆滅了，然後離開。

消息傳出，不斷地加鹽加醋，到後來是二郎山上的獾長了人臉，黃羊和獐子長了人臉，貓頭鷹是人臉，蜘蛛背上也是人臉。人是害怕人的，從此再沒有獵人上二郎山。

牧護關和黑龍口街的人再有來往，寧去繞二十里走潘溪峽，都不經過二郎山下的路。二郎山下的路慢慢廢了，雜木野草叢生。

十二

南甲窪一帶野雞成災，麥成熟的時候，遭到糟蹋。到了秋後種包穀，野雞又會從土裡刨出包穀種籽吃。山民就在地裡豎個木桿，扎上稻草人。

稻草人的頭多用葫蘆做，上面畫橫眉豎眼，再給穿上人的破衣，必須寬大，風一吹，呼呼啦啦飄動，才能嚇退野雞。

稻草人扎起來就不再拆除，從春到夏，從秋到冬，甚至一年兩年還繼續存在。風吹雨淋的，稻草可能腐敗，破衣也成了絮絮絡絡。醜能辟邪，只要還有個人形，越是醜陋越起威懾作用。

南甲二村在法性寺下的灣道裡有十八畝地，地北頭扎著一個稻草人，地南頭也扎著一個稻草人。做這兩個稻草人，畫葫蘆時一個畫得嘴太大，一個畫眼睛沒畫對稱，大家說嘴大的像多年前死去的支書，眼睛大小不一的又像死去的村長。

支書是老支書，一輩子能說，也會說，多用排比句，還善於創造新詞，常常晚上的村民大會他要說到夜裡兩點。但他到老年的時候愛聽恭維話，有人求他辦事了，一口一個支書呀老支書呀把他獎起，不能辦的事也就辦了。而村長年輕，是個半語子，說一句要停一下，並且一句話常常就把最後一個字吃了。村長看不慣支書的虛偽，自立崖岸，故意栽籬插棘。到後來兩人嚴重不合作，遇啥事都咬死嘴，互相攻訐。村長五十三歲因心肌梗死死的時候，支書已八十歲，老得有些糊塗，老伴說：村長死啦，咱是不是去送個輓幛？支書說：不送，他都不給我送！

兩個稻草人經過一年四季，老是發出怪聲，先以為是風吹得破衣響，而沒風了，仍然地這頭是叭叭叭，地那頭是嘎啦，嘎，嘎啦。大家就打趣：真的是支書和村長了，他們生前吵，做稻草人了也吵！

有一天黃昏，村長模樣的稻草人突然木桿折斷。村人再沒有重新扎，只剩下支書模樣的那個。沒有了對手，也沒有了怪聲，十八畝地裡有些空寂。

包穀苗從土裡冒出來，見風瘋長，野雞是不吃包穀苗的，村人便不大關注了稻草人。可下了一場大雪的第二天，村裡有人去寺裡給佛燈添油，發現寺門口一堆爛稻草，還有一個破碎的葫蘆，認出是十八畝地裡的稻草人。稻草人怎麼散亂在這裡，人們疑惑不已，就把爛稻草和破葫蘆攏起來扔到寺旁的澗裡去了。

後來，村裡的會計做了個夢，夢裡是稻草人都有靈魂，因稻草人的時間長了，靈魂的戾氣也重。這一夜它去寺裡避雪，寺裡的護法神韋馱擋住不讓進，雙方爭鬧起來，韋馱打了一鐧，稻草人被打散而死。

十三

秦嶺南端的漫峪裡，明清時期遷來了許多湖北湖南山東廣東的人，也有蒙古族人、羌族人和回族人。他們群居為村寨，這些村寨就一直風俗不同，語言有別。上元壩人自詡是純粹漢人，得意他們有大板牙，小拇腳趾的指甲是兩半。但他們的說話又和別的地方漢人仍有區分，把父親叫大，把祖父叫爺，而爺又指尊貴的神聖的東西，如天爺、日頭爺、佛爺。再是把水發音為粉，把飛發音為虛，把影發音為擰。王西來的兒子在縣城讀書，為此沒少遭同學們的嘲笑。

上元壩在漫峪瑙，村前就是柴溪，柴溪源於再往北五里地的茨坪。茨坪是個極小的盆地，四面山圍，青岡成林，盆地裡有一冒泉，形成小湫，湫滿水溢，七拐八拐地從山口流出。茨坪以前是漫峪林場的場部所在地，後來林場取消了，上元壩的各家都在那裡種人參、天麻，或在那些廢棄的房院裡培育木耳香菇。

二〇〇〇年的時候，突然間人參天麻不能種了，木耳香菇也停止了培育，茨坪封閉了，開始大興土木地搞起了開發。一年的光景，那裡有了一幢幢房子，高低錯落著，各自獨立，又長廊亭台關聯，逶迤巍峨，十分壯觀。茨坪裡的房屋是什麼人建的，建了做什麼用，上元壩的人很好奇，要進去看看。但茨坪周圍都有了鐵絲網，山口的門樓下站著保安，不讓進，還齜著牙，牙是露出了骨頭的恐嚇和威脅。他們只好繞到旁邊的山頂了，遠遠望去，在一片蒼青裡，房屋像城堡似的，顏色全是白的，就說：哦，白城子。村長在宣揚白城子給上元壩帶來了文明和吉祥，他也和白城子達成了一項協定，上元壩可以派十二個男的十二個女的去那裡做工，每人每月工資兩千元。二十四人在村長的安排下很快去了白城子。十天半月了，有人從白城子回來，說白城子是省城十多個老闆聯合開發的康養別墅，住的都是老闆們的父母和岳父母，還有一些小孩子。說他們在白城子裡有養豬餵雞的，有種菜栽花的，有打掃衛生的，有帶小孩和伺候老人的。說白城子的屋裡金碧輝煌，屋外奇花異木，冬不冷，夏不熱，想吃什麼就有什麼，想喝什麼就有什麼，還有按摩室、桑拿房、錄像廳、麻將館、佛堂、戲堂。他們說得津津有味，聽的人就一愣一愣：這是人間天堂麼？他們說：可不！就展示他們身上的外套、帽子、皮鞋，都是人家送的，六成新啊。

二十四人去白城子享福了，上元村就騷動起來，先還是羡慕，接著嫉妒，後來就恨了：為什麼去的就是那二十四人呢？這太不公平！沒有去的人家和去的人家發生爭吵、怒罵，甚至大打出手。鬧騰得不行了，村長應允了所有人輪換，一次三個月。但輪換的人必須健康，沒有疾病，眼裡有活兒，手腳勤快，而且人還得長得周正。村裡有一個跛子、三個禿頭、五個五官醜陋的，當然遭到淘汰，而王西來眼睛太小，嘴又是地包天，他也不符合條件。王西來在好長時間裡罵罵咧咧，脾氣煩躁，一次走夜路從地塄上跌下來，昏迷了二十天。醒來後人就瘋瘋癲癲的，說他能看到別人看不到的東西，能知道還沒有發生或將要發生的事情。比如早上太陽紅紅的，他說要下雨的，果然下午暴雨傾盆。比如他說梁三老漢肚裡有個疙瘩，一個月後，梁三老漢吐血，去縣醫院檢查了，真的是肝癌，到了晚期。村人驚奇了，說王西來這是「出神」了麼，以前馬王岔有個「神婆」，王西來是不是要成「神漢」？王西來也就以「神漢」自居，在家設了神堂，開始給人祛邪消災，收取費用。事情也怪，自他成了「神漢」，身體越來越強壯，記憶超群，為人祛邪消災時長聲念唱，編詞編曲。這一年，兒子王長久高中畢業，沒考上大學回到上元壩。王長久是瞧不起王西來的裝神弄鬼，又目睹了村人仍在為誰家去白城子的人多誰家去白城子的人少而矛盾、爭吵、互相攻擊，他就去質問村長：外人是怎麼在茨坪建別墅的，合不合法，違不違規，和鄉政府有沒有幕後交易，和村長又有什麼利益勾結？村長當然不理睬他，他又去鄉政府質問，鄉政府也不理睬他。他再向縣政府告了一年，還是沒有結果，而村裡人倒起了吼聲，說他是刺頭，攪屎棍，要斷他們的好事，破壞上元壩的富裕。王長久一氣出山去了省城，在省城打工竟然認識了一些詩人，也就跟著人家學寫詩，也是受了那些詩人的鼓動，他又向省政府去信反映白城子的問題。

這樣過去了五年，是不是王長久的反映發生了作用，這不清楚，但秦嶺開始真的全面整治違法亂建現象。秦嶺外沿山一帶整片整片的別墅被拆除了，又深入到秦嶺裡，漫峪裡也拆除了不少。有一天，上元壩前的公路上駛過十多輛汽車，風傳著這是去拆除白城子呀。村人都站在村口被一種無以名狀的情緒激動著。有人就問村長：啊拆呀，這真的要拆呀？村長說：你高興啦？那人立即說：不是高興，村長，我只是擔心害怕麼，你摸摸我心口，跳得突突的。村長沒摸他的心口，倒吆喝著都散了，散了，自己先回家去。

白城子真的是被拆除。那是個黃昏，拆除隊的負責人先進了白城子，他強烈感受到了一種淫逸安樂的氣息，那游泳池裡、按摩室裡、麻將館裡，凡是見到的都是些肥男胖女，目光呆滯，行動遲緩。在最高處的房子裡，一張床上躺著一個大塊頭人，估摸三四百斤重吧，床邊的桌子上放著三文魚片和一瓶紅酒，而身邊還躺著一個小姑娘，正在念一本書。這是念給大塊頭聽的，但大塊頭已經睡著了，而在翻身的時候，竟然把小姑娘壓在了身下，小姑娘被壓得出不了氣，手腳亂動，就昏過去了。拆除隊的負責人趕忙去把大塊頭往起掀，掀得趴在那裡，圓形大腹，背上長滿了疣疙瘩，形狀像蟾蜍。

白城子裡的主人陸續搬走了，所有的建築在挖掘機面前轟然倒坍。上元壩的二十四人在廢墟裡撿拾一些家具、電器，沒有撿拾到家具、電器的，就去拆卸門上的把手，窗上的玻璃。但很快，他們也被驅趕，所撿拾拆卸的東西不能帶走，集中在那裡被推土機碾碎了。

茨坪恢復了原狀，這裡再沒有了人，晝夜颳風，草木點頭，百獸率舞。有豹子每殺一隻岩羊了，跑來的就有狼、豺、野狗，而即便是一堆腐屍，禿鷹和鵜子也呼嘯而至。

上元壩安靜下來，沒有了吵罵和鬥毆，王西來還是「神漢」，在家裡為遠近來的人祛邪消災，但費用提高了，原先一次是五元，現在是八元。而王長久仍是沒有回來。村長已經不再當村長了，他也害了病，去省城求醫，竟然就遇到了王長久。在廣場的「保護秦嶺生態環境」的宣傳集會上，王長久在以上元壩的口音朗讀著他的詩作，一片叫好聲中，他竟然脫掉了外套，跳在了桌上，又在朗讀他的又一首詩。

老村長站在人群邊上，他能看見王長久，又不願意王長久看見他，就把頭上的草帽壓低，他聽到了朗讀的詩的最後一節：我是個有串臉鬍的兒子／我是個有故事的秦嶺人／故鄉以父母存在而存在／父母過去了，語言就是故鄉／讓我做石頭，敲擊我吧／敲擊出火／讓我做棵樹／被太陽提著往上長／讓我喝酒吧，吃煙吧，讓我迷幻和瘋狂／我就是詩人／給我個獎吧／獎會尋找天賜神授的人／我波譎雲詭，我宿怨抑憤，我自立崖岸／一掃頹靡之風，軟溫之氣／

老村長回到了上元壩，說起王長久在省城的行狀，村人就都說：這王長久也是瘋子麼，比他大王西來的瘋子還要瘋子。

十四

駝背梁後有一人家翻修老屋，剩下的一堆沙土還堆在院裡。下了一場雨，沙土堆上生出了幾十棵綠芽，綠芽都是兩個小丫瓣，嫩嘟嘟的，頂著露珠。綠芽爭先恐後地長大，而一拃高的時候，模樣卻有區別了，有的是樹苗，有的是麥苗和菜苗，有的還是芨芨草苗。樹苗便瞧不起了麥苗、菜苗和芨芨草苗，它望著天空，一心要長成棟梁。

一個月後，主人精整院子，把沙土運出去，一鍁一鍁鏟著沙土往板車上裝，麥苗、菜苗、芨芨草苗被連根翻起，樹苗子也被鏟斷了。

十五

順著萬回溝往東南去，最高的山就是秦王山，山上栲樹成林，栲樹屬於雜木，枝幹散漫，但質地堅硬，經常被人偷著砍了去做蘑菇培育棒或者燒製木炭。山澗邊長著兩棵樺，也就這兩棵樺，一樣高，一棵稍細，一棵稍粗，是夫婦樹。婦樹給夫樹說：咱往歪裡長，歪了就沒人砍。夫樹說：沒事的，砍的都是栲樹。再說咱是樺，材質不允許咱歪歪扭扭。沒料，就有一天，來了盜伐者，拿著一個長柄子板斧，在栲樹林裡砍了許多栲樹，出來卻盯著兩棵樺，嘟囔著這可以做房的柱子啊。婦樹便害怕得枝葉亂顫，夫樹說：咱不會被砍的，瞧見了嗎，那斧柄就是樺木做的，能戕害同類嗎？但盜伐者過來，舉了長柄板斧就砍，砍得木屑像雪片一樣紛飛，夫樹先被砍倒了，接著婦樹也被砍倒。兩棵樺倒在地上，從截面往出流水，那水不清亮，黏糊糊的，顏色由黃變紅，流了一攤。

十六

翻過秦王山就是石門河，河不大，兩邊都是崖，崖縫裡多長了枯柏，斜出橫插，扭曲臃腫，像是刀矛，充滿了仇恨。其中一崖頭上立著危石，上大下小，蘑菇狀的，後邊的石罅裡有水。趴在罅沿往下看，水不知有多深，但水靜，幽亮著如同鏡子。

二十世紀四十年代，崖下的夾道村，村裡人個個都算是巫師，病了能迎神驅鬼，出門得望雲觀星，他們封樹封土封石封泉，為××君、××公、××尊、××神，也就給罅水封了個守侯。都說守侯要守護他們村就守護村人的心，這罅水能照心相。如果是人，或者是坦蕩的心地善良的人，容貌不改；如果不是人，或者齷齪的心懷芥蒂的人，模樣就變得怪異。那麼，像狼的，就認定那就是狼，像鬼的，就認定那就是鬼。先是誰和誰起了是非，各說各有理，咬了死嘴，就去照罅水。後來發展到村裡有重大決定，比如分田地和山林，比如實行合作社，比如社會主義教育運動，比如「文化大革命」中你是口頭上的造反派還是實際上的保皇派，也都去照罅水。

一年，縣上有幹部來夾道村指導村長選舉，聽了這事上崖頭查看，他帶了一隻狗，他和狗都趴到罅沿往下看。看過了他一言不發，狗卻嚎了一聲暈倒。這幹部返村後說罅水能照心相是無稽之談，是迷信，要求村人把石罅用亂石沙土填埋。可石罅太深，又有水，填埋了兩天還沒填埋平，便用石條架蓋在罅沿。罅水再沒人理會了。

五十年過去，縣政府要打造石門河二十里文化旅遊長廊，偶然提到夾道村的石罅水，可以開發成一個景點。去了夾道村，夾道村知道石罅水的只剩下一個九十六歲的老人，老人說架蓋在石罅水上的石條曾經裂開口子，像井一樣，從井裡長出過蓮。人們尋到了罅井，卻不見有蓮，便在那危石壁上寫了：夾道崖上罅井蓮，花開如鬥藕如船。從此，參觀這景點的絡繹不絕。

十七

草花山的頂上是片草甸子，有兩個碗大的泉，日夜發著噗噗聲，積怨宿憤似的往出吐水泡。兩個泉也就相距幾十丈，卻一個泉的水往南流下山，是了長江流域，一個泉的水往北流下山，是了黃河流域。草甸子上還有四間房的一個屋院，從中分開了，各有各門，住著姓鍾和姓段兩家人。其實這是同母異父的兩兄弟，姓鐘的年紀輕，有媳婦，也生了兒子，姓段的已經四十五歲了，還是一人。

四十年前，五歲的段凱隨娘改嫁來的鐘家，他堅持了生父的姓。那時鐘家在山下的村子，繼父在草甸子上給公社放牛，常常太晚了，或者颳風下雨，就住在草甸子搭就的草棚裡。為了一家人能在一起，繼父把他和他娘也接了來。過了十二年，娘就在草棚子裡生下了鐘銘。後來，公社取消，各家自主，他們把草棚蓋成了四間瓦房，再不養牛了，開墾荒地，就一直住下來。

段凱皮膚黑，長了個圓頭，因為家裡沒個女人，便不注意收檢，喜歡蜷腳，隨時隨地就躺在地上，不避骯髒污垢。但他會做各種農活，捨得出力，一天到黑都忙在地裡。而鐘銘一對小眼睛總是眨巴，耽於想像，自作聰明，孩子才周歲，就跟了山下村子裡的一些人到城市務工。他是出去三個月就回來一次，回來了帶著收音機呀、手電筒呀，或是手搖壓麵機和縫紉機。第三年秋天，回來自己掏錢從山下村裡往草甸子上拉電線，家裡有了電燈，就買了電視機。他給段凱也接上電線，段凱不要。

段凱給鐝頭新安了鐝把，用瓷片倒刮過無數遍了，坐在院門口吃煙，雙手還是在鐝把上來回地搓。他就愛他的那些農具，鋤、鍁、䈏子、砍刀，甚至笸籃、簸箕、土筐子，每次用過了就擦拭，件件光滑鋥亮。鍾銘走過去，說：哥，你還是不拉電燈？段凱說：天一晚就睡了，睡就睡在黑裡麼。鍾銘說：那你要看電視了，就到我那兒去。段凱說：我不看，也看不懂。鍾銘說：啊你得把你生活搞好。段凱說：好著哩，有米有麵的。鍾銘說：不光是米麵，要吃些肉呀菜呀水果，再回來我給你捎些麥乳精和蛋白粉。段凱說：不捎，吃啥還不是拉一泡屎。鍾銘不知道再說什麼，段凱卻說：你那塊紅薯地也該翻蔓子拔草了。

鍾銘又一次回來，買了燒水壺、洗衣機，這一天，坐在院子裡喝茶，突然看著房子想，這梁上搭椽，分兩邊流水，最早是咋設計出來的呢？門是兩扇，上下有軸，一推就開，一合就閉，門閂子上就能掛鎖？有門了還要有窗，廂房裡是方窗，門腦上是斜窗，山牆上還是吉字窗？窗上為什麼有櫺有格，還刀刻了圖案？刀是誰第一個做出來的？那櫃子、箱子、桌子、桌子上的茶壺，哦，有了茶壺又有了茶盤、茶杯、茶盅？還有茶，咋種的？有茶了煮茶，那灶、風箱、水桶、火鉗，灶台的鍋盆碗盞、勺子、鐽子以及孩子吹的氣球，媳婦的髮卡，手指上的頂針，爹留下來的煙袋、掏耳勺、老花鏡，世上的東西太多了，不說城市裡的，就僅家裡這一切，都是如何發明的？鍾銘就覺得自己一直生活在了別人的創造中，竟在這以前渾然不覺，習以為常。

太陽把院牆的影子挪了位，鍾銘被曬著，他端了凳子又移坐到樹蔭下，院外是一陣一陣鳥叫和蟲鳴，煩囂像空中起了風波，他腦袋嗡嗡的。

他開始琢磨自己也應該給這世上添些什麼呀！比如，把擀麵杖插在土裡能不能開花呢？在枕頭上鋪一張紙，會不會就印出夢呢？到山坡上的田地裡去送糞，到後山林子裡去採蘑菇，或者去山下的村子，路太遠了，能不能呼來一朵雲，坐在雲上，說去就去了呢？

鐘銘興奮起來了，渾身膨脹，大聲地叫他媳婦。他媳婦在廚房的案板上切南瓜，刀和案板碰得咣咣響，沒有回應。他便想，有什麼辦法我不張口，心裡的意思她就知道呢？媳婦切完了南瓜卻走出來，說：你在院裡發啥呆的？我熬南瓜呀，甕裡沒水了，你到泉裡擔水去。鐘銘說：又讓擔水，泉那麼遠的。哎，幾時我買些皮管子，把水從泉裡接過來。媳婦說：這頓飯就沒水。鐘銘說：南瓜不熬了，咱炒著吃。媳婦說：你就是懶！鐘銘還說著：懶人才創造呀！媳婦把兩隻空桶咚地放在了他面前。

這時候的段凱正在地裡挖土豆。今年的雨水厚，土豆結得特別多，每棵蔓子下都是三四個，有拳頭大的，甚至還有碗大的。他早晨起來沒有洗臉，因為那個搪瓷臉盆底爛了，盛不成水，現在挖了半畦土豆，一身的汗，手在臉上搓癢，搓出了垢甲。那不是垢甲，是土撮撮。人是十變的麼，越搓土撮撮越多。肚子咕咕叫起來，是飯時了，想著回家也是一個人做飯，不如就在地裡燒土豆吃吧。他放下钁頭，在地塄上掏出一土洞，把地頭的柴草塞進去點著，火燃紅了，再放進去五個土豆，土豆上又再塞上柴草，然後就把土坷垃壘上。讓土豆慢慢去煨熟吧，他將挖出來的土豆堆在一起，就坐土豆堆跟前吃煙。地頭上壅了一行蔥，蔥長勢好。那三排用竹棍兒撐著的西紅柿枝上，結著的柿子還沒有紅，卻一顆上面有了蟲眼。他便自言自語起做了個夢，自己也是個蛀蟲，竟然鑽在了一個蘋果裡，但他見過蘋果並沒有吃過蘋果，怎麼就夢蘋果呢？

鐘銘到底還是擔了桶往泉裡去，他的兒子攆著他，手裡拿著一嘟嚕氣球，媳婦在喊：拿好拿好，小心飛了。鐘銘卻對兒子說：給我兩個，繫在桶梁上了，或者擔著輕。他和兒子經過那片土豆地，地塄上有煙，聞見了一股土豆煨熟的香氣，卻見段凱靠著土豆堆，嘴裡還噙著煙鍋子，睡著了。睡著了的段凱，頭和土豆一個顏色，那頭就是一個大土豆。

十八

月亮灣十六村，都有給孩子尋命的風俗：過周歲，把麥穗、牛鞭、木條、算盤、書本、藥葫蘆、鉗子、剪子放在炕上讓抓。抓了什麼東西決定著孩子的天性和以後要從事的行當。朗石村的陳冬，臘月生的，他是什麼都抓，抓了就往嘴裡吃。當然這些東西吃不成，便哭，哭得尿在炕上。

陳冬長大後果然口粗，長得要比同齡人壯實，但腦子不夠數。張三懶得往自家地裡送糞，說：陳冬，幫我送晌糞，給你烙油餅。陳冬說：這你說的呀！送了一晌糞。李四在場上曬麥，無聊了，說：陳冬，你能把那個碌碡立起來，我賭一碗撈麵。陳冬說：這你說的呀！雙手抓碌碡往起掀，掀不動，用肚皮子頂住，憋住屁，碌碡就立起來了。村裡誰家立木房，夯土打院牆，挖地窖或拱墓，凡是重活，都喊陳冬來，只要管他一頓好飯，他捨得出力。

月亮灣以前沒通公路，羊腸小道的，一會兒到山頭，一會兒到谷底，朗石村從來結婚娶媳婦，新娘都是靠人背。背架像椅子一樣，新娘反身坐上去，背的人彎腰傾身，遠遠看去，新娘就坐在頭上。那些年裡，朗石村背新娘的事肯定也就是陳冬。陳冬背新娘在半路上不歇，旁邊就給他預備幾顆煮雞蛋和一瓶燒酒，太累了，腳步慢下來，剝一顆雞蛋塞在嘴裡，或喝上兩口，他又一陣小跑。新娘背進門了，一對新人拜過天地入了洞房，院子裡大擺宴席，陳冬不坐席，就蹴在廚房灶口前吃飯。他吃了一碗，又吃了一碗，再吃了一碗。人說：陳冬，飽了沒？他說：飽了。人說：還能吃不？再又盛一碗給他，他還能吃，就吃了。

月亮灣通了公路可以開拖拉機、拉板車、騎自行車前，朗石村先後有二十個新娘都是陳冬背回來的，而陳冬自己沒媳婦。有人逗他：陳冬，你不想媳婦？他說：懷裡沒錢，不能胡想。

國家政策變了，市場開放，村裡人大多都去鎮街做買賣，陳冬也去。他販羊時豬漲價了，販豬時羊又漲價了，把豬把羊再趕去，集市卻散了。村長的兒子出邪點子，在村口的公路上設卡，過往的拖拉機、板車，只要拉了木材山貨的就擋住收過路錢。村長的兒子讓陳冬拿根木棍把關，陳冬擋住個拉板車的，大聲說：停下，交錢來！那人說：這是公路，不是你家炕頭！拉著板車繼續走。陳冬回不過話來，把木棍別到輪子的輻條裡，板車就翻了。卡子設了半年，被鎮政府得知，責令撤銷。陳冬向村長的兒子討工錢，村長的兒子說：我都被罰款了，哪還有錢？給了他一個用舊的BP機。

那時候的BP機能顯示來電號碼，要回復必須去村委會辦公室或村長家的小賣部裡撥座機。沒人和陳冬聯繫，陳冬的BP機老不響，就是個鐵疙瘩。但他BP機不離身，晚上睡覺脫得光光的，腰裡勒了褲帶，褲帶上把BP機別上。

再後來，村裡的青壯年幾乎都去山外的城裡打工了，沒人肯帶陳冬去，陳冬就在村裡種地。老村長去世後，村長的兒子又做了新的村長，而通訊已經使用了手機，新村長每月有政府的兩千元補貼，他買了一部。陳冬總想摸摸手機，每次新村長一說：髒手！陳冬就不敢摸了。清明節或者冬至日，外出打工的有人回來上墳燒紙，有人不回來，不回來的人就給新村長打電話，讓陳冬替他們去自己的祖墳祭奠，當然要付費的，給新村長的手機上轉一百元，新村長再付給陳冬。這一百元其中有紙燭錢，有代勞錢，要求陳冬在祭奠時必須哭。陳冬如實照辦，在墳上哭得嗚嗚的。替代祭奠的越來越多，連續哭很累，陳冬的嗓子發啞，好長時間裡說話都是破聲。

再再後來，陳冬不但在清明節和冬至日替人祭奠，發展到誰家辦白事，要增加悲傷氣氛，也把陳冬叫來在靈堂前哭。陳冬總結了哭喪的竅道，即坐在靈堂前，孝子賢孫們一燒紙，或遠親近鄰來吊唁的人一進門，他就大聲地號，號過一陣，聲軟下來，卻是腔調拉長，高高低低，有急有緩，像是在訴說和歌唱一樣。這樣極其省力。但需要趁人不注意間把唾沫抹在眼睛上，還得時不時打個嗝，感覺是悲痛得出不來氣，自己也快不行了。

陳冬靠哭喪為生了，日子過得還可以。到了二〇一九年，陳冬用哭聲送走了村裡一茬人，又送走了村裡一茬人，四十年代出生的，五十年代出生的，六十年代出生的，整整一個經歷過饑餓和各種政治運動時代裡的人都被陳冬用哭聲送走了，而陳冬還健在，過了臘月初八，就八十歲了。

都說陳冬活成了神仙，陳冬不理會，只問給他做飯的人：飯熟了沒？他一頓要吃一碗白菜豆腐湯和三個蒸饃，或者滿滿一碗撈麵。

十九

長坪公路經過麻山下的板橋灣，分散在灣裡的住戶就沿著公路兩邊蓋房子，慢慢，周圍溝岔裡的人家也都搬遷來，板橋灣就形成一個大村，公路倒是貫通村子的街道。這些新的屋院建好，人都是先不入住，要帶狗進去：狗如果在裡邊搖尾玩耍，就是好宅，如果狗不肯進去，進去了無故亂叫，房子就有問題了，得請風水先生禳治。

那時候還是公社化，人肚子老是饑的，村裡的狗陸續被自家殺著吃了或被他人偷捕燉了肉，只剩下柯文龍家的狗。那狗就測試過無數家新屋。

柯文龍不忍心殺狗，卻一直擔心被偷盜，遲早出門都把狗帶上。和狗待在一起久了，狗能聽懂他的話，他聽不懂狗的話，就開始琢磨研究。村人說：文龍，你是要狗變人呀，還是要人變狗呀？柯文龍說：狗變人咋？人變狗咋？幾年下來，柯文龍真的知曉了狗的話。狗的話沒有人的話那麼複雜，但簡單的狗話裡往往是吞著的音稍一變化就是一個意思。這竅道他沒告訴過任何人。

從此，經常是，狗突然地狂吠，聲嘶力竭，他就詢問怎麼回事，是看到了什麼或有了什麼疑問，然後呵斥、勸解、平息它的委屈和憤怒。當狗翻著白眼，嘴裡喔喔吭吭着，他就嘲笑愛管閒事，這麼多是非。而狗睡著了還時不時嘟噥一句，或許猛地身子一抖，醒了過來，他就問是夢囈了，遇見了屎還是挨了磚？然後把狗摟住，叫著汪汪，弄得一身狗毛。柯文龍已經了解狗是什麼都明白的，能叫出各種花草樹木的名字，能分辨各種飛禽走獸的氣味，更清楚村裡所有人的關係，誰是誰的媳婦，誰和誰是親戚卻不來往，誰的爺爺有好玩的小名。甚至知道村東的李有安癱瘓在炕了，那是吃了蘑菇中毒的。知道劉雙忍的小兒子是他媳婦在討飯的路上生的。知道街道西頭的王中良夜裡會去楊寡婦家，只要丟一顆石子到院裡去，院門就開了。知道村裡在南溝裡有多少畝地，在北岔裡有多少畝地，北岔瑙那一片墳墓裡都埋的是哪家的先人，又都是如何死去的。柯文龍和狗親密無間啊，出門去幹活開會趕集，他是狗的主子、領導、首腦，他保護著狗；回到家裡，狗又是他的答應、保姆、常在，狗侍候著他。想吃煙了，他說：我煙袋呢？狗會爬上櫃台在一個木盤裡把煙袋叼來。他說：天要黑了，雞該進籠了。狗就到屋前的場子上趕雞，雞不聽它的話，雞犬吵鬧一番，雞最後還是進了籠。六月裡在地裡鋤包穀苗，被白雨淋了，他發起燒昏睡在炕上，狗是過一會兒就跑來，前爪子搭在炕沿上看他，每次看他睜開眼了，他說：沒事 它才再臥到門口去。

柯文龍發現狗能看到人看不到的東西，比如，門前的槐樹上有啄木鳥，動不動啄得篤篤響，他想啄木鳥用那麼大的勁啄樹，腦袋肯定震得嗡嗡的，但狗在嘟囔著啄木鳥和槐樹有仇，以啄蟲的名義在報復。比如，頭一天夜裡，村後場畔的一個麥秸垛燒著了，村長認為有人縱火，而狗說那是麥秸垛在自殺。比如，他帶著狗經過村南邊的土塄下，塄上一樹花椒，花椒樹枝子掛扯了他的衣服，他沒在意，狗說三星他娘在拉你哩。三星他娘是十多年前在塄上掏老鼠窩，掏了半籃子老鼠儲藏的包穀顆、黃豆、橡籽和板栗，回來時從塄上摔下來死的。可三星他娘拉他是她生前相好過，這些誰都不知道呀？！他是夜裡悄悄來那裡燒了幾張紙。比如，狗見了李北建和南毛林，說：他倆要走呀。他問：到哪兒去？狗說：死呀！果然三天後，李北建和南毛林在山上砍樹，天上響雷，一個火球落下來就把他們炸死了。

但狗說不了人話，柯文龍試圖著教，費了好多勁，是學會了一句：吃啦？村裡人相互見面打招呼都是說吃啦，狗也是聽得多了，發音還準確，可再教它別的，狗總是伸出一個長的舌頭要出汗，別的話就說得含糊不清。氣得柯文龍說：唉，你也只能是狗！

有一年春天，村裡實在窮極了，就謀算著能把公社化的集體耕地分給各家各戶去種，或許日子可能好起來。但這樣做違反國家的政策，鎮政府縣政府要是知道了肯定得嚴加懲處。村長想著法不治眾，就秘密召開會議，讓大家舉手表決，並都在一份責任書上簽名按手印。柯文龍當然是參加了，他也帶了狗，進村辦公屋時把狗拴在屋外樹上。簽名按了指印，村長宣佈：此事嚴加保密，不許外村人知道，更不得讓鎮政府知道！會散後，柯文龍牽狗，村長說：你讓狗也來了？柯文龍說：狗離不得我呀！村長踢了狗一腳，柯文龍沒吭聲，狗也沒吭聲。

第三天，狗病了，臥著只喘氣，柯文龍要到鎮上給村裡買化肥，把狗關在院子裡。這是柯文龍多年來第一回出門沒帶狗，他給狗說：等我回來了給你洗澡。柯文龍半天就回來了，回來卻沒見了狗。到處尋，沒尋到。又尋了三天還是沒尋到。柯文龍猜疑狗是被誰偷去吃了，在村裡罵，沒人應聲，端著水讓所有人漱口，漱口水裡沒有肉渣和油花花。柯文龍大病了一場。

村裡分包集體耕地後四年，國家廢除了公社化，實行土地責任制，村長告訴柯文龍，當年是他和另外三個人把狗偷走的，但沒有吃，打死埋在了打麥場邊那棵皂角樹下。柯文龍說：為什麼要打死它？它為村裡做了那麼多好事，為什麼打死它？！村長說：它在屋外聽到了村裡的秘密，以防它說了人話。

柯文龍到打麥場去，抱住了那棵皂角樹哭。皂角樹嘩嘩地響，所有的葉子都往下滴水。村裡人聞訊跑來，從沒見過這樣的怪事，那水還繼續往下滴，樹底下的地上都能照出人影了。

二十

藍峪河繞獨堆山流過，河邊全築了屋，水整個夜裡都在咬嚙著屋腳基石。景步元在一家客棧裡沒睡好，早上起來，看山頂上雲霧飄搖，那棵桂樹或合或離，忽隱忽現，沒有能看到廟。

廟是六百年的歷史了，據說第一代住持親手栽下的桂樹，桂樹還在生長，廟卻先後被毀過七次。也正是桂樹的存在，人們才知道這裡曾有廟，而一次又一次再得以恢復。

景步元是秦嶺西段人，會塑像。五年前，他被請來塑佛時，廟宇也才在蓋，兩邊廊房已經完工，而大殿頂上還在裝琉璃脊獸。那天陽光燦爛，忽然來了一陣旋風，把大殿頂上的瓦工吹起，跌落到藍峪河裡，瓦工竟然毛髮無損。景步元知道吉祥，開始在殿裡設計佈局，先壘好台子，栽好木樁，然後用稻草扎出人形。木樁塗上生漆，稻草要得豬血牛血揉搓。再是將白板土以糯米漿泡軟和泥，泥裡加上麻絲、棉絮、椒葉、艾草和朱砂、雄黃。一遍遍上泥，上一遍了，晾乾再上一遍。反反覆覆修整，佛胎就形成了，粉妝是八月十五日中秋。

桂樹的花全開了，它沒有主幹，是從根就分十五枝，每枝都高達十多米，十三人手拉手才能把枝葉圍起來。那是一座隆起的建築，是爆炸性的一團金黃色的雲。光亮就照射到塑像上，塑像莊嚴無比，周身散發著光輝。

景步元知道大功告成，佛性已賦，他渾身戰慄著，說不清是為了自己工作激動，還是佛力使他感到了一種敬畏，他跪倒在了佛像前，禮拜不起。

獨堆山上重新有了廟，廟裡有了佛，藍峪河邊的客棧就很多，越來越多，住滿了香客 他們為了消災祛病，為了求子祈財，為了仕途如意，為了升學順利。世上有太多的煩惱和心事，無處訴說，給佛訴說。有太多的慾望和貪婪，不能滿足，想著佛能賜予。於是，殿裡的供案上常年更換著牛頭豬頭鮮花，殿外的鐵爐中日夜香火繚繞。

每年的秋天，景步元也是從數百里外趕來，但他來了並不直接上山，要在客棧裡住上一宿，沐浴淨身，然後第二天沿著那兩千八百個石階上去，一步一叩頭，直到雙膝肉爛，額頭出血。

二十年過後，景步元六十八歲跌一跤，癱瘓在床，再沒法來朝拜。而獨堆山下，已經是一個旅遊小鎮，商鋪林立，遊人如織。藍峪河裡築起一道壩，把水聚起來，鎮子中間就有了一個湖。不知道怎麼，湖邊的柳也珍貴了，傳頌著古人柳枝相贈的美好浪漫的友情和愛情，那一枝柳條便賣到了一元錢。又曾幾何時，興起了放生，香客們從廟裡禮佛下來，都要到湖裡去放生。這成了一種儀式，更成了一種時髦。桂樹下的場子上便開始有了無數的提著桶賣魚的，或用葛條吊著鱉賣鱉的。這些賣魚賣鱉的都是鎮上人，他們白天把魚鱉賣給香客放生到湖裡，晚上他們又從湖裡打撈了翌日再來桂樹下賣。

一年的八月，又是八月，天上呼雷閃電，廟就起了火。當時是後半夜，廟燒起來是紅光一片，鎮上的人知道後，在兩千八百個階上都站了人，把湖裡的水一桶一桶往上傳遞。傳上來的水越多，火燒得越旺。到天明，整個大殿都沒有了。

而桂樹還在，樹上的金黃花蕊在這一夜裡全部墜落，地上鋪了一層，足有四指厚。

二十一

青埂山海拔一千七百米，汶河從山的西坡起源，往東流四十里注入汝河。這是一條河床最陡、流速最急的河，但在二十世紀六十年代就乾涸了。沙子是渴死的水，大到笸籃小到圓籠的石頭是渴死的浪。兩岸草木蒼青，而河裡的沙子和石頭生白，即便在夜裡，也白得發亮。

河邊有一個村莊，叫地窩子，兩條豎巷三條橫巷的，但已經很少見到年輕人，活動的只是些老人。在巷裡迎了面，這個說：還沒回來？那個說：還沒回來。這個說：不回來就不回來，由他去。那個說：不回來就不回來，由他去。他們昨天迎面了這樣說，今天迎面了還這麼說，說的是去了汝河口縣城裡的兒子或女兒。縣城裡是繁華地呀，有商場有酒樓，有歌廳和網吧，兒女們在那裡醉生夢死，就是不願意回來。這世道咋成了這樣啊，他們沒有答案，這個拿眼睛看著那個，那個拿眼睛卻看著房頂瓦槽裡長出來的瓦松。他們都咳嗽了。這個一咳嗽帶出了屁，那個一咳嗽也帶出了屁，誰不笑話誰，掉頭各走各的。

他們相約著會一塊去放牛。牛也是老得步履趔趄了，鎮上的屠宰場曾經來收購過，他們很憤怒，罵人家是謀殺。現在，風和日麗，他們吆著牛去河灘吃草了。

牛在吃草，他們會坐在河裡的白石頭上，相互很少說話，坐著坐著就打盹了，腦子裡卻追溯著以前汶河的景象。那是滿河的水啊，洶湧而下，驚濤裂岸。風在水上，浪像滾雪一樣。空中鷹隼呼嘯，崖頭的樹林子裡猿聲不斷。他們常常從上游往下運木料，木料用葛條結成排，也有竹排和柴排，上面載著收買到的甕裝的包穀酒、臘肉、核桃，成捆成捆的龍鬚草和榛子，還有獵來的黃羊、果子狸、野豬，野豬是殺了的，那顆肥頭的鼻孔裡插著兩根大蔥。木排竹排柴排隨波逐流，兩邊的溝壑大起大落，閃過的是一層層梯田，是石灰石場，是磚瓦窯。撐排的人全都扎著裹腿，腰裡繫根皮繩，嘴裡吆喝著：特色！特色或許是看到了「農業學大寨」的戰果而激情鼓動，或許是得意於自己在波浪搏鬥中的英勇無畏，或許什麼意思都不是，覺得吆喝著舒服就吆喝出來。木排竹排柴排在崖腳下沖撞，發出沉沉的響聲。有人掉到了水裡，又很快冒出頭，手抓著排尾跳上來。而遇到了漩渦，那個柴排在打轉，似乎是要翻呀，卻終沒翻，有驚無險。轉過了紅石壁下，水勢平緩了，將排拴在幾棵松樹根，跳上岸便往一片竹林裡去。高高低低的瓦屋，每個屋門口都站著一個年輕女子，老遠的打招呼。招呼過來了的那就是哥，沒招呼過來的，拿著帕帕的手在空中打一下，鼻子裡響聲哼。進了瓦屋，有茶有煙，店老闆熱情，朝著隔檔裡喊：上酒上魚呀，來兩個婦女！遺憾的是，他們誰也沒有去過青埂山上的汶河源頭看看，只說以後會有時間的，沒料河說乾涸便乾涸了，一晃人就老了。

坐在河裡白石頭上的老人們差不多都笑起來，笑起來卻都無聲。遠處的牛走著還在吃草，步子越來越慢，像是上屠場一般，後來全臥下來反芻，而無數的蒼蠅蚊蟲就落在身上，把鼻眼都糊滿了。

二十二

秦嶺中段多地震，當地人說是走山。最近的一次走山是一九九五年，火神崖沒有了，羊角山向北縮短了三里，而羊角山東邊的屹甲溝，兩邊的梁四分五裂，溝裡的紙坊村完全被泥石流壓埋，後又形成堰塞湖。

紙坊村十一戶人家，都姓黑，合夥開辦了紙坊，做宣紙，更多的做祭奠用的火紙。走山的那天下午天就下雨，屋簷吊線的，後半夜門閂子搖得哐啷啷響，接著炕面子像是上了牛背，顛得厲害，把人從炕上摞下來。有人啞聲地喊走山了，臉盆子敲得咣咣響，各家都呼兒喚女地往屋外跑，還沒跑出來，瞬間裡泥石流就把一切都埋沒了。黑老三的兒子黑有亮在縣城讀書，他是紙坊村第一個考上縣中的學生，也是紙坊村唯一活著的人。待他從縣城裡趕回來，他看到的只是堰塞湖。黑有亮從此不再上學，在湖邊搭庵住下，每天挖湖邊的土石，尋找著村人的遺體。挖了三年，一無所獲。縣政府因地制宜，在打造堰塞湖為旅遊景區，景區主任對黑有亮說：山梁坍下來把溝都填滿了，你怎麼個挖？就是能挖出來，你又能為他們修多大的墳？把這湖叫作紙坊村湖，算是紀念他們吧。

人是很容易忘記過去的，景區建成後，遊客蜂擁而來，他們完全不再說走山的事。黑有亮就在景區打工，做個導遊，當遊客們在欣賞和驚嘆著紙坊村湖的美麗，黑有亮總是不吭聲，他們問：你是哪兒人？黑有亮說：當地的。他們哦了一聲：古書上說有野趣而不知樂者，樵牧是也。後來，黑有亮不做導遊了，被安排去經管三處釣魚台。

黑有亮不明白湖是新湖，並沒有投放魚苗，哪有魚可釣？問主任：魚從哪兒來的？主任倒問他：你身上的蝨從哪兒來的？

果然，湖裡就開始釣出了魚，有鯉魚、草魚、鯰魚、鯽魚和身上有紅斑的花魚。遊客們凡是定時付款釣上來的魚，稱過斤兩，可以折一半價，拿去湖邊的餐館裡清蒸、紅燒。不知從什麼時候起，有了一種黑魚，那是黑得像炭的顏色，頭很小，卻有著黃鼠狼一樣的尖嘴，白生生兩排牙，能發出哇嗤哇嗤的叫聲，如同紙坊的木錐搗竹絨的聲音。黑魚初釣上來，咬傷過很多遊客的手，也曾發生過餐館裡的廚師把魚殺了，剛要捏起魚頭放鍋裡煨湯，魚嘴竟咬住了指頭的事。後來再釣上黑魚，用竹籠罩住，剖宰時也得先用勺子按住魚頭。

秦嶺中段的河裡溪裡從來沒見過這種魚，景區就宣傳這和土雞土鴨土豬一樣是土魚。遊客多來自城鎮，城鎮裡的人婚娶，找情人，都講究要漂亮的，而吃食上卻要土的，越土越好。黑魚皮厚，剝了皮，肉嫩，味道鮮美，為了能吃到黑魚，遊客來的就特別多，而且來過了還再來。黑有亮常常想：魚的最大願望就是把墳墓建在人的肚裡吧？就看著那些人吃了魚都滿足了，鼓腹而歌。

二十三

五鳳山其實是五縫山，山上有五條縫，住著數百戶人家。東邊的縫一會兒寬一會兒窄，是金線吊葫蘆狀，住在那裡的張家、劉家都是隔一輩多子，隔一輩單傳。北邊的縫最長，縫沿邊長滿著狼牙刺，從沒有砍過，上邊常掛了樹葉、破布敗絮和塑膠袋子，住著的謝家、宋家、吳家，人多是些杠頭，小時候說話尖酸，做事偏執，七十八十了，也是杠頭變老了。西縫一帶的人姓雜，高、田、希、寧、邢、錢、裴、時、翁、洪、封，出過三個瘋子，但也出過六任村長。而南縫和中縫都流水，那一片都是武姓，人比較風流。遭了年饉日子再窮，喝一碗包穀糝子湯要坐桌子，要有四碟子，放著鹽、醋、辣子、蔥花，還要有一隻木刻的雞。出門辦事，男人一頭一腳要整潔，女人塗脂抹粉，活在細節裡。就傳出某某女子在山下的鎮子裡有相好，相好從山下常帶來吃食和日用品，她是吃雞要吃長得漂亮的雞，洗臉只用胰子。也有某某老漢竟能從外地娶回來了一個相差二十歲的媳婦，他要顯得相配，天天刮鬍子，晚上在搪瓷缸子裡盛上開水，把褲子要熨出棱來。

五鳳山上的人家居住分散，房子都是隨地形而建。如果兒子娶了媳婦，沿著老屋前後或左右再接續一間兩間。如果死了人，墳墓又都修在屋旁不遠處，早上掃地，一把掃帚從院門口就掃到墓前，豬總愛臥在那裡哼哼，雞也常把蛋下在墓堆上的草窩裡。從山下往山上看，院門樓和墓碑廬一樣高大，以為五鳳山人口越來越繁多，實際上七十年來人數一直不增不減，也就是每年死去多少，就能新生多少。有過這樣的紀錄，有一年新生了五個嬰兒，到了臘月十八了，僅死了四個老人，都以為要打破平衡呀，大年三十初夜響鞭炮，北縫的宋家老二逞能，做了個炸藥包放，結果把自己炸死了，完成了最後的指標。

春節裡，從初一到正月十五，按風俗每一個院門樓上和墓碑廬上都得掛燈籠，白天裡或許還不明顯，黑夜裡到處都是光亮，陣勢非常壯觀。所有的人，都站在自家的燈籠下，看別人家的燈籠，自家的燈籠也被別家的人看著。這時候，發現哪一戶院門樓上沒燈籠了，或是哪一個墓碑廬上還黑著，便說：哦，胡家死絕了。

五鳳山上姓胡的就一家，父母去世後胡會眾到四十八歲上還沒婚娶。他是小時候被驢踢過腦袋，從此智障。但他知道白天黑夜，以至於看什麼不是白就是黑，非黑即白。燈亮了他不說燈亮說燈白，火滅了他不說火滅說黑火。村長念及他生活困難，想列為五保戶，給他說了，他說：你說白話。村長說：我咋說白話？生了氣就沒再列入五保戶，他見人說：村長人黑的。他抱了雞到鎮上去賣，人問：會眾你到哪呀？他說：走路呀。人說：你別走迷了，得跟個誰。他說：我跟風。是在颳風，風在路上簇著煙土移走，他真的一直跟著風走，在山下的河灘裡兜兜轉轉了幾十個來回，人到底沒到鎮上去，走累了，懷裡抱著雞在風裡睡眠，一覺從白天睡到天黑。

村長到底還是可憐胡會眾，自己出錢，讓胡會眾幫著放羊。村長家的羊十五隻，胡會眾只理會有白羊黑羊，卻數不清。放了三天，羊群少了兩隻。村長後來只讓他放兩隻羊，一隻白羊，一隻黑羊。村長叮嚀：你不要讓羊跟你，你要跟著羊。他說：跟白羊還是黑羊？村長說：黑白都跟。羊再沒丟過。到了冬天，山上的青都枯了，山頂上的野苜蓿還綠著，胡會眾跟著羊到山頂去。要經過西縫旁的坡，坡很陡，白羊爬上了，他跟著爬，發現黑羊還在坡下，下來攆黑羊爬，他再跟著爬。快到山頂的時候，西縫的裂口就在那裡，有兩米多寬，白羊一躍，跳過了，黑羊也一躍，跳過去了。他站在縫沿往下看，縫裡是黑的，看不到底，他鼓了勁，往過跳，雙腳已經是挨著了對面的縫沿，但身子沒撐住，就掉進了縫裡。

胡家的院門樓上，墓碑廬上再也沒有了燈籠。一年後，他的墳墓上長滿了萱草。而他家的房屋則修繕了一番，成了五鳳山又一個集體開會學習場所。他家的房子不大，院子卻寬敞，各家各戶出一人來，開會學習了，就都坐在院子裡。村長依然口若懸河，好多人腦袋漲漲的，就不專心，扭頭往院牆上看，看到了那墳墓上的萱草已經長得高出了院牆，在抽穗吐絮。絮非常白，但不能算花。烏鴉就時不時飛在那裡叫喚。

二十四

天山因山長成個天字形，尤其下了雪看得清晰。

下雪了，山下鎮子裡的延小盆就給老婆說要上山捕狐子。媳婦不高興，說：一下雪你就上山捕狐子，去了多少回了，捕的狐子呢？不是你捕狐子，是狐子勾你魂吧！山上獨獨有一戶木匠，木匠長年在外幹活，木匠的小媳婦在家。小媳婦長得俊俏，惹得鎮上好多男人去騷情。老婆肯定聽到了什麼，她話中有話，延小盆便說：我跟犟一斗一塊去的。在延小盆的朋友裡，老婆信得過的只有犟一斗，老婆就不再吭聲。

但延小盆這次上山並沒有叫犟一斗，跟著他的是陳毛子。兩人帶了一包炸藥，一隻雞，還有一盒擦臉的海巴膏。四個小時後到了山上，木匠竟然在家裡。延小盆不好問木匠啥時候回來的，看女人棉襖上套了件粉紅衫子，腰身乍乍的倚著門，他也就假做不熟。對木匠講了來捕狐子的事，然後說：得在你家柴棚裡住一夜了，這我付錢。木匠厚道，說柴棚裡太冷，上房裡有火塘。

上房是三間，東間有隔牆，做的臥屋，中間算是客廳，擺了板櫃、方桌、椅子，西間是灶台，灶台前一個很大的火塘。木匠把延小盆、陳毛子招呼在火塘邊坐了，又添了柴火，火呼呼發響，女人說：火笑哩。在火塘烤乾了腳上的濕鞋，延小盆和陳毛子在方桌上把炸藥配好了，多加了些碎瓷碴，再把雞殺了，剝下皮，分別包了十幾個小藥丸。女人說：每個藥丸上再插根雞毛吧。延小盆講這建議好。女人說：那我給咱煮肉呀！拿了沒皮的雞在案板上剁，又去院裡抱柴火回來燒鍋。從上房門裡望去，院子裡的雪地上踩出了一行腳窩，腳窩小，小了好。雞肉煮到鍋裡了，女人彎腰從一個罐子裡往外舀花椒和茴香，屁股撅著是那麼飽滿圓實。木匠過來幫忙把藥丸往木盤裡放，延小盆說：小心！掉下去會爆炸的。木匠說：這藥丸狐子能去吃了嗎？延小盆說：有雞皮呀。女人把罐子放到屋角的架板上了，轉過頭來看，光線幽暗，臉更顯得白，無聲地在笑，他感覺那是一朵花在開。

趕到天黑前，延小盆和陳毛子去山坡上投放藥丸，木匠也跟了去。他們投放了三處，每處在狐子可能要經過的平地上放一顆，又估摸狐子狡猾，不走直路，就又在坎塄上放一顆，在坎塄下放一顆。放好了，陳毛子對木匠說：等著狐子來，一吃藥丸就炸了，不炸死也把嘴巴炸掉的。延小盆趕忙發噓聲，小聲說：附近或許藏著狐子，別讓聽到。然後回屋圍火塘坐了，開始吃雞肉，木匠還拿出了自家釀的包穀酒。雞吃了一半，延小盆沒有聽到爆炸響，問女人：是不是還沒聲音？火光中女人臉白裡透紅，也喝多了，眼睛迷離，說：沒聲音。這一夜到底是沒有爆炸聲。天亮跑出去查看，雪地上發現有狐子蹄印，但兩處投放的藥丸都在，而第三處投放的藥丸被挪了地方。木匠說：它咋挪的？延小盆說：它會輕輕叼着挪的。木匠說：這裡咋沒有蹄印？延小盆說：狐子鬼精鬼精，它離開時尾巴會把身後蹄印掃除的。把狐子挪開的藥丸重新選一個地方放好，他們返回屋裡，再等待吧。

剛進了屋，延小盆的手機響，是犟一斗打來電話，告訴弟妹給他打電話了，問是不是一塊去山上捕狐子了，他明白是弟妹起了疑心，多虧他反應快，回應是在一塊。犟一斗說：你上山怎麼背著我？你給她回個電話！延小盆就給老婆回電話，說他和犟一斗昨晚炸著了一個狐子，藥丸做得太大了，把狐子炸成了兩半，那皮子無法剝了。現在重新包藥丸，包小點，若再能炸上　隻兩隻的，回來用皮子要給老婆做個圍巾呀。打過了電話，他又撥通犟一斗的手機，讓犟一斗今天不要待在家裡，以防他媳婦去求證。再是要給家裡人叮嚀，萬一他媳婦去了，說話不能露了餡。

安頓好，四個人又坐在火塘邊。半天沒了話。木匠說：我給你們燒土豆吃。起身去了院角柴棚裡取土豆，延小盆便掏出個東西要給女人。女人說：這啥呀？延小盆說：海巴膏。女人說：這我不要。延小盆說：你拿上。陳毛子轉過了臉，看著院子，木匠拿了土豆往門裡來，陳毛子哼了一下，回過頭，女人到底沒有要海巴膏，延小盆只好把海巴膏裝回兜，從女人身邊閃開，裝著被煙嗆了，連聲咳嗽。

火塘裡烤上了十幾個土豆，延小盆忽然想起事，要陳毛子給他老婆也打個電話。陳毛子說：嫂子對我有偏見，我給她說啥？延小盆說：你就問我在不在，以證明咱們不在一搭。陳毛子說：瞧你這辛苦！延小盆說：唉，編一個謊，得用三個四個謊圓麼。陳小毛悄悄說：你又騷情失敗了。延小盆更是悄聲：古人講妻不如妾，妾不如妓，妓不如偷，偷不如偷不著。兩人嗤嗤地笑。

陳毛子撥手機，為了不讓延小盆老婆聽見這邊說話聲，是去了院門外。不一會兒，咚的巨響，女人說：爆炸啦！延小盆覺得不對，藥丸投放地離房子遠，爆炸聲怎麼這樣脆？但他還是跑出來，院門幾十步遠，沒有見到狐子，雪地裡倒著的是陳毛子。陳毛子踩上一顆藥丸，把腳炸傷了。延小盆一邊扶陳毛子，一邊苦笑，對著也跑出來的木匠和女人說：嘿嘿，這狗日的，把藥丸叼到這院門口！

二十五

沿麥溪走二十里到北順關，兩邊崖腳多洞穴縫罅，山洪暴發時，水流激蕩，聲如叩甕，而進入枯水期了，裡邊有大鯢，能看到游來游去的，卻就是無法逮住。

左岸是一塊稻田，稻苗齊腰高了，懷著風，在連續不斷地出現著笸籃大的漩渦。有一株稗子一直藏於其中。稗苗一拃高的時候和稻苗沒有區別，它生長得太茁壯了，當比稻苗高出一頭，枝葉硬朗，顏色黝青，葉沿上滿生出小齒，才發覺自己是異類。稗子感受到了周圍的緊張氣氛，更害怕農人有一日來將它拔除，就在大鯢像嬰兒哭啼一樣的叫聲裡，膽戰心驚。

這塊稻田的主人是崖底村的柳麻子。他生下來就一臉麻子，被人作踐：前世和豬爭過糠，今生臉不光。他好久沒來稻田經管了，因為媳婦過了預產期兩個月後分娩，大量出血，接生婆問他是保大人還是孩子，他說沒了孩子以後還能生，沒了大人那就再也娶不到媳婦。接生婆就抓住先冒出來的孩子小腳往出拽，沒想竟囫圇圇拽出來，說：咦，這是生牛犢哩。牛犢子生下來塊頭大，這孩子也大，稱了九斤七兩，便起名柳十斤。

柳十斤一歲時開始跑，能吃能喝，胖到五十斤。七歲上已一米五，胳膊垂下來過膝，穿著和柳麻子一樣的鞋，人沒到腳先到。村裡人說他是柳麻子的兒子嗎，不是電線桿托生的？這是長扯了，要傻呀。柳麻子覺得丟人，說：娃呀，娃呀，再不敢長啦，再長就沒用啊，一輩要苦的。但柳十斤還在長，長到兩米三，家裡的門拆了加高門框，炕也重新再盤，他的衣服永遠顯得短，鞋小腳大，腳指頭全部長彎。

村裡會計的表姑在縣城，這年春上，表姑帶著女兒、女婿來探親，女婿得知河裡有大鯢就去逮，而洞穴縫罅裡水深，手伸進去似乎能摸到了，又終逮不住。正好柳十斤路過，會計喊：十斤十斤，你胳膊長。柳十斤過來逮，也是沒逮住。那女婿卻看中了柳十斤的個頭，說他可以給柳十斤在縣城找個工作，問願意不？柳十斤當然願意。柳十斤後來就去了一個演出團。演出團裡有唱歌的跳舞的，也有耍猴玩蛇的，班主要柳十斤和一個一米二的侏儒搭對，在節目之間出來串場。柳十斤覺得受辱。班主說：你長得像樹，樹只喝水而你要吃飯，你能幹了啥？柳十斤出來了不願意再回村，還是留下來。第二年，演出到山外的城裡，台下有人看到了柳十斤，當天夜裡，柳十斤失蹤了。

失蹤的柳十斤杳無音信，村人便認定他是死了，柳麻子哭了一場，說：罷了，稻田裡總有稗子的。

這一年，會計用炸藥炸了崖腳下的洞穴縫罅，逮出了大鯢，大鯢在縣城能賣到大價錢，就開始人工飼養。隨後村裡好多人都加入進來，會計成立了大鯢飼養有限公司。柳麻子以左岸那塊稻田入股，改為鯢塘。

又過了五年，會計和柳麻子給縣城裡送大鯢，晚上住宿在賓館，賓館裡的電視在轉播全國籃球比賽，畫面裡出現了一個特大個子的運動員。會計說：長得這高？說完了，覺得話說得不妥，又改口：麻子，打籃球哩，你不來看？柳麻子說：一群人搶一個球麼，有啥看的。會計卻突然叫起來：這九號，這九號，咋像是十斤？柳麻子這才看了，果然就是柳十斤。柳十斤還活著，竟然成了運動員，柳麻子拍打著電視機喊兒子，把電視機拍打得從桌子上掉下來。

消息很快傳到崖底村，村裡人明白了要改變命運，如果沒有資金，沒有技術，沒有膽量，那一定得有特殊。但很多年過去了，再沒一個長過一米八個兒的，也沒一個不到一米個兒的人，即使有力氣，沒有人一拳能打死牛的，即使能吃，沒有誰一頓吃了一銅鑼底小米熬成的粥。除了村長、會計和大鯢飼養有限公司的幾個人，別的都是平常人。這些平常人有著三畝地、一頭牛，守著老婆孩子，圍著火塘烤樹根疙瘩火，吃著土豆和煮著土豆的包穀糝糊湯。餓不死，凍不死，但活得不旺，活得不體面。曾幾何時，有人去縣城偷自行車賣著變錢，更多人學樣，崖底村一度成了北順關甚至麥溪上下的舊自行車交易點。當然這不會長久，遭到縣公安局查封，並銬走了幾名首犯，而縣城的牆壁上有了宣傳標語：防火防騙防崖底賊。

二十六

之所以叫雲蓋寺，是雲常常就把寺蓋了。其實，雲來了，不但蓋了寺，也蓋了整個小鎮。這個冬季，霜降一過，雲多是天才黑就從山上流下來，一進入南街口翻滾得如同席捲。很快，不見了街道，不見了街道兩邊的門面房，而似乎還有亮著的燈，光亮像風吹雨淋過的一片紅紙，後來也就消失了。

一夜的寂靜無聲，天亮的時候，偶爾從寺後的河面上吹來一陣風，北街口的那棵娑羅樹被雲隔成了三截，樹根已經清晰了，坐著老和尚。老和尚每日黎明拿竹帚掃寺門口一直到村前的六百二十八級台階。他掃的不是塵，是雲。現在，老和尚掃完了最後一級台階，返回寺裡去了，石板鋪成的街道逐漸出現，上面一層冰，冷冷地發光。屋簷下吊著的那些寫著茶、酒、飯館、客棧字樣的招牌在搖晃。哐當哐當的聲音響起，許多人家開始抽門關，卸下門板往出擺貨攤。有老漢用竹竿支起了一個貨架子，拿手去抓擦身而過的一朵雲絮，沒有抓住。遠處是一陣咳嗽聲，說話聲，啊啊地打哈欠聲。

背了一夜炕面子了，還沒睡好？

越睡越睡不夠麼。

睡死你！

哎，我問你人死了是不是覺得自己沒死？

啥意思？

常言說死了如睡著，那睡覺是知道自己躺在炕上要睡呀，可什麼時候睡著了並不知道呀，是不是？

你死一回就體會了。

街道完全地通透了，可以看到遠遠的南街口，那裡站著一條狗，小得像是貓，汪汪地叫，聲音發悶，像是在甕裡，賣甑糕的禿子推著獨輪車就慢慢地過來了。禿子是按時按點到達，從不叫賣，因為他是啞巴。沿街賣包穀糝糊湯的店門口有了人，賣糍粑的攤前也集了人，打燒餅的人支起爐子。豆腐坊的第一鍋豆腐揭了籠，馬寡婦吆喝：豆腐——噢熱豆腐。雜貨店的人拿了碗，趿著鞋跑去，斜對面咵地洗臉水潑出來，買豆腐的說：都滑成啥了還潑水？潑水的沒吭氣，雜貨店的女人還在梳頭，大聲喊：讓多放些辣子啊！

深山裡的小鎮貧瘠得安靜，日子就這麼堆積著，過去了月，也過去了年，一直到了二〇一六年的一天，突然有了故事，如同中街客棧旁榆樹上的老鴰窩被戳了一扁擔，紛亂和嘈吵了一陣。

那天是陰曆十月初二，照常的一個早上，雲剛剛從街道上散去，禿子推著賣甑糕的獨輪車到了豆腐坊門口，前邊的路上仰面躺著一個人，以為是豆腐坊的老劉，就大聲哇哇起來。啞巴的話沒有節奏，別人聽不懂，但他的意思是你老婆又不讓你在炕上睡啦？一抬頭，老劉竟從店裡出來，問：你說啥？禿子忙停下車子就去扶躺著的人，認得是後巷的任秋針，身上穿著藍布棉襖、黑棉褲、舊膠鞋，後腦勺一個窟窿，血流出來結了冰，人早就已經死了，變得僵硬。

任秋針五十出頭，家裡有老母親還有兩個孩子，因為住在後巷，沒有門面房開店做買賣，就飼養了十幾隻羊。小鎮上幾十年從未發生過非正常死亡，本分老實的任秋針怎麼就橫死在街頭？這事驚慌了整個小鎮，議論紛紛。派出所的人很快到了現場，排除了他殺和自殺，經屍檢，也排除了心血管疾病導致的猝死。但任秋針的家屬不行，太平社會，好端端一個人，說死就死了，真相到底是什麼？停著屍不肯埋葬。鎮派出所是全縣評比中的模範派出所，也有心要給小鎮個交代，於是進行詳細調查。

據家屬講，頭兩天任秋針在黑溝放羊時丟失一隻羊，回來自己給自己生氣，喝了一瓶白乾。事發的前一天黃昏，得到消息，黑溝村撿到了那隻羊，任秋針就給家人說要去黑溝村呀，出門時還在懷裡揣了一盒紙煙。事情肯定與黑溝村有干係了。黑溝村村長承認黑溝村是撿到了一隻羊，也承認任秋針那天黃昏來過黑溝村。黑溝村是個窮村，那天集體在山腳下修水渠。撿到羊，原本想殺了給各家分肉的，羊太小，村裡戶數多，村長提議殺羊熬湯吧，讓全村老少都能沾上腥，天這麼冷，驅驅寒。而任秋針到村時羊湯已經在熬，支了三個大筒子鍋。任秋針和村人論理，村人說，羊是村人撿的，殺羊也是本分，這就像雨下到誰家田裡那就長誰家的莊稼呀！任秋針論不過，捶胸頓足地哭。村人見他可憐，安慰他，讓他也喝羊湯。全村老少是各喝了一碗兩碗的，他喝了三碗。天黑後任秋針返回，村長還把他送到寺後的青蓮河灘。

黑溝村人熬了羊湯喝是能說得過去，並且全村百十多人都喝了湯，能說誰不對呢？任秋針若那天黃昏不去黑溝村或許回來不至於死在街頭，可那是任秋針自己去的黑溝村呀！那麼，任秋針從河灘到鎮上還發生了什麼事嗎？糍粑店的孫掌櫃主動來報告：任秋針腳上的舊膠鞋是他給的。那天晚上，他在店裡蒸土豆，因為第二天有人給孩子過滿月，訂下的糍粑多，夜裡兩三點了，任秋針就經過門前。那時街道上都是雲，店裡燈光照出去，只能照出簸箕大一片亮，任秋針經過時在咳嗽，他說：打牌才回呀？任秋針說：我啥時打過牌？就站到了店門口。他是看到了任秋針一隻腳上穿著鞋，一隻腳竟然光著。他問天這麼冷，你光腳？任秋針說是從黑溝村回來，過青蓮河上列石時絆了一下，一隻鞋被水沖走了。他見任秋針寒磣，就把他的一雙膠鞋讓任秋針穿，膠鞋是舊的，鞋底都磨成平板了。任秋針穿了鞋，說：明日我還你。

或許，就是這雙底磨成平板的舊膠鞋，任秋針穿了在街上石板路上走過時，雲大，石板上又結了冰，滑倒了後腦勺著地而死的？可孫掌櫃是一片好意，哪能是他的責任呢？再調查石板街道結冰的事，確實是如果石板上不結冰，舊膠鞋再是底子磨成平板也不會滑跤的。但是，小鎮上自有了這條主街道，以前住家和以後做門面店鋪，大家都習慣著把洗臉水、洗衣洗菜水、淘米水，順手就潑到街道上。這怎麼認定是誰的錯呢，有錯那是家家戶戶都錯。街道上的人爭辯，哪個冬季裡街道上不是一層冰，是摔過人，可都是跌個屁股蹲兒，他任秋針一摔就死了！

派出所調查之後，結論任秋針確實死有其因，但又無法認定誰有責任。任秋針家屬還是不行，鎮政府補助五千元。

任秋針埋葬後，過五七，家人在寺裡做了一場焰口超度。那天晚上依然是雲蓋了寺也蓋了小鎮，寺後的河面上沒有吹來風，雲不是如磙礡滾，也不是如席筒捲，而是瀰漫成糊狀，混混沌沌，完全看不見北街口那棵娑羅樹，看不見那六百二十八級寺門前的台階。

二十七

走黃沙峪三十五里是洞山，山上猴子多，全身金絲毛，常常攔住過路人要吃食，甚至搶劫。翻過洞山過耿水河，往左二十八里是公母山，山峰有一男一女人形石，崖畔長滿雞骨頭木。此木長到酒盅粗就不再長，質地堅硬，砍下來做拐杖最好。耿水河上下三個鎮都有雜貨店賣這種拐杖。經過公母山五十里，進入二郎峽，有瀑布，有湫，峽壁上長石斛和獨葉草。再走出青牛灣就到了老城。之所以叫老城，是清末民初時縣城建在這裡，城池很小，城牆用石頭壘的。最後一位縣長姓韋，公正清廉，每日的午飯都是一碗白菜豆腐湯兩個蒸饃。但那時國家綱紀鬆弛，社會失正當變，一個夜裡有土匪攻城搶糧，殺了無數人，連縣長的頭也砍下提走了。後縣城在別處重建，這裡就遺棄荒廢，一百多年過去了，現在只剩下一截城門洞，城門洞裡外住了八戶人家。

八戶人家，一戶的爺爺是個駝背，似乎脖子上壓了石頭，走路手能觸著地，眼睛無法看到高處。一戶的老婆婆脖子下長了肉癭，像吊著個布袋，上面血管清晰可見。一戶夫婦都姓李，沒有兒女，男的從山上滾下來斷了脊梁，常年癱在炕上，女的不好好伺候，出來給人說：身子都死，頭還活著，就是能吃。

可能是殺伐之地的陰氣重，可能是太偏僻了人就長得醜，卻有姓呼延的一戶，孩子瘦瘦的臉，耳尖高過眉毛，非常秀氣。這孩子在娘過世後，曾經投靠青牛灣的姑家，在那裡小學讀過書，畢業後回來跟著爹務農。他聽爹說過二郎峽的瀑布，水好像是從天上下來的，在下邊用盆子接，盆子裡卻一滴水都盛不住。聽說過公母山上的雞骨木拐杖有靈性，白天拄了走路，蛇會避遠，夜裡是可以打鬼。也聽說過洞山上的金絲毛猴能立起後腿行走，會說人話。孩子還要問外邊的世界，他爹最遠也只到過洞山，再說不出什麼，訓道：你話這麼多的！

孩子不再向爹問這問那了，喜歡獨自想心事，這些心事後來都成了疾病，在夏天裡頭髮瘋長，像草一樣，還特別粗硬，看上去是一根一根插在腦袋上。和爹去溝裡的地裡勞動，爹掮了犁杖在前邊走，他吆著牛跟在後邊，為了使牛好好走路不貪吃路邊草，給牛嘴上套上竹編罩，他嚼甜黍稈，把嘴也佔住。半坡上的小路曲裡拐彎，路兩邊都是一尺高的狗尾巴草，在風裡搖晃，他就覺得路在亂顫，停下來觀察，和爹拉開了距離，爹便黑了臉吼他。他一個人去地裡挖薯，挖出了一個紅薯像是躬身側睡的人：凸肚子，大屁股，腿很粗而腳很小。他覺得驚奇，拿了紅薯跑回來讓村人看。爹嫌他耽誤了農活，又在吼他。初冬的早上，爹做飯，讓他快去村前的池塘沿採些苣苣野菜了煮鍋，他看見池塘裡的浮萍全成了褐色，想著爹臉上長的斑也是褐色，一時悲傷，忘了採苣苣野菜。爹不見他回來，出去見他在池塘沿上哭，就再次怒吼，這一次吼得厲害，還動了手。

到了春天，二三月裡，鶯飛草長，百花競開，但春天都是人饑餓的季節。糧食接不上，瓜瓜果果又沒有，村裡人一天三頓都是生了疤的紅薯，吃得胃疼，吐酸水。看什麼東西都琢磨著這能不能吃，而皂角樹長出了刺，蜂巢掛在簷下，蓖麻葉沿滿是鋸齒，狼在溝畔裡出沒，又恐懼著什麼都要把自己吃掉。爹渾身浮腫了，指頭一按腳面一個坑，半天恢復不了。瘻婆婆走路就跌跤。駝背爺爺已經睡倒在炕上十多天了，孩子去看他，他還有力氣說想吃白麵疙瘩湯。可家裡的米麵罐子揭了底，孩子拿著碗去各家借白麵，家家都沒有白麵，最好的吃食也就是姓李的那戶，女的用紅薯麵壓了餄餎，待他把餄餎端給駝背爺爺，人卻死了。

一天的黃昏，孩子在山上摘一種叫軟棗樹的葉子，這種樹稀少，葉子打成漿可以做涼粉吃。他回到家來，只說能聽到爹的表揚，爹沒表揚。他說：爹呀，晚飯咱吃啥呀？爹說：不吃啦，睡去，睡著了就不餓啦。爹的話哄人，他睡上炕了，而肚子餓得壓根睡不著，又起來，坐到了那截石頭門洞上生氣。習習的風吹了來，他張嘴吞了幾下，心裡還說吃風屙屁，果然就放了一個屁。肚子裡的氣似乎是洩了，而遠處的溪水在響，門洞的石頭縫裡也有蛐蛐鳴叫，他便又胡思亂想起來。一會兒懷疑天上真有天狗，把月亮吃殘了一半，一會兒見門洞旁的楊樹一直在晃著樹葉，又擔心那樹葉會暈。樹葉沒有暈，倒是他頭暈了，忘記自己坐在石頭門洞上，身子往前傾斜的時候，掉了下去，腦袋著地。第二天早晨，爹起來發現了他，他還躺在那裡昏迷著。

很多年以後，老城裡突然有了不速之客，這是來探尋老城遺址的人，穿著渾身都是口袋的衣服，挎了照相機，戴了墨鏡，還有太陽帽、雨披和蛇藥。探尋人在這裡住了五天，就見到了一個年輕的傻子。關於老城的歷史和傳說，傻子一問三不知，只是笑，笑時兩隻高過眉毛的耳尖一聳一聳。但傻子十分興奮，也極殷勤，一直跟著探尋人，過溪時就先去搬石頭在水裡支列石，進樹林子又用刀砍藤蔓開道。關係一熟，傻子的話特別多。探尋人在感嘆著村的周圍草木都開了花，紅的黃的白的藍的，美不勝收，傻子卻問：土裡是不是有各種顏色？池塘裡有了啪嗤聲，是魚跳出水面，傻子又問：魚只喝水就活著，人為什麼要吃飯呢？探尋人覺得傻子有趣，也是要故意逗他，傻子那小小兩片嘴唇再不停息，有太多的問題要問，把不可說的東西都要表達出來：山根下的墳墓裡埋的是駝背爺爺，土裡埋了什麼種子就長出什麼苗，駝背爺爺也會長出來嗎？溪水濺起來像沙子一樣一粒一粒的，會不會就流不動了呢？雞叫天就亮了，雞不叫天怎麼也亮了？屁股黑是褲子捂的，蘿蔔在土裡怎麼是白的？太陽如果不熱了呢？牙和指甲算不算骨頭？雞下的不是蛋是冰雹？把風也能養起來？傻子又總是擔心西邊那個山頭要垮了，癭婆婆的那個囊袋要破了，姓李的男人要長出蘑菇，場畔的碌碡要被風吹走呀，門洞旁邊的楊樹要被雷劈的，爹也會在哪一天就死呢……探尋人驚奇地看著傻子，說：咦，你是個詩人麼！傻子說：我是不死人！探尋人笑了笑，摸著傻子的頭，傻子的頭髮奓著，像栗子色，像刺蝟，一根一根的又像是天線，又說：傻子與神近啊。

二十八

站在了拔仙峰，看群梁眾壑遠近起伏，能體會到山深如海。正是清晨，所有的谷底溝畔便有了雲堆，或大或小，像是無數的篝火在冒煙，煙端直上長。太陽要出來了，先是一個紅團，軟得發顫，似乎在掙脫著什麼牽絆，軟團就被拉長了，後來忽地一彈，終於圓滿，隨之徐徐升起。而一起長上來的雲，這時候分散成塊，千朵萬朵的，踴躍著，開始了鼓舞歡匝的熱鬧。這樣的場面可以維持十多分鐘，有時甚至半個小時，雲又瀰漫，再又疊加，厚實得是鋪上了一層棉，棉上的陽光一派燦爛。

拔仙峰上是觀日出雲起的地方，拔仙峰上也是道教上清靈寶天尊的道壇。現存的一座道觀，規模不大，但所有建築全木雕磚鏤，大殿是金頂。多年來許多高人捐過巨款，道士並不擴張，而花錢雇人從山下購買米麵油鹽，燒紙香燭，供觀裡日常生活和祭祀之用，再就是買蘿蔔，大量的白蘿蔔，貯存在地窖裡。

上山的遊客多，可以坐滑竿，滑竿來回一趟千元，大多的人還是步行。到了峰上觀賞了人自然的壯美，就去道觀裡進香，禮拜，道士會賜給一個蘿蔔。蘿蔔在山下是蘿蔔，到了仙境就叫如意。然後便到廂房去抽籤。三百六十四支籤分下下籤、下籤、中籤、上籤、上上籤。抽籤人都神色莊嚴，口不可言，各在心裡禱告著生意、仕途、疾病、學業。抽出一支，按籤號去取籤詞，院子裡便有大呼小叫的，有會心微笑的，有愁眉和苦臉的。

到處都在傳拔仙峰道觀裡的籤靈驗，便有縣上、市上甚至山外省城的領導來山下的鎮上檢查工作。鎮長當然要給領導推薦到拔仙峰去，看山出，看雲起，吃如意。

有一年麥收過後，農閒時候，縣上一位主任攜夫人坐滑竿到了峰上，那夫人興致極高，給大殿裡送上燈後，吃了如意，便去抽籤。抽的都是下下籤，夫人黑了臉，再不說話。鎮長十分尷尬，便把道士叫過一邊責罵。道士說：籤是天意麼。鎮長說：籤不是你做的？

從此，再有鎮長陪同了領導到峰上來，道觀的籤筒裡全換上，上上籤。

二十九

二道梁有一湫池，面積數百畝，不知道有多深，顏色一直發黑。當地人把湫池叫作海，二道梁的湫池大，大了就是爺，因此這湫池叫爺海。從爺海往南是白鶴山，山上終年有雪。翻過白鶴山就是青龍河，河灣裡有個古驛，現在是鎮，鎮前的崖壁上刻著四個大字：山海經過。

這裡應該就是青龍谷最大的盆地，南邊是弓狀的案板梁，北邊是椅子形的黃石坡，西邊楓葉堤，從南伸來一個崖頭，東邊的堆秀嶺又從北蹬出一個山腳。站在鎮子上看，幾乎看不到青龍河是怎麼來的又怎麼去的。

鎮在二十世紀七十年代初，屬於河陽公社的一個大隊，劉爭先二十出頭當的隊長，後來，大隊變為村，他再當村長，到五十八歲去世。劉爭先是個優秀的村幹部，更是個狠人，三十年間一直在帶領著村民改河修田，英武了一輩子。

劉爭先早年的功績是把河北的那片蘆葦灘改造出三百畝水地，三年後水地裡的稻子豐收。嘗到了甜頭後，他自信了，開始有了更大的雄心，就是決策把河道改到案板梁下，騰出老河道，可以增加一千五百畝水地。這工程浩大，他力排眾議，幹了十二年。河是順著案板梁轉了一個大彎，河道比以前縮窄了三分之二，河堤全用石塊築了。然後在老河道上掏石、挑沙、淤泥、填土，又花費了八年。待到新修地的稻子由畝產四百斤、六百斤，提高到八百斤，村子成了全縣先進村，劉爭先也被評為勞模。而劉爭先又決定在河面上建一座石拱橋，一方面能方便去河南的案板梁，那裡仍是有村裡許多坡地，種著穀子、黃豆和紅薯，一方面，既然是全縣先進村了，村子也應該有個好建築啊。

在整個改河修田以及建石拱橋的過程中，政府沒有投入資金，施工沒有任何機械，靠的就完全是钁頭、扁擔。那些年裡，全村的男勞力再也看不到一個胖子，都勞累得黑瘦如鬼，手腳變形。挖斷的钁頭估計有一萬把，穿爛的草鞋扔在坑裡漚糞，三個月就積一個糞堆。劉爭先更是手上一層老繭，膝蓋上有死肉疙瘩。在工地上，他檢查這樣，督促那樣，吆喝、訓斥、發脾氣，甚至破口大罵，嘴角總是帶著白沫。橋修到一半，他已經患上了嚴重的肝病，常常疼得直不起腰，讓人用籮筐抬著去指揮。為了能配最好的石橋欄杆，他帶人去十五里外的桃花山上開採螢白石。在桃花山上待了五天，肝病又犯了，口裡吐血，竟吐了半臉盆子，趕緊拿架子車往回拉，半路上人就死了。

石拱橋竣工的那天，村人在橋頭給劉爭先燒紙錢，河道裡吹來風，橋面上起了一股沙塵，像繩子直立著在來回移走，足足十多分鐘才消失。所有的人都哭了，說那是老村長從桃花山回來了，他丟失了身體，回來的是魂。

為了紀念劉爭先，石拱橋起名爭先橋。橋真的建得好，成了村子的標誌。全縣多村鎮陸續有人來參觀，參觀了莫不感慨萬千。

兩年後，青龍河卻發了洪水，從來沒見過能發那麼大的水，一人高的浪頭，挾裹著亂石、雜木、牲畜的屍體，洶湧而來。洪水進入楓葉埡下，來不及拐彎向南，沖開石堤，端直從盆地中過去。五天五夜的洪水慢慢消退，整個盆地面目全非，一千五百畝耕地沒有了，青龍河又歸位了往昔的河道。而石拱橋還在，安然無損，只是案板梁下沙石隆起，成了乾灘，石拱橋就在乾灘上。

三十

汶河一出堰谷，谷口便有一小島，水在島前一分為二，於島後復又合二為一，島上就是法顯寺。

法顯寺太小了，兩間屋的大殿，再是東廂房一間，西廂房一間，院牆也隨勢而壘，彎彎扭扭。一個和尚，供奉著一座鐵佛，佛的眉眼像和尚，和尚又多是當地人的特點：厚肉臉、高顴骨、嘴角下彎成弓狀。

寺院裡只有一棵柏，赤銅顏色，樹桿子特別高，枝葉卻只簸箕大。和尚坐在柏下念經，柏籽就三顆四顆掉下來，在他的頭上跳躍，再掉到地上跳躍。有時和尚在那裡睡著了，早晨的太陽還照在頭上，到黃昏，太陽照在腳上，一天的時光就是從頭到腳。

和尚常到汶河對面的樹林子裡挖山藥。曾經挖到過一個百年山藥，用刀切下去，黏得刀拔不出來。也砍那些藤條，做出許多拐杖，放在佛前，若有香客來，願意拿走的也就拿走。

寺院沒有院門，來雲了被雲封著，沒雲了河光水氣把各種幻影反射到那裡。每到夜裡，院裡都有響動，和尚知道是一些狐子、山兔、獾、果子狸、野貓野狗的進來，它們說些什麼話，和尚聽不懂，也不起來，翻身又睡去。天明了用掃帚掃那些奇形怪狀的蹄印。如果下了雨，和尚自己坐在西廂房的土炕上縫補袈裟，隔窗能看到東廂房簷下站了許多人，但人腳都沒有踏實在地上，他也知道那是些鬼。寺就是為活人和死人的魂靈而存在的，鬼怕痰，他便不咳嗽。

生命就是某些日子裡陽光燦爛，某些日子裡風霜雪雨，和尚已經八十二歲了。

法顯寺地處偏僻，狹小荒敗而和尚又似乎慵懶，當地人都住在堰谷梁上，沒有生死病痛，或者遇到了過不去的坎兒，一般不來燒香，更是沒有人捐款。寺院牆皮早已斑駁，牆頭瓦一半破裂，大殿後簷也塌了一角。寺好像就是和尚，和尚好像就是寺。在這秋季的一天，平平常常的，和尚圓寂。他不是坐化的，晚上在土炕上睡下了，睡到半夜死去的，屍體僵硬，像一塊石頭。堰谷梁上有人蓋房，去小島前的汶河裡擔沙，順便到寺裡看看，發現和尚已死，把他裝進一個長木匣裡埋在了柏樹下。

沒病的時候不理會身體的各個部位，胃疼了才知道胃在哪兒，肝疼了才知道肝在哪兒。沒有了和尚，寺的大殿裡也沒了香燭的馨氣和磬聲，院地的石板縫往外長草，夜夜有鬼哭鴞叫。

一年後，新的和尚來到這裡，新和尚要給老和尚修墓，修在了大殿後。移屍時，挖出來的木長匣被蟲蟻噬去了一半，老和尚卻真的是一截石頭。

三十一

長坪公路往西三十里，有著青雲峽。峽上空常年雲很低，呈靛色，翻騰滾動，但很少下雨，兩邊的紅沙崖上又多有洞窟。縣誌上記載，傳說這裡曾是仙人煉丹之地，而那些洞窟則是宋元時期當地山民為避匪而鑿居的。洞窟分一間室的，兩間三間室的，裡邊有炕，可以燒柴取暖，有浸水聚起的水窖，有灶房，煙從洞窟上方斜孔裡出去。沒有廁所，小便在洞窟口尿，大便就排在蓖麻葉、桐樹葉上，畢了，捏起葉的四角摔出去。

青雲峽和峽壁上的洞窟一直以訪古的旅遊景點在推廣，不知什麼時候起，旅遊興了要講故事，重新講故事，青雲峽竟被宣傳為有仕途青雲直上之意，而洞窟又成了古時懸棺放置處。於是，製作了一具精美的木棺，取棺是官的諧音，再在木棺上鋪層木柴，取柴是財的諧音，編排了一套節目。節目是每日遊客旺時表演，極具儀式感，先要設壇祭祀，宣讀禱文，幾十男女身著古裝，列隊舞蹈。不辨是哪個民族，也不論是哪個朝代，如此大紅大綠著，恣肆扭動著，就是表達他們與神的溝通和聯繫。然後長號聲聲，鑼鼓火銃齊鳴，用滑輪繩索將木棺從峽壁下徐徐起升了，站在木棺上的人著紅袍紫冠，戴面具，唱著歌，騰挪跳躍，往下拋撒木柴。節目取名升官發財，參觀的遊客就越來越多，以至於從長坪公路接續了一條大路到青雲峽口，停車場有了，客棧有了，飯館酒店、山貨土產攤有了，也有了小偷和妓女。

多少年裡，青雲峽還是多靛色雲，而每有表演，就有雨傾盆而下。這種現象，有說是火銃震動了雲，有的說是節目應靈，卻不免有觀看者在大雨中鳥獸散。好的是青雲峽已經為熱鬧景點，敗興的敗興而去，乘興的又乘興而來。

三十二

茶棚溝取名於溝裡有家賣茶的。這家人姓許，賣了兩輩人的茶。其實那不是茶，是從山上採的一種叫貓眼翠的草，加上胎菊、甘草、決明子熬出的湯，生津止渴，祛濕利尿。到了第三輩，出了一位中醫，那一年老屋大梁上生出靈芝，茶是不賣了，給人看病，四十幾歲便聲名隆起，人稱許先生。

茶棚溝距溝外的三岔鎮三十里，鎮政府讓許先生去鎮上開鋪坐診，許先生不願意去，村裡人也不願意許先生去。鎮上人甚至縣上人有疑難雜症，都到茶棚溝村子來。來的人多了，村裡二十戶每家都是客舍，村長就負責給患者掛號，分配著這家住兩個，那家住三個。

許先生到了六十歲不再親自上山採藥，這些人家的女人們經營客舍，而男人們全成了藥農，但也分工明確，有專門挖丹參、當歸、黃芪、茯苓的，有專門飼養飛鼠收五靈脂的，有專門背了繩索在崖上採石斛、靈芝和獨葉草的。藥草挖採來了，賣給許先生。

許先生號脈是一絕，一搭手就能說出病在哪兒，病人拿出在縣醫院做過的儀器檢查單，和檢查的結果相同。病人說：你是神啊！許先生說：我摸了半天脈才知道你的病，儀器一照就清楚了。病人說：可我花了那麼多錢在縣醫院沒治好呀，你救救我！許先生就對症下藥，藥量都不大，一日一服，五服一療程。

病人在客舍住下，服藥三個療程或五個療程，大多是病好了，臨走時要給許先生磕頭。許先生說：病是三分之一不治也好，三分之一治了就好，三分之一治了也不好。不讓磕頭，可以去植一棵樹。

社會雜亂，難以做到出入無疾。患癌的人越來越多，那些發現就是晚期的，去了縣醫院甚至出山去了省醫院，凡是被告知回去吧，想吃什麼就吃什麼，想喝什麼就喝什麼，死馬要當活馬醫，就又到茶棚溝找許先生。許先生對這些病人都用一種藥，同時發給兩隻塑膠桶。服藥後，一隻桶是盛了山泉水不停地喝，然後不停地在另一隻桶裡吐或者瀉。病人上吐下瀉得呼天搶地，或許就軟癱在床上奄奄一息，或許就眼睛發亮，臉上退了灰氣。能渡過了第一關，軟癱在床上奄奄一息的再服一種藥，眼睛發亮，臉上退了灰氣的又再服另一種藥，差不多十個療程過後，該死的就死了，能活的就身輕體健。

縣上一位交通局局長來治療了三個療程，頭一療程結束，還批了款要擴建進溝的路，第三個療程沒完，人卻死了。局長的兒子認為許先生的瀉藥太猛，導致了父親去世，憤憤不平，向縣衛生局上告，說是茶棚溝人發財致富，集體草菅人命。還附了一張當年死在茶棚溝十二個病人的明細表。縣衛生局曾九次來人調查，八次被病人和病人家屬圍住村子不讓進。最後一次是進去了，經過十天詳細查證，認為許先生醫療方案沒有問題，藥草沒有問題，所有人家的客舍也沒有問題。風波是過去了，茶棚溝又恢復了往常的景象。

又過了五年，村子前後已經綠樹成林，林中百鳥鳴叫，春夏秋冬都有花開，許先生家大梁的靈芝也有了盆子大，而許先生自己卻病了。他病得不輕，但醫不自治，渾身疼痛不止，關關節節裡猶如無數的蟲蟻在咬噬。六月初三入伏那天，許先生晚上吃過飯，對人說：把靈芝摘下來吧。大家以為摘下靈芝要炮製藥呀，許先生卻叫喚起村長，村長趕了來，他交給村長一個瓷罐兒，說：罐子裡有錢，村口應該搭個棚了，把靈芝就掛在棚裡。到了半夜，三間老屋起了火，等人發現時火大得已不能救，整個屋頂塌了，四堵牆全部朝裡倒下，許先生就死在了火裡，埋在了牆土下。

許先生一死，帶走了病痛，帶走了委屈，帶走了醫術，也帶走了茶棚溝人的一部分。茶棚溝不再有病人來，所有的客舍全廢，沒有了收入。村長從瓷罐裡取出了一萬元，這算他的積蓄，還有一個紙條，寫著祖傳的茶配方。

村口是新建了茶棚又開始賣茶，但過往的行人太少了，茶一直要賣到日落。這一天，村長在茶棚裡看著日頭漸漸落去，忽然醒悟：日落日還在天上啊！開始重新謀劃起茶棚溝的未來。第二年冬季，茶棚溝聯合縣裡一家製藥廠就生產出了健字牌的「茶棚沖劑」，在市場上銷售。

三十三

有兩塊石頭，每塊都三間房那麼大，竟然壘著，這就使芒山成了秦嶺中南段內的名山。芒山南邊壁立千仞，鳥都飛不上去，登頂只能走北邊，路繞來繞去，如扔了一堆繩索。這裡原先歸花廟鄉，後來花廟鄉分成橋樓鄉和安家寨鄉，以山為界。兩鄉曾經都爭山，矛盾很大，最終縣政府以從安家寨鄉在山的北邊可以登山頂，將山劃為安家寨鄉。安家寨鄉發展旅遊，擴修了盤山路，又收門票，又辦農家客棧和飯館，經濟很好，而橋樓鄉人自此不與安家寨鄉人往來。安家寨鄉人也就在山頂豎了提醒牌：遊客不能到壘壘石南邊去，如果失足了，要尋屍首，山南橋樓。

二〇〇〇年世紀之交，中秋那天，壘壘石突然晃動，上邊的巨石就掉下來，然後從山頂朝南邊的峽谷裡滾去。那時正是中午，安家寨鄉人剛剛在巨石上刻了「秦嶺第一壘石」，一群遊客正拍照，巨石晃動，還疑惑是看花了眼，但隨之上面的巨石掉下來，整個山頂都在顫動，又以為地震了，便見巨石從崖頭往南邊的峽谷裡滾去，似乎那巨石是甘願地要滾，還快樂地不停翻跟斗，壓壞了崖壁上的樹木和壁上突出的岩石相擊相撞，發出陣陣呼嘯，然後土雲塵霧就萬朵花開般地從峽谷裡升騰上來。安家寨鄉的人差不多都哭了，認為巨石拋棄了他們，卻也安慰自己：它是嫌高處冷，不想在山上待了。

巨石是最後滾落在了芒山南邊的峽谷，峽谷裡是樓溪，它把溪道堵了，水就一分為二從巨石兩邊流過。巨石在滾落過程中，碰撞得比原來略小，出奇的卻有了棱角，四四方方的，像一塊印石。橋樓鄉人先稱這巨石是印石，後以印又轉音為運，稱作了運石，便到處宣傳橋樓鄉的樓溪裡有巨大的運石，見之便來好運。於是，遊客不再去安家寨鄉登芒山頂，到橋樓鄉的樓溪來，樓溪岸上也就有了許多農家客棧和飯館。

但不幸的是，兩年後，運石又莫名其妙地在一個夜裡發生巨響，分裂成了三塊，一塊大，兩塊小，裂縫不規則，有三尺多寬。愁雲有陣，苦月無光。運石不囫圇，失去美意和觀賞，溪岸上的農家客棧和飯館隨之關閉。

沒有了利益爭端，橋樓鄉人和安家寨鄉人和好如初。而分裂成三塊的巨石躺在芒山南邊峽谷的樓溪裡，安安靜靜，兩邊山根的藤蘿爬上去，一個夏天就全然覆蓋了。巨石前聚了一個小水潭，像一隻白眼，日夜都在望天。

三十四

亮馬河源出於太白湫，長二百七十里。相傳古代的魑魅魍魎魃魈魖聚居在此，興風作浪。興起風，風能把整片樹林子摧折，路人得摟巨石伏在地上，稍不小心，會如樹葉一樣被吹落溝澗。作浪了，浪頭一丈多高就到人家來，拍門而入，退則屋中全部物件一併吸走。土地神奏明太上老君，太上老君降下七塊石頭鎮壓。這七塊石頭便是現在的雙耳山、焦山、東隆山、茅山、涼山、苦泉山、兩塌子山。這些山都是赭紅色，被認為妖魔鬼怪的血液所浸。它們的骨骸破碎，分散在山谷，田地裡就有料漿石。這些料漿石每次耕犁都撿出許多，而年年復年年，總難撿盡，以至於所有地頭上能看到料漿石成堆。

方圓百十里內高寒瘠貧，本不適宜人居住，但每座山上仍有村寨。生命改變不了環境，就改變自己，這山上的人便都黑瘦，腰長腿短，頜骨大，能吃辣椒醬菜，差不多還會巫術，巫術驅動著他們對天對地對命運認同和遵循了，活得安靜。

山上只能種些穀子、黃豆、包穀和土豆，以土豆為主產。山民們常年伴著辣椒醬菜喝糊糊，硬食就是蒸土豆。吃的時候，必須是一隻手拿著土豆，一隻手就在下邊接掉下的渣子，接下的渣子再吃到嘴裡。吃畢了用水漱口，咕咕嚕嚕半天，漱口水咽下，不敢浪費。土豆使他們不再饑餓，平安度過年饉了，各家的中堂上就擺上四顆一壘的大土豆，燒香磕頭，感恩戴德。

出奇的是七座山上除了生長雜木外，漆樹最多，賣漆是山裡人唯一賺錢的門路。這些漆樹長到胳膊粗了，他們就用刀在樹身上刻V字形槽，讓漆汁往出滲流。這種槽一年一刻，從下往上，一層一層，多少年的千刀萬剮，漆樹沒有了一塊完整的皮。他們不心疼，在說著：讓它排毒吧。卻並不理會自己為何就托生在了這裡，而如此活著也正是另一種排毒。

哪座山上的村子是大是小，哪座山上的寨裡又有著什麼樣的人家，七座山的人大概都知道。因為山與山一直在婚姻交織，祖祖輩輩下來，親戚套著親戚，差不多都成了親戚。有相當的人家，兒子和媳婦，媳婦和堂兄，輩分就混了，這都不管，以原先的關係，各稱呼各的。他們的壽命一般在六十歲左右，四十歲後就要為自己拱墓和製作棺材，當然特別注重每一年的生日。生日那天，親戚們來不拿別的賀禮都挑擔著糧食，有糧了吃得多，吃得多了活得長，拿糧食來添壽。寫禮單的人就手在本子上寫上某某一升包穀一升小米一升黃豆五十斤土豆，嘴裡卻高聲叫喊：一擔包穀一擔小米一升黃豆五百斤土豆啊，外甥祝舅舅萬壽無疆！

這裡卻出了很多陰歌師。陰歌是在人死後三天三夜的守靈時唱的歌，因為時間長，肚子裡得有文詞，又懂得音韻，嗓子要好，就有了專門唱陰歌的師傅。七座山上的陰歌師遍佈秦嶺中西段數個縣的鄉鎮。別的地方的陰歌師大多唱開天闢地三皇五帝以來的史詩，千篇一律，而七座山上的陰歌師卻能見景生情，隨意編排，句句押韻。這一年就有陰歌師在亮馬河源頭太白湫的一個村子唱，唱道：「人活一世有什麼好，說一聲死了不死了，親戚朋友都不知道。親戚朋友知道了，亡人正過奈何橋。奈何橋三尺寬來萬丈高，中間有著泡泡，兩邊抹了椒油膏，小風吹來搖搖擺，大風來了擺擺搖。有福的亡人過得去，無福的亡人掉下橋。」唱得極其悲涼，滿屋裡的守靈人都痛哭流涕。

三十五

秦嶺有古道十二條，往西南的延真道，一百二十里內有河沒水，卻有七處瀑布。馬尾瀑，落差十米，感覺有巨馬正遁崖而去，只看到馬尾。雙石瀑，落差二十米，下有兩塊大白石，水濺如萬千珍珠。雪瀑，落差三十米，分三階，水如滾雪。練瀑，水從一平石梁上而下，落差七米，有白練當空飄舞之狀。通天柱瀑，水束為桶粗，落差四十米，從下往上望去，疑是通天長杜。金絲瀑，在山的高處，正面向東，水從半崖石縫漫出，寬約十米，落差二十米，下有甕形的潭，發出嗡聲，能傳三里。霧瀑，在一峽谷口，水一跌出便被風吹散，化作霧，行人能感到臉濕，用手接，卻什麼都沒有。

延真道西邊的山常年駐雪，以為是死山，偶爾瀑布湧出，說明它活著。而瀑布落下來，無論聚了潭或可能流動一里兩里，又全滲入沙石之下，歸寂了。延真道七十里處，有一崖形如鐘，鐘是響的，聲聞於天，但這鐘在這兒坐著，坐得安穩平靜。崖頭梢林藤蘿蕨草苔蘚籠罩，過風不響，鳥也無鳴。再往前去，有一面青色峽壁上刻了笸籃大兩個字：等侯。不知何年何月所刻，刻字人是誰。人為走蟲，遠行者稱腳客，凡經過此處多解讀是延真谷以前有大水，後來成為暗流，這裡在等候著河再次出現。但有一人，裝束像是山裡人，長相又不像是山裡人，他仰頭看了，說：是等侯，但侯是官職。等侯在此，提醒著延真谷水和鐘崖，受命神的周密安排而沉著。

三十六

洵河出於荊子山草甸，往東南流，沿途接納了一百零三條峪水。其中第八十三峪口險峻，每到夕陽晚照，崖體似燒，稱為紅崖。崖腳下有一斜罅，時常往外冒煙，鑿開來裡邊的水沸滾如湯。

這是一九八六年的事，紅崖村在崖下的河灘挖了一個大坑，把湯水引進去，供村人洗澡。紅崖村人世世代代沒有洗過熱水澡，一旦洗了，洗上癮，便修飾湯坑，專人看管，規定了：單日男爺們洗，雙日婦女們洗。

湯水洗過的身子皮膚細膩，頭髮光亮。郎中說湯裡有硫黃，洗著可以治療風濕、牛皮癬、疥瘡、白癜風。消息一傳十，十傳百，一百零三條溝峪裡的病人紛沓而至，洵河的紅崖峪口河灘上像是逢了集市。

自此，紅崖村人有了商業意識，本村的男女停止洗澡，外來的病人收取門票。而要療效好，宣傳是至少得泡洗三個療程，一個療程三日至五日，每日早中晚三次。崖根處也就有了幾排簡易房，能住宿，能吃飯，能買東西，一條毛巾比鎮街的多了五毛，一包紙比鎮街的多了一元。有人就嚷嚷：這紙是擦屁股用的，也這麼貴？回答說：是貴了些，不用買，你用石頭蛋。

村裡每戶出一個人，幾十人就在這裡賣票、收票、開房、做飯、打掃衛生、進貨和銷售。湯坑每日的票錢都塞進上面有個縫的木箱裡，木箱上有四把鎖子。村支書、村長、會計、出納下午來，清點數目，給各家各戶分發。拿著凳子坐在坑邊的看管，數錢的時候，指頭蘸著唾沫數了一遍，再數一遍，泡洗的人就說：咿呀，這錢真好賺！看管說：我整天面對的是臭屁股啊！

原先的湯坑已經太少了，陸續再挖了三個，還是供不應求。後來把三個池子挖通，擴張成十米寬二十米長的大湯池。湯池北沿幾乎快到河灘中間，在那裡壅起了沙梁，以防洵河水倒灌。但洵河水還是倒灌了三次。村人又下氣力疏通洵河主槽道，槽道降低，泡洗過的湯水便順利下泄到洵河裡。

時間長達兩年三年月了，這裡的設施依然簡陋。當地鎮政府的領導也來過一次，建議一是這湯水要有名分，得豎一個牌子：紅崖康療湯泉；二是一定要有一個單獨湯坑。後來是豎起了牌子，也挖了一個湯坑，坑上沒有遮蓋，卻用帆布圍了一圈，專供鎮政府領導和鎮政府領導帶來的人使用。一般人要用，價錢要多三倍。但來治病的人沒人去單坑，都在大湯池裡。如果病人太多，就男女共泡洗，男的靠池北邊，女的靠池南邊，每人發一把傘，用傘遮住自己。

紅崖村有個放牛的孩子，是啞巴，每天把牛趕上洵河北岸的坡上了，就坐到一棵樹下看對面崖下湯泉裡的人在泡洗。他看到了那些男人，覺得都是些長輩，把左眼閉起來，看到了那些女人，覺得自己是流氓呀，就把右眼閉起來。卻在想：咋就有這麼多病人呀？病人脫了衣服咋就這麼醜陋呀？這湯水真能洗好病嗎？那病人洗好了，不是把病洗在湯水裡嗎？洗過的湯水又流到洵河，洵河不是也就骯髒了嗎？這孩子每天坐在樹下都想這樣的問題，他哇哇哇地要給樹上的鳥訴說，鳥站在枝頭上往下拉，一粒落在他的頭上。隆起的樹根上時不時爬過一種褐色的甲蟲，他又給它訴說，甲蟲竟然放了屁，非常臭，他用石子去砸，砸破了不流血。他的腦子慢慢就壞了，癡癡呆呆，天上打雷，開始下雨，常常忘了把牛從坡上趕回。

那個夏天，十分炎熱，洵河水越來越淺，孩子偶爾發現河面上綻開了一朵很大的牡丹。那不是牡丹，是河中有了暗泉，在往出冒。這種現象在河水大的時候不易察覺，而河水淺，倒讓孩子看到了。孩子就認為那是在洗河。他一認為是洗河，就又整天盼著這樣的洗河能多些，能再多些。果然不久，湯泉下約兩里的河道中有了無數這樣的洗河，每個洗河都開如一朵牡丹，河面上花開一片。

孩子太興奮了，想著這是他企盼的結果，不管了牛，從北岸涉水過來，給剛剛到湯泉的村長說話。但他哇哇哇說不清楚，雙手比畫，指著河面的牡丹花，村長仍是明白不了他的意思，就說：你是要洗嗎？孩子搖頭擺手，還脫了衫子，在表示他沒病，他不到湯泉洗的。村長就討厭了，對著看管說：讓他洗吧，他腦子有病，或許就洗好了。

三十七

陰陽山西南一帶，人有食昆蟲的習慣，於是出了許多名小吃，比如漢溪川的醬蠍子，武家溝的燒蟬蟲，齊洞坪的烤螞蚱，耙耙谷的炒蠶蛹，老爺營岔的炸肉芽。老爺營岔炸的肉芽其實是蛆芽：上好的五花肉割成條塊吊掛起來，讓其生出蛆芽了，在肉下放一盒麵粉，蛆芽掉下來沾上麵粉成麵疙瘩，把麵疙瘩下鍋油炸。這種小食品味道香脆鮮美，營養又極其豐富。老爺營岔是個大村，三六九日逢集，集上十多家攤位上都在賣。買的人多是當地人，端一碟子就立在攤前吃，吃得有咯嗞聲，嘴角往下流油。還有包裝成袋銷往外地的，只是嫌蛆字不好聽，包裝袋上才寫了：油炸肉芽。

油炸肉芽做得最好的是老爺營岔信家，做了幾十年，生意很大，每年殺十頭豬，專門有三間小木屋吊掛五花肉。菜籽油也蓄存了五大甕。

這一日天氣炎熱，老信在所有麵盆裡用笊籬篩撈蛆芽，僅篩撈出七八斤，不夠一次油炸，便搬出竹床，潑了水，躺上去抱了竹媳婦歇覺。老信小時候患過麻痺病，右腿比左腿細了一半，走路不方便。做起生意後，跟他相好的女人多，他都認為這是衝著他家產來的，他對她們也好，花些小錢，啥事都幹了，就是不肯結婚。竹媳婦是用竹皮子編的人形的簍，睡覺摟著涼快，而且願意叫它是誰就是誰。現在老信摟了竹媳婦，說著：芝，把腿蜷了，脊背給我。不一會兒就睡著了。睡著了覺得自己又在小木屋裡看著肉生蛆芽，那蛆芽白白淨淨，咕咕湧湧，下雨似的往麵粉盆裡掉。心想今日蛆芽這麼多呀，便發現肉在生蛆芽，蛆芽子竟然也在生蛆芽，而且一個蛆芽生出三個蛆芽，三個蛆芽又生出九個蛆芽，九個蛆芽再……麵盆裡的蛆芽就滿滿當當起來。他納悶，蛆芽說：你不是想著蛆芽多嗎？他還是不解，問：那得用肉生呀。蛆芽反問：我們不是肉了嗎？他就突然感到脖子上有什麼在蠕動，手一抹，掉下了蛆芽，脖子上腐爛了，又掉下個蛆芽。

便慌張地說：我是在夢裡吧，夢裡的事不真的。他就醒了，果真剛才的事是夢境。但就在他從竹床上爬起來，去小木屋的盆子裡添加麵粉，所有麵盆裡全是蛆芽。那天他再次把蛆芽篩撈了油炸，一共是三十二斤。疑惑不已，卻不敢聲張。

以後的經歷，老信凡是睡覺不做夢，或是做夢沒有夢到蛆芽，醒來麵盆裡的蛆芽不多，而夢見了蛆芽，醒來便見麵盆裡的蛆芽溢了出來。如此半年，老信害怕了，不再做油炸肉芽的生意。老爺營岔沒有了信家字號的油炸肉芽，老爺營岔的名小吃逐漸沒落，別的人家雖然還在做，當地人也吃，但再銷售不了外地。人們到底不知道老信洗手不幹的原因，看著他娶了村西頭的李寡婦，第二年就生了個兒子，兒子腿好好的，沒有麻痺。

三十八

年佰是大黃坪的木匠，擅長蓋房，五十歲後帶著三個徒弟多在他鄉攬活。這一年到一百里外的蒲峪，蒲峪是十里八里了兩邊的山就要合攏又未合攏似的形成個石門。如此十五道石門，石門山上都有一座佛廟，或道觀或清真寺或天主教堂。蓋房的走到哪兒都是看房，師徒四人在每一個石門山上看了，莫不驚嘆那戧頂斗拱鴟吻闌額設計得高明，那套卯楔榫雕木刻磚做工精緻。但這些都是古建築，豪華奢侈，他們不敢妄想，也做不來，還是去附近村寨裡瀏覽民居。

蒲峪裡有茅屋，有窯洞，更多的是歇山式的瓦房，三間的四間的，石頭壘的台基很高，黏土捶打的牆又厚，房頂卻小，前後兩面坡，一條正脊，四條垂脊，苫著瓦或木板。進得房內，柱、枋、梁、檁、柁、椽，正常結構，中間是庭堂，兩邊是臥屋。臥屋上加有隔層，樹枝編的笆鋪了，抹上泥，稱作泥樓。泥樓上堆放著笸籃、席筒、草簾、麻袋、棉花套子一類雜物，泥樓下吊著臘肉、雞蛋籠，一嘟嚕柿瓜子，柿子隨軟隨摘了吃。炕都大，連著灶台，做飯的煙氣進入炕中，通過炕中過道從牆邊煙囪冒出。屋門都是老榆木做的，厚實笨拙。後牆上沒有窗，前牆的三個窗也小，卻都是刻了花的菱格。而屋門上方，檁條之下，竟然還有一窗，高約五寸，寬到一丈，格子裡塞著稻草把。年佰就覺得奇怪，為什麼那裡還安裝窗子，如果是為了房內光明通風，卻怎麼又用稻草把塞得嚴嚴實實？

在峪裡走鄉串村十多天，年佰和徒弟並未攬到要蓋房的活兒。一天，灰沓沓經過陽關窪村，村裡狗咬得兇，他們才從籬笆上拔出木棍，有人聞訊跑來問能不能做棺。做棺也是木匠活兒麼，能蓋房還不能做棺？他們就住進了那戶人家。做棺講究油心柏木，材料八大塊的為好，而這人家的是松木，還是十六塊。主人說：木材上比不過人，咱比做工呀！你們做好了就是宣傳，村裡要做棺的人多啦！陽關窪村確實是個大村，誰都會死，死了要有棺，師徒四人做工精心，一絲不苟，每日村裡都有人跑來觀看，說做得好啊，又預約了三家。

棺做到第五天，知道了村裡有個老人病了三年，睡倒了兩個月，已經湯水不進十八天了，糊塗著，就是不咽氣。村人的觀念裡，生可以難生，死一定要好死，像這老人，說活著和死了一樣，說死了又還活著，那就是前世孽障重，遭受大罪。有鄰居可憐他，去佛廟裡為他祈禱，他不走，去道觀裡討了黑線繩繫在他指頭上，他還是不走。就又請了一些教徒來，坐在炕前，對著老人說：聽著，我們說一句你跟著說一句，耶穌救我！老人在炕上說：我救老天。教徒立即喝斥：胡說！耶穌救我！老人倒在炕上，是昏迷了。可昏迷了三天三夜，喉嚨裡仍是拉風箱似的響，就是不死。又過了一天，喉嚨裡沒了響動，鼻孔的氣息如絲，這回該到時候了吧，村裡人能去的都去送老人，年佰師徒四人也相跟去了。老人在炕上萎縮著，失了人形，鄰居一會兒用手在鼻前試試，一會兒用手在鼻前試試，遊絲還有。旁邊有人說：是不是陰間路上小鬼多，他沒有買路錢？鄰居說：在廟裡燒過紙了呀。旁邊人突然醒悟了什麼，扭頭往大門上方看去，驚呼道：哎呀，咋還堵著天窗，那無常進不來，他魂出不去嘛！眾人回頭也都看天窗，哦哦地叫著，忙找梯子，老人家卻沒有梯子，就拿了三根竹竿，一直捅天窗格子裡的稻草把。稻草把被全部捅掉了，老人隨之吭昂一響，像是從整個腹腔發出來的，腳一蹬，頭歪到枕頭下斷了氣，臉色驟然黑暗。

自此，年佰知道了大門之上檁條之下的長窗叫天窗，天窗是神鬼通道，更是人的靈魂出口。再為他人蓋房，無論是歇山式的、硬山式的、懸山式的，一定一定都要有天窗。

三十九

伐子河從玉山出來，往東行十里和沙溝河合流，這地方叫兩岔口。周圍坡梁上的耕地少，又高寒不能種麥子、棉花，但植被好，栲樹槲樹橡樹栗樹成林。

一開春，有人家就砍栲樹，鋸成棒了，架在棚裡開始生木耳。這木耳大得像蝴蝶，總擔心它要飛，棚門上遲早都掛了鎖。四月底採槲葉，槲葉包粽子清香，那就採很多很多，清洗乾淨，濡服在簷下的箔子上等待著端午節了去賣。八月裡橡子和栗子都成熟了，人們就來了精神，勢翻著睡不著。橡子磨了麵能做涼粉，雖然苦澀，多調些辣椒和醋，也能吃得頭上冒汗。但橡子落在樹下得及時去撿，否則山鼠會叼走，一隻山鼠往往要把幾十斤橡子儲藏在洞穴裡。而栗子不知道它幾時炸殼，一炸殼，叭的一下，栗子彈射出去，遠的可以到四五丈外。栗子彈射是想把種子四下擴散，可它值錢呀，每當雨後的夜裡人們聽到炮仗似的響聲，天亮還是從塄塄坎坎的草窩裡石頭縫裡把它們收回來，一顆不留。收完了栗子，就準備著打獵了，因為柿子紅了，果子狸要出來，包穀穗子長得像牛犄角一樣了，野豬也出來。逮果子狸不費事，只要它上了柿樹，人拿個網子守在樹下，它一下來便能網住。野豬力氣大，但還是笨，有獵槍的打一槍沒打死，它會順著子彈撲過來，就再一槍，肯定打死了。若沒有獵槍，挖陷阱，陷阱裡插上竹尖，上面偽裝了，讓它自己掉進去。果子狸肉鮮嫩，可以和蘿蔔一塊燉，野豬肉有些腥，鹽醃煙燻，做各種臘味品　當然，最自誇的是河邊石縫裂隙裡有無數的洞孔，流出的水甘甜，用來釀包穀酒。沿河岸的村子裡多有茅草房，那都是小酒坊。

河從兩岔口向東再流八十里，拐一個彎，彎北是麻焦山，崗前一面坡，彎南一簇左盼右顧的亂峰。有名的嶰子鎮就在河北坡上。嶰子鎮一直出產煤，也是出產煤才有了嶰子鎮。這十多年間煤業興旺，除了縣城嶰子鎮是最熱鬧的地方。成千上萬的人在這裡挖煤，挖出的煤在鎮子外堆得到處都是，一輛接一輛的運煤車從街上駛過，煤渣亂撒，煙塵飛揚，天是黑的，地是黑的，屋頂、樹上是黑的，就有說鎮街上的人屎尿都是黑的。但什麼叫點石成金，煤就是點石成金呀，嶰子鎮一下子富起來，外來的人越來越多，商場、飯店、酒樓、歌舞廳、洗腳房、台球館到處都是。鎮街原本在半坡，不斷擴張，房屋就一部分順坡而上建到了坡頂，一部分就順坡而下建到了河邊。河邊用石條和木樁栽在河岸的岩石上，上面蓋了一排小木樓，又是開張了新的飯店和酒館。

每個清早，河面上的霧氣才散，從兩岔口來的木排漂流了一夜，差不多都到了。木排上的人全戴著竹帽，扎著裹腿，有的還披了蓑衣。他們帶著甕裝的包穀酒，整捆的槲葉，用葛條拴著的一吊一吊的臘肉、臘腸，以及木耳和做好的橡子涼粉。已經不用高聲討價還價了，小木樓這邊招呼：來嘍？木排上回應：來嘍！各有各的關係，山貨土特產便送到各個飯店酒館。待到太陽出來，河面上一片紅，鎮街的集市開始，這些人大多的就去那裡賣眼看新鮮，或者買衣帽鞋襪，買縫被褥的棉花，買孩子用的筆和作業本。少幾個的人則提了留下的一罐包穀酒、幾包野豬肉乾，到張記糖炒栗子鋪來，高聲叫喊：老闆，老闆！

張記糖炒栗子鋪的老闆就是兩岔口人。他的鋪面也在河邊，並不是最好的位置，但他在鋪屋後多支了五塊木板，購買了四五副釣竿，供人垂釣，一個小時二十元，生意還不錯。來人認老闆是兩岔口最能行的人，一口一個這鋪面是兩岔口的接待站呀、辦事處呀，把他獎起。老闆也得意，拿出一盒奶油蛋糕做下酒菜。奶油蛋糕是稀罕物，機器做的，城鎮人過生日吃的東西，大家都覺得體面。於是，來的人打聽鎮街的事，老闆詢問兩岔口的事，鬧鬧哄哄了半晌，奶油蛋糕吃完了，一罐子包穀酒也喝光，都醉了，再把吃的喝的吐出來。

後來，鎮街上經常看到一些穿著西服，拿著蛋糕餅乾麵包，喝高了趴臥在商場外台階上的醉漢，就被人認出來是兩岔口的。因為兩岔口人總想把自己打扮成鎮街人，但他們的西服是廉價的，袖口上的商標沒有撕。翻開西服，果然裡邊是髒兮兮的破褂子，褲帶仍是破布條擰成的繩子，就說：去喊張記糖炒栗子鋪老闆吧，讓他背人！老闆來把人背回鋪裡，醉漢還不清醒，趔趄在鋪屋門外的釣魚架上往河裡尿，問道：我是不是也尿黑水啦？

多少個日子裡，兩岔口人除了張記糖炒栗子鋪的老闆外，還沒有第二個常住鎮街的，但他們已經十分滿足了，認為能出入鎮街，就最光榮和幸福。他們真心地盼望蠍子鎮發展了再大發展，繁華了再大繁華，鎮街是煮了肉的大鍋，他們就啃塊骨頭，喝口腥湯。

但是，到二〇一六年，國家整治環境污染，關閉了一批儲量分散、設施陳舊的煤窯，蠍子鎮就在其中。蠍子鎮沒了煤窯，釜底抽薪，一切都涼了。非常快地，沒見了轟鳴的機器，不來了運載車，人紛紛外流，商場酒館飯店一個接一個關門。到後來，河邊的小木樓也拆除了，而上游來的木排，包穀酒、臘肉沒人收購，槲葉木耳涼粉推銷不出去，兩岔口的人在岸頭哭鼻子流眼淚。木排就再不來了。張記糖炒栗子鋪雖然還在，顧客很少了，僅靠垂釣的收入維持。

一日，沒有來垂釣的，老闆自己去釣，一整晌只釣上一條，掛在了鋪屋的後門閂上。想著這條魚又小又瘦，該是從兩岔口游下來的吧，那兩岔口現在是什麼樣呢，還在用栲樹棒生木耳？還是起早貪黑撿橡子？栗子收成怎樣？槲葉採了多少？獵到了多少果子狸和野豬？燒成了多少包穀酒？這些都如何才能變為錢呀，沒錢這日子如何過得！心情鬱悶，坐在那裡吃煙，卻聽到有聲音說：我要回去。老闆回頭看看，鋪裡鋪外沒有人，就問：誰？你要回哪兒去？又是聲音：哪兒來回哪兒去。老闆還覺得好笑，牛肉罐頭從牛那兒來的能回去成牛，人是從娘肚裡來的能回去個胎兒，猛地覺得是魚在說話。魚怎麼會說話呢？驚慌失措，把魚從後門閂上取下來扔進河裡，河面上是無數閃耀的金星星，一下子全沒有了。

四十

河北有個民辦教師到河南的鎮街上辦事，返回時河水漲了，他脫了衣服頂在頭上，沒料在河中打了個趔趄，衣服掉下來被水沖走。沒了衣服就是羞恥。教師從北岸出水，不敢進村，蹲在草叢裡，等著天黑。天老是不黑，一群鵝，也就五隻，搖搖擺擺從不遠處的淺水灘過來。教師認得是村裡王家養的鵝，鵝吃飽了該回家呀。教師就貓身過去，說：讓我和你們一塊走。鵝沒有鴿他，甚至前邊三隻後邊兩隻還圍了他，曲頸伸縮，遮擋了他的下體。

人和鵝就這樣慢慢往村裡走，教師警惕四下觀望，就說：你們怎麼沒人領著就去河邊覓食呢，覓了食偏這時回村，啊其實沒有你們了，我會用一把草擋住，或者用河裡的泥在身上塗抹出一條褲子的。鵝呆頭呆腦的，便發出叫聲：鵝，鵝，鵝。教師把腰直起來，再說：這也是身上的器官，臉可以露出來，這卻要用衣服遮掩？誰沒有呢，不遮掩就是流氓，就有強姦犯嫌疑嗎？鵝群亂了一下，但很快再是前面三隻後面兩隻，發出響聲：鵝，鵝，鵝。教師又說：被人看見就看見吧，他們看見了認為是羞恥就羞恥吧，我不看他們看我，我也就不羞恥麼。鵝又在發出響聲：鵝，鵝，鵝。教師有些生氣：哎，我給你們說話哩，你們就只會叫自己名字！鵝還是：鵝，鵝，鵝。教師拿手拍打鵝頭，前面的三隻鵝便加快了步伐，後面的兩隻鵝緊跟上，人和鵝就進了村子。村裡有人背著高高的一簍穀稈過來，鵝群立即集中在教師身前，又迅速移過來靠近了教師的右側。背穀稈人看了一眼，說：你也養鵝了？教師胡亂應了一聲，那人也再沒話，匆匆走過去了。教師繼續說：嘿嘿，他不是沒有看出我赤裸著嗎？眼睛是容易哄的。鵝仍然一陣鵝鵝鵝，恢復了隊列，前面三隻，後面兩隻。到了巷中，在自家門口了，鵝群停下來，等教師進了屋，竟一字形排開，搖搖擺擺往前走去。

教師在屋裡穿好了另一套衣服，神情自若了，周周正正走出來，要感謝一下鵝群。鵝群已經走到了巷道那頭，還鵝鵝鵝地叫，叫聲有些散亂，像是在笑著。教師想著鵝通人性，可惜不會人的語言，給它們說什麼它們只是鵝鵝鵝。突然覺悟，鵝鵝鵝不就是我我我嗎，鵝是在說鵝，鵝是在說我，我是鵝，鵝也是我？

四十一

少陽山一帶霧氣最大。霧一來，啥都看不清楚，當地人叫作封山。霧散了，又叫作開山。山全是亂山，其中的路繞來繞去像繩索，似乎是這些繩索才把亂山歸攏了一起。世上有美麗富饒的成語，但往往有地方美麗不富饒，有地方富饒不美麗。而這裡是既不美麗也不富饒：沒有峻峰湫池，沒有可伐之木，地屬於紅黏土，天旱時硬得鍁難插進，一有雨水泡成稀糊湯，石頭窩裡梢樹林中長荒了的多是些蕙，牧放牛羊，牛羊也不吃。

就是這種蕙，十年前，葫蘆岔一青年發現少陽山的爛草在縣城被稀罕成蘭花，開始採掘了去賣，竟賺得許多錢，穿上了皮鞋。村裡人先還嘲笑他穿皮鞋，是前世由牛變的而腳還沒變過來，後來都跟著青年做蘭花的生意。三年五載，少陽山的蘭花聲名大震，供不應求，葫蘆岔的人家全成富戶。青年的眼界越來越開闊，有了新思維：山上的蘭花再多也有採掘完的時候，何不保護蘭花，吸引外邊的人到少陽山旅遊觀賞？但少陽山太大，不好經管，便打造葫蘆岔，除了保存、培育岔裡原有的蘭花，將少陽山上別的品種的蘭花也移栽過來，這就有了素心蘭園、蝶蘭園、麒麟蘭園、黑皮蘭園、銀邊蘭園、荷瓣蘭園、劍蘭園、葉苓蘭園、金絲馬尾蘭園。到處都是蘭花，小的一束一握，大的開枝散葉能有竹筐大，路隨花轉，一步一景。岔口就建了高大的牌樓，上面寫「少陽山蘭花岔」，賣起門票。遊人接踵而來，流連忘返，村裡同時紅火了十幾處「農家樂」，賣吃賣喝，連帶著把蕨菜、大蒜、黃豆醬、紅薯、土豆也都賣出去了。

青年永遠記著那個夜晚，又是霧來封山，院子裡抬腳動步都是棉絮起舞，一群人都在堂屋裡喝酒。這是一支十多人的地質勘探隊，大鬍子隊長就住在他家。勘探隊已經在村裡待過了半年，半年裡他們在葫蘆岔周圍的坡上、溝底、崖畔、河灘打鑽了好多井，採集了好多土樣。村裡人都盼望著能勘探出石油、煤炭、天然氣或者鉬礦、鎳礦，那麼，葫蘆岔就有好日子過了。現在，勘探隊要撤呀，隊員們都到隊長的住處來喝酒相慶，差不多就喝高了。青年敬重著這些人，殷勤地給他們端菜點煙，然後坐在蒲團上和隊長說話。

葫蘆岔勘探完了？

整個少陽山一帶都勘探過了。

是有了油有了煤有了天然氣？

沒有。

沒有？那不是白勘探了，你們還慶賀？

對於我們，探明有礦藏和沒有礦藏都是勝利呀。

但青年是失望了，情緒完全表現在臉上，臉很難看。隊長說：別這樣呀，小夥子，世上的事都是平衡和公平的，這裡沒有礦藏或許有著別的好東西麼。青年說：還能有啥，滿山的石頭和爛草，有貧窮？隊長摟住青年的肩頭搖晃著，末了，送給了一支手電筒、一隻水壺。

雖然勘探隊沒有在這一帶勘探出什麼，但畢竟隊長半年來就住在他家，青年與隊長有了感情，隊長要離開，他依依不捨，執意要送去縣城。在縣城裡，青年和隊長從照相館照了相出來，兩人在街上走，青年看到好多人家的門口或樓台上都盆栽著蕙，而且又小又瘦。他說：縣城人怎麼栽這爛草？隊長說：你們叫蕙草，人家叫蘭花。這蘭花比你們那的差吧？他說：是差，差遠了。還伸出大拇指和小拇指，在小拇指上呸了一口。隊長就笑起來，說：那你可以把你們的採掘了來賣呀。

十年後的蘭花成了綠色黃金，葫蘆岔裡更是熱鬧去處，青年曾經到縣城打問勘探隊，勘探隊早已回省城了，他再沒見過隊長。當少陽山蘭花岔裡又建起了遊客接待站，站的大廳裡要安置個神位，各行各業都有神的，比如燒窯的敬老子，釀酒的敬杜康，做茶的敬陸羽，青年就把大鬍子隊長的照片掛上了。

四十二

雞頭壩是個山坳，地少又薄，兩個月不下雨，即是凶歲，人就飯吃不飽肚子，酒喝不夠臉紅，二十世紀七十年代，新上任的村主任帶領全村老少修梯田。

梯田修了十年，十年裡都是年饉。開石沒有炸藥，用柴草把石頭燒紅，再澆水激開。紅黏土太硬，從河溝裡挑淤泥，改良土質。各戶人家除了鍋、菜刀和門上的鎖，別的鐵東西都搜騰來打成了釬子、撬槓、钁頭和鍁。所有的柳樹每年被砍拔，做抬棍，編籠筐。雞叫頭遍沒有人睡過覺，天明起來也顧不上洗臉，人忙得像是被狼攆著，這狼就是村長。他四十多歲，老得如同七十，腳手變了形，一歇下來便讓人拿了木板子在脊背上拍，越拍要越重，脊背才鬆活了，不再酸痛。出大力，又沒有好飯食，尤其二八月裡青黃不接，楊柳葉子、榆樹皮、蕨根，能吃的都蒸了煮了往嘴裡塞。上工時腰裡還別了一個小布袋和門上的老式鑰匙，小布袋裡裝的是軟柿子拌稻皮子晾乾磨成的炒麵，吃了屙不下，屙時用老式鑰匙掏。勞累饑餓過度，在抬石頭時傷殘了腿腳有四人，一頭栽下去就死了的有兩人。在壘堰時傷了兩人，死亡一人。在溝底挖泥，傷了一人，死亡一人。趕著牛去犁坡頂上新修的地，人和牛從坡上一同滾下來，死了一頭牛，也死了一個人。這牛殺了分肉，肉太少人太多，村長決定一大鍋煮了，每人可以連湯帶肉盛半碗。但肉還沒有煮爛就分著吃，有人就一塊肉卡在喉嚨，吐不出咽不下，當時就憋死了。這人不是在勞動中死的，是吃死的，後來的村奮鬥史上沒有提他。而那張牛皮蒙了鼓，就架在了村委會辦公室的屋頂上，屋頂上還插了一面紅旗。每到颳風下雨，旗歡得嚯嚯地響，鼓也時不時自鳴。

縣廣播站來了記者，採訪村長，問：你怎麼想著這樣修梯田？村長說：向山要地，向地要糧麼。記者再問：你覺得能改變山坳的貧窮？村長說：我們一定會富裕！記者又問：你想像一下，富裕了你們會是怎樣的生活？村長說：想喝酒了，就往夠裡喝。頓頓肉臊子拌撈麵，吃三碗，辣子油汪汪的，再加一疙瘩蒜。

山坳四周的坡梁終於都修成了梯田，一圈一圈，層層遞進，真的是梯階啊，一直往大上去。坡梁下的田裡引了泉水，種小麥、種水稻、種包穀、種高粱。半坡梁的田裡土質薄，種蕎麥、種穀子、種紅薯和黃豆、綠豆、豌豆、扁豆。坡梁頂上乾旱，種上蓖麻，種上南瓜，栽上柿樹和棗樹，柿子、棗子都可以當糧食吃。地多了，又逢著雨水厚，三年五年，村子是真的富起來，家家有糧，也就養豬養羊養雞，飯菜裡有了腥味，而且開始用包穀高粱燒起酒了。

但是，村裡人差不多都患上了胃病。一吃飽肚子就疼，一吃硬的東西，如鍋盔、甑糕、肉餡餃子、米飯、韭菜餅子，就剋化不過，吐酸水，脹得睡不下。有些人中午吃些包穀糝裡煮麵片，早上只能是小米稀湯，晚上是麥麵糊糊。有些人晚上壓根不敢吃。村長就氣得罵：瞧呀瞧呀，這都是些啥命呀！還怎麼到共產主義？被罵的人倒是笑著，因為現在一頓吃得少吃得稀或者不吃，與以前吃了上頓不知下頓吃什麼是兩碼事，而櫃裡有的是糧食，這心裡不慌啊！就說：雞頭壩雞頭壩，咱是雞麼，站在麥堆上了也是刨著吃麼。

縣上評「農業學大寨」先進村，雞頭壩被評上了，通知村長去縣城表彰大會上領獎狀。村長臨走時到梯田裡又轉了轉，正是八月中秋節前三天，坡梁頂上的棗子紅了，他說：好好品甜。摘了一把吃起來。吃過了兩顆，吐出了棗核，棗核兩頭尖。吃第三顆，陪同的人拍打他肩上的土，說：咋沒換身新衣服？沒想這一拍打，棗核卻咽了肚。陪同人忙讓摳喉嚨往出吐，沒吐出來，他說：沒事，肚裡還長棵棗樹不成！就獨自上路了。

去縣城五十里，村長走到三十里處的溝道裡突然肚子疼，疼得厲害，又想屙，就撝下褲子蹴在一塊巨石後。後來有人猜，村長肚子疼是咽進的那顆棗核橫著下行，兩頭的尖錐剖破了腸子。他越是用力，剖破的傷口越大，血流出來，人隨之昏迷，遠近沒有行人，連一隻鳥都沒飛。

村長是失血過多而死亡的，第二天被人發現抬回了雞頭壩，埋葬在了坡梁頂上的田裡。現在墳墓還在，站在村口了，一抬頭就能看見。

四十三

清涼山上的樹多，屬正通之材的如碧桐、紅椿、樺和松，在溝底坡畔，出土便順利成長，一般能有幾丈高，在民居裡做梁做柱做檩椽。長在山巔或崖縫中的雞骨、花梨、黃柏、鐵檀，全都低矮，曲枝倔節，多瘤多疤，剖開又多鬼臉，宜於做雕件，往往束之高閣，傳之久遠。而介乎兩者之間的，亦正亦邪，既高大又珍貴的，就是紅豆杉。

清涼山的紅豆杉極其有名，顏色赭紅，如同凝血，敲之有石聲，香味又濃，多用於佛寺道觀，民間也珍貴著用來做陪嫁的箱子、扉櫃、插屏，書房的筆架、硯盒。正是稀罕，雖然政府明文規定了要保護，但一直有盜伐，屢禁不止，甚至發生過前有樹被砍了，後又有把樹根也挖走。集體林子裡的紅豆杉越來越少了，山上的人家住得分散，偶爾自家院前屋後有那麼兩棵三棵，就全用磚砌牆圍起來。

半坡是個小村，村口有棵紅豆杉古樹，桶粗，三丈多高。作為村的標誌，沒有用磚牆包圍，又怕被盜，村人在樹上刻了四個字：盜我者死。但三年後，還是被盜了。

盜樹的是山下莊頭村一個姓章的。姓章的轉手賣給齊家岔村的一個姓柴的。齊家岔村有狗，抬樹進村，狗就咬了姓章的腿。姓柴的夫妻倆第二天再用手扶拖拉機將樹運往縣城倒賣給一個姓封的。返回時手扶拖拉機在路上側翻，妻子摔死在溝底的石頭窩裡。姓封的把樹藏在後院，被鄰居舉報，公安局來人帶走了樹也帶走了姓封的。姓封的爹又驚又氣，當時心臟病發作，沒救過來。公安局順藤摸瓜，尋到了姓柴的，又尋到了姓章的，姓章的因狂犬病已去世了。

這棵樹返還給了半坡村，它已經不是樹，是一根木頭。這木頭從此被視為神木。清涼山上的紅豆杉再沒有遭過盜伐。半坡村的人夜裡都睡得很沉。

四十四

函石峪裡的欒街是鎮政府的所在地，鎮長每到東街就發現一個跛子老是看他的腳。一次，在東街遇到欒街村長，兩人說起話，跛子又蹴在不遠處死眼看著他的腳。鎮長招了一下手，跛子過來，鎮長問：你咋老看我的腳哩？跛子說：你那破鞋得補的。鎮長是穿了一雙舊鞋，後跟已磨得一邊厚一邊薄，但他不願意人說破鞋，就說：你是鞋匠？跛子說：我阿伯是。鎮長笑了一下，不再理跛子。跛子卻看到鎮長的褲子夾進了溝壕裡，是一條縫，用手輕輕拉了拉。鎮長覺得難堪，說：你幹啥？跛子嚇了一跳，知道鎮長生氣了，卻用指頭一劃，把褲子再劃成一條縫。鎮長踢了他一腳，村長就把跛子轟走，罵道：不會說話就閉上嘴，不會來事就待到一邊去！

有人把這事說給了阿伯，阿伯沒吭聲。阿伯有三個兒子都當了兵，一個在陸軍，一個在空軍，一個在海軍，街上人把阿伯叫兵種。當陸軍的兒子復員後在縣上當了個局長，讓爹住到縣城他家去，阿伯不願意，還在街上開他的修鞋鋪子。阿伯把跛子喊來，並不指責跛子傻，說：你給我攬生意了？跛子說：我盼滿街人鞋都爛啊。阿伯拍拍跛子頭，說：憨娃呀，阿伯給你說，話少金貴，無事了不生非。

跛子記著阿伯的話，出了門就袖了手，街上有人吵架，他不再去圍觀。村長在指揮著各個門面房裡的人清理街道上的垃圾，大聲吆喝，滿頭是汗，他看見了村長後脖子上趴著個蝨子，讓蝨子咬去，他也不說。

但跛子常去阿伯的修鞋鋪子，阿伯一叫他，他大聲應著，幹些重活，跑個小腳路。旁人說跛子是兵種的答應：你好好伺候你阿伯呀，局長會罩你的。局長回欒街了幾次，真的認跛子是四弟，跛子就戴上了一頂舊軍帽。

後來，秦嶺裡修另一條鐵路，經過函石峪，縣上為了配合鐵路工作，成立了支援鐵路建設辦公室，負責處理沿途人家房屋拆遷土地佔用事宜，主任是局長的一個同學。鐵路修到了欒街，工地上建了個物資場庫，需要僱用個看護，村長給鎮長推薦了跛子，鎮長再給工地總管介紹，跛子換上了一套工裝，就成了場庫的守門員。跛子也坐得住，每日除了招呼進貨的取貨的外，只待在門房裡，吃煙喝茶啃啃指甲。

阿伯去看望跛子，跛子在門房裡坐著，敲了幾下窗子，沒反應，推門進去，倒把跛子驚得一怔。阿伯說：你對著牆發啥瓷的？跛子說：阿伯，人是假的。阿伯說：你腦子想啥哩！跛子說：你看牆上是不是有那麼多的人樣？牆是泥皮牆，雨漏過幾次，斑駁不堪。阿伯看了，是能看出有無數的黑的白的色塊和亂七八糟的線條，裡邊似乎像有著人的樣子。跛子說：人就是色塊和線條組合的麼，說它有就有，說沒有也就沒有了。阿伯在門房裡坐了一會兒，給跛子說西街的某某死了，他過會兒去弔唁呀，問跛子是否也隨個禮，就說：昨天還來鋪子裡修鞋的，今早就心梗死了，我現今都覺得不真實，像做夢一樣。跛子說：我說人是假的麼。阿伯感嘆：今天和昨天一個樣，人說沒了就沒了，唉，世事是真的，這人活得還真是假呀。

第二天，一輛卡車拉來了鋼筋，卸貨時，跛子跑去指揮著倒車，不斷地喊：倒，倒，倒。車到了一個土坑邊，還在喊著倒，車後輪掉到坑裡，猛地一顛，車上的鋼筋嘩啦滑出來，一下子把跛子戳倒了，頓時渾身是血，昏迷不醒。跛子被緊急送去了縣醫院，經檢查，腎臟壞了。消息傳回欒街，人都說：換腎是大手術，跛子哪有錢，這下丟命了。阿伯就去了縣城。跛子是工傷，支鐵辦出錢為跛子換了腎。

住院了三個月，跛子回來了，場庫已有了守門員，還安排著他去，兩人一塊值班。但身體恢復了的跛子和以前完全是兩樣了，抱怨特別多，罵錢勢利，越有錢的錢像樹葉子一樣風一吹就要聚堆，越沒錢的掙一分錢比吃屎還難。罵那些工長、監理長得都醜，怎麼就都成了中層幹部？罵採購員肯定會貪污的。他罵個不停，還必須要另一個守門員聽，另一個守門員說：你累不累，我去吃飯呀。他們是輪流回家去吃飯，另一個守門員吃飯回來了他也去吃飯，他都要在衣服口袋裡裝上水泥。他每天回去不是在口袋裡裝些水泥，就是揣在懷裡幾個扒釘。一次回去時沒拿東西，反身又來抓了一把小螺絲帽，另一個守門員說：你一天不佔些便宜就是吃虧啦？再是，沒事幹了，不抱怨說話了，他就不再是啃啃指甲而是拔鬍子。他拔鬍子不用鏡子，用手在嘴唇上、下巴上摸著摸著就猛地拔下一根。

回家吃飯的時候，跛子到修鞋鋪去，阿伯問：都好吧？跛子說：不好。阿伯問咋啦不好，跛子說他想換換崗位，拆遷工作好，讓阿伯給村長說說，再讓村長給鎮長說說。阿伯一聽就躁了：你也不尿泡尿照照自己，雇用了你去挑肥揀瘦？跛子不聽阿伯的話了，他自己去找村長。村長把他罵了一頓。他再去找鎮長，鎮長說：我沒權力給你換。跛子說：你給工地總管建議麼。鎮長說：我腦子進水啦？跛子又去找工地總管，總管笑著說：你說說，你憑啥能調去拆遷組？跛子說：我是因公受過傷的，照顧也應該照顧著去幹拆遷。總管還是笑，說：哦，我知道了，你回去吧。跛子以為總管同意了，回到場庫等消息。可等了三天沒人通知他，他又一次去找總管。總管不理他。他繼續找了三次，總管都不理他，視他是一塊石頭，是風吹過來的一片樹葉子。跛子以複查病請假去了縣城，找到了局長，局長聽了他的敘說，說：都給你換了腎了，不能再說了。跛子說：就是換了腎，主任認你哩。你一句話的事，他們就辦了麼。你不願跑路，你寫個信，我去找主任。局長說：我不寫信，你回去吧。跛子說：我是你四弟哩，我給你磕頭。雙膝就跪下來，局長生了氣，說：你咋是這號人？你走！跛子被推了出去。跛子在縣城待了三天，白天裡去局長單位，單位的門衛不讓進，也不讓在門口站，要站站到三米之外。晚上去局長家敲院門，局長從門上的貓眼中看著是他，就是不開門。跛子在院外的巷道裡守著，巷道裡有狗，他拾了個石頭砸狗，狗叫得汪汪汪，他只說局長聽到狗叫會出來看的，局長還是不出來。第三天晚上他去敲門的時候，用手捂了門上的貓眼，假著嗓子喊：郵遞員，送郵件！連喊了三下，門開了個縫，局長見是他，門砰地關了。

等跛子從縣城回到了欒街，他已經不是場庫的守門員，被辭退了。跛子一跛一跛地在街道上晃蕩，沒人理他，他咕咕囔囔著這地不平，還是沒人理他。

阿伯八十歲生日那天，局長從縣城裡回來，工地總管、鎮長、村長也來祝壽。酒席上，幾個人說起了跛子，都搖頭，想不通他咋變得從讓人同情到讓人討厭再到誰見了就害怕呢？阿伯說：是不是換了腎的原因？大家哦哦著，恍然大悟，說：這可憐的。

四十五

空空山是山腰上有很多洞，這些洞使山都成了空的。三個洞在空空山的陽坡，一個洞在空空山的陰坡。陽坡的三個洞裡有蝙蝠，蝙蝠飛出來飛進去像黑風，山下村子裡的人就進洞掃蝙蝠屎，賣給縣城的中藥鋪。數年間，確實是許多人賺了錢，蓋房的蓋房，娶妻的娶妻，但也有三人摔斷過胳膊腿，一個腰脊椎骨折，終年躺在木板床上，床中間掏一個窟窿，供拉屎拉尿。空空山陰坡那個洞，洞口掩在雜木亂草中，早晚往出冒雲霧，似乎裡邊住著妖魔鬼怪，一直沒人敢進去。

村裡有姓張的兄弟倆，家貧都沒有結婚，只養了一條狗，據說冬天了被褥薄，狗也睡在炕上，一邊是兄一邊是弟，相互取暖。突然這個春季，狗一隻腿跛了，而他們常洗臉，穿起了膠鞋，還穿起了前邊有拉鍊的褲子，雖然覺得一邊倒地穿容易使褲子磨損，就兩天拉鍊在前，過兩天在後邊。說話也口滿了，嚷嚷著要從縣城買沙發呀，買收音機呀，甚至托人給他們物色媳婦。村人納悶這是咋回事？問這兄弟倆，兄弟倆就是不說，狗汪汪地叫，好像狗知道原因，可狗話人聽不懂。

這是一九八八年的事。

那年的雪下得早，下得也大，覆蓋了整個空空山，還狂風呼嘯，屋簷下冰掛如刀子，殺氣很重。兄弟倆在屋裡窩了三天，一個說那咱走，一個說走，酒碗摔在地上，他們去了空空山陰坡的那個洞，而風雪隨之掩埋了足跡。洞口很小，進入十米，到頭了，面前出現的竟是一個深井。井有多深，不知道，井裡是有毒蛇還是沒有氧氣，都不知道，手電筒照過去，井壁濕滑，還長著篦篦芽草和苔蘚，沒有蝙蝠飛出來。兄弟倆有些害怕，把狗扔了下去。如果狗無聲無息，就不再下井，但一會兒沉沉地傳來了狗叫聲，他們便把兩盤繩的各一頭拴在洞口的樹上，各一頭繫在身上，要下一塊下，兩人慢慢往下吊。井底裡的狗折了一條腿，井底裡竟然有水晶。這些水晶最大的有盆子大，小的也碗大、拳頭大，晶體透明。從此，每晚去挖，挖回來藏起來，十天半月了用麻袋背到縣城去賣。三個月後，他們在井底再往下挖的時候，挖了三個晚上連拳頭大的水晶都沒有挖到，準備著不再挖了，左邊的井壁突然塌下來，將他們埋了。但埋得不厚，為兄的先從土石中拱出來，在褲襠裡一摸，褲襠裡的東西還在，再揉揉眼，眼睛能睜開，就喊起弟：你活著沒？當弟的也從土石中拱出來了，他連頭帶腳都活著，便看見了塌過的井壁處露出一塊大水晶。這水晶是兩個頭，每個頭都一摟粗，連成一體，像是個元寶樣，估約兩千斤重。兄弟倆從來沒見過，甚至在縣城都沒聽說過有這麼大的水晶，都驚糊塗了，你擰我的臉，我戳你一拳，知道了這不是做夢。他們在第二天悄悄去了縣城，尋問這水晶價格，凡是問到的人都不相信有這麼大的水晶，如果真有，那就是水晶王，應該值八百萬元到一千二百萬元。兄弟倆一路笑著回來，卻無法把水晶王弄出井，只好公開了秘密。每人發五元錢，全村人都來幫忙，在井口架了軲轆，並用三條繩索往上拉，整整折騰了一天，把水晶王吊了出來並抬回了家。

空空山陰坡洞裡有水晶，村裡人都去洞裡挖，才發現姓張的兄弟倆在水晶王吊出來後，當晚用炸藥把那個深井炸塌了。

兄弟倆有了水晶王，吃飯時端了碗就到門前的場子上，場子上吃飯的人多，有的說：咋還是包穀糝糊煮紅薯？他們說：早上縣城裡的王老闆來了，是帶了一隻雞，糟糕得很，送雞也不殺了送。便指著自家的房子，你看見房頂上在放光嗎？那人說沒有，他看到的是房上空正飛過一隻貓頭鷹，卻在問：水晶王出手了？他們不與那人說話了，這是嫉妒麼，水晶王是還沒人能夠買得起，但饃不吃在籠裡放著呀！他們覺得好笑，就又哈哈地大笑。

極度的悲傷和極度的快樂都對心臟不好，在那幾個月裡，兄弟倆時常就感到頭暈和心口疼。接著，時不時便緊張，出一身的汗，總懷疑有人會來偷盜或搶奪。當他們輪流著，一個去縣城尋買家的時候，另一個就坐在窗前，眼盯著門前的土場子，只要有人出現，就放出狗去咬，自已拿了刀和棍，嚴陣以待。而去縣城的，也警惕周邊的人，看誰都不對，看誰都有謀財害命的企圖，寧可餓著肚子，不去吃飯店的麵條，不去喝攤棚裡的茶水。他們已經不經管地裡的莊稼了，也不再上山挖草藥，砍栲木育木耳、香菇，就在家裡守著水晶王。日子又艱難起來，沒有了米麵，沒有了油和鹽，上頓吃蒸紅薯，下頓吃蒸紅薯，吃得胃裡吐酸水。兄弟倆一個說：咱有八百萬的！一個說：就是，一千二百萬的！就籌劃著水晶王賣了，一定要蓋新房，蓋兩院新房，當兄的住東邊院，當弟的住西邊院。他們要買四石小兩甕菜籽油，四筐子鹽。一人分一半。吃肉喝酒呀，肉是滷豬頭、醬肘子，酒不要散打的，買瓶裝的。吃撈麵的時候就坐在門口，吃一碗，晾一碗，吃得滿嘴唇的油辣子，頭上要出汗。當然，他們就說到了娶媳婦生娃的事，弟說：你把姓楊的寡婦娶了。兄說：她眼睛小得像指甲掐的，我不要。弟說：李老三的女兒臉白，她和魏家的兒子相好，把她撬過來。兄說：臉是白，但屁股小，咱要能生娃哩。要找就找劉家那個翠翠。弟說：我已經托人去提說了。兄說：哦，她是好婦女。

過了幾天，弟從外邊回來質問兄：你也托人給翠翠提親了？兄說：翠翠說她喜歡我。弟說：不行，翠翠是我的！兄說：大麥先熟還是小麥先熟？兄弟倆不和起來，惡聲敗氣了半個月。到了十六日早晨，兄剛醒來，看見弟已下了炕，立在尿桶邊沒有尿，在叫著翠翠的名字手動著哩。兄就罵：不准你叫翠翠！弟說：我願意叫誰就叫誰！兄氣得牙成了骨頭，從炕上撲下來，兄弟倆就大打出手。門縫裡往裡颳餓面子風，拖著一條腿的狗咬著他們的褲腿，將兩人拉開。

兄開了門，蹴到門前碌礡上吃煙，煙鍋子使勁在碌礡上敲，煙鍋桿子就斷了。弟在屋裡說：不過啦，過不成了，各過各的！拿了鋸子便鋸水晶王，一時鋸不斷，又取錘子敲，他只說水晶王是兩個水晶頭連在一起的，可以敲開，沒想敲了幾下沒敲開，一用勁，兩個水晶頭是分開了，但都有了裂縫，各自碎為四塊。弟知道闖下禍了，從後窗子跳出去跑了。

弟再沒有回來。村裡人仍然在空空山陽坡洞裡掃蝙蝠屎，張家當兄的也在其中，他沒有娶到翠翠，但他膽子大，能爬到洞裡最陡的地方去，他掃到的蝙蝠屎比別人多。大約有六年吧，村裡有人到甘峪鎮為人蓋房，看到鎮街上有個乞丐，像是張家的弟，又不像是張家的弟，瘋瘋癲癲，在給一夥追攆他的孩子說：水晶是水做的，水一潑到地上就爛了。

四十六

麻姑山上青岡樹多，野生獼猴桃藤蔓糾纏在青岡樹上了，樹倒看不到，形成個大篷，一個大篷一個大篷，滿坡就像坐了無數的茅屋。山頂上有麻姑廟，供奉的神披著層層疊疊的彩衣，極盡華麗，彩衣裡裹著的其實也就是個石像。據說在麻姑廟裡求子最靈驗，每年九月六日到十三日的廟會，婚後不能生育的男男女女，數百人的，都要去山上，住七天。

這七天，麻姑山上熱鬧，那是會神，也是會眾。廟內燒香的，點燭的，持著鮮花和香包走來走去口裡念念有詞的，人頭攢動。廟外的場子上，巘畔上，稍平的地方，布撐的帳子，柴草搭的棚子，全住了人。所有野生獼猴桃藤蔓篷也都晾了被單或花衣，宣告著已有人在此。白日黑晚，天空上風追雲聚，詭異翻騰，變態萬千，樹林子裡，鳥相悅對語，樹交花生香。整個山上瀰漫的氣息中，有煙味、脂粉味、草味、水果味、酒味、汗味、方便麵味，還有了一種腥味。

廟會過後，差不多的女香客真的就懷孕了。

麻姑山六十里外的丁沙村，據說有五個孩子都是在麻姑廟求子的結果。村裡人大多身高不足一米六，而這五個孩子在六歲上個頭就超過他們爹。但他們和他們的父母沒有去還願過。

四十七

進紫荊峪經木塔寨、連塘鎮、花子坪，來雲石門關，到二馬山。二馬山是一低一高兩個山頭，分作前馬山和後馬山。前馬山上有一座劉家宅子。宅前豎了牌坊，宅後建有戲樓，七子南北三遞院，廳堂廂房，亭榭閣台，所有建築都是紅牆綠瓦，隆脊翹簷，雕梁畫棟，壯觀得使整個前馬山都在放光。

宅子的主人叫劉廣美，名字有些女氣，其實是個胖子，人沒到肚子先到，褲腰比褲腿長。劉廣美四十歲的時候，已經是巨富，二馬山下的河灣有上千畝土地，生意也做大，僅在山外省城裡就有布莊、茶店、鹽行、中藥鋪子和酒樓。因為父母習慣了山裡的環境氣候吃食，不肯進城，大老婆又得伺候父母，也是衣錦還鄉，榮宗耀祖，一九四五年的冬天，他帶著十八匹騾子馱著金銀財寶回到了前馬山要造一處宅子。

二馬山上多紅黏土，他所定製的是來雲石門關窯燒的大青磚。從山下往山上運大青磚太費勁，他雇了一百頭山羊，每頭山羊身上捆兩塊，一天山羊上下山四次，運送了三個月。人梁、柱子、檁木是砍伐了後馬山上的紅松，每棵全是兩人合抱粗，四丈五長，無論八抬十六抬的紐子都無法抬動，就在後馬山修整出一道坡槽，雪天裡潑水結冰，用繩索從冰道上拉下來。開地基拉木料死過三人，劉廣美認為大工程都是有奠的，給了死者家裡豐厚的撫恤。他聘請的都是紫荊峪方圓三十里的能工巧匠。負責和泥的人，每堆泥裡一定得按比例有綿紙漿，有糯米湯。負責磨磚棱的，一天只許磨出三塊。那個石牌坊建起來，僅辣麵吃去了兩斗。所有的房子在地基四角埋上十補藥丸，柱頂石下安放石龜石蛙。為父母蓋的庭房，四面牆上各嵌一塊金磚。大老婆的臥屋，地上鋪的牆上砌的，又全是藍田玉片。三年六個月，宅子落成，宴請了一百零八桌，有省城的參議，有商會的會長，縣黨部縣政府縣保安隊都來了人，還有七鄉八村的鄉紳、地主、財東、學校的董事和校長。縣長送了匾，上面寫著「積厚流光」，就懸掛在正堂上。

劉廣美在二馬山住了一周，返回了省城裡。宅子裡住著父母和大老婆以及二十個長工。日子肯定是油摻麵的日子。父親酷愛花草，常領人去後馬山挖來杜鵑、山丹、蕙蘭、薔薇、菊花、蒿梅、野生牡丹，宅子的前後左右地裡百花盛開，蝶紛蜂亂。一日上山挖山芍，採得了一筐蘑菇，回來要吃鮮，沒料老倆口中毒身亡。劉廣美奔喪回來，第二次住在宅子裡，住過了二老「三七」後才走。那時已經是一九四八年的春上，省城裡風聲鶴唳，城裡有從前線撤回的散兵遊勇，有強盜和饑民，時不時搶劫殺人。劉廣美就被人盯上了，一個夜裡鹽行遭到血洗，他和小老婆那夜在鹽行裡結帳，一個被刀砍死，一個被繩子勒死。

紫荊峪解放後，二馬山的劉家宅子被收沒，成了鄉政府辦公所。劉廣美的大老婆自然而然是地主分子，居住在村裡一間牛棚裡，每日同貧下中農一塊下地勞動。六十歲時，人頭髮全白，牙掉了一半，又有肺氣腫，派去養蠶。一茬一茬的蠶吃飽了桑葉開始吐絲，絲卻把自己裹起來形成繭。她幹的活是把繭用溫水浸泡了，再把每個繭剪開取出蠶蛹。那些年裡逢著饑荒，蠶蛹是最好的東西，但別人剪出蛹了偷偷在口袋藏一把，拿回家炒著吃，甚或在剪時就往嘴裡塞一顆兩顆生嚼，她不敢。她是從沒吃過炒蠶蛹。到了一九六四年，她跌了一跤，臥炕兩個月人就死了。臨死前，她老是做夢劉廣美在叫她，叫她去督促長工把捆了磚的山羊往山上趕，叫她去廚房裡看澆灌牆縫的糯米湯熬好了沒有。還夢到她變成蛀蟲了，鑽進了桃子裡，鑽進了地瓜裡，鑽進了蒸饃裡。這些夢在昏迷醒過來時，她沒有說，旁邊人問：你醒啦，想吃些啥？她突然說：我想吃炒蠶蛹。旁人去生產隊的庫房裡給她申請了十八顆蠶蛹，用鐵勺在灶膛裡炒了，拿來她已經張不開口。給嘴裡餵了一顆，而她斷了氣，沒有咽下去。

前二馬山的劉家宅子七十年了，沒有一塊木頭腐爛，沒有一處磚牆裂縫，啥都好好的，現在縣上把它定為文化旅遊的景點。遊客們來了，進了那牌坊，只看見宅門樓頂上的薔薇就驚嘆不已。那是劉廣美當年栽的，藤蔓已覆蓋了院牆，爬上了宅門樓頂，絢白的粉紅的繁花盛開，像雲一樣溢出來。他們說：啊，多好的花！這花是劉家宅子的，但我們都看見它的美麗，聞到了它的清香，這花就是我們的。

後來，有人在遊客留言簿上寫了一句：誰非過客，花是主人。

四十八

月河東岸的草花溝一直偏僻，但從溝瑙到溝口十三個村寨，人們相互都認識。若突然少了一個人，一個蘿蔔一個坑，就顯得空曠。要是突然多起一個人了，被窩裡塞進一條腿又感到擁擠。二〇〇〇年的那個夏末，數天裡，每個村寨都曾出現過一個戴竹帽的人，兩條腿似乎不齊整，踩路上也一腳深一腳淺，而太陽火辣辣照著，竹帽篩下的光點使他的臉像長滿了大白麻子。村寨的人疑惑這來的是誰。說是遊客吧，他提著一根竹竿，拿著一隻碗。說是乞丐，卻穿著乾淨的白衣白褲。這人經過村寨，狗就咬，他沒有舉竹竿打狗，嘴吹了竹竿的一頭，聲音混沌低沉，狗就乖臥了，這是在吹簫，可哪見過簫這麼長？這時候天上常常會有鸛，鸛飛過了無痕跡，也有花就在附近開放，能聞到香氣，或者是一陣子白雨，嘩嘩嘩地落下來，又極快地過去了，不淋濕衣服。他陌生，形狀奇怪，人們並沒有反感，竟莫名其妙地覺得親近，便拿了饅頭、柿餅，還有烤熟的包穀棒子給他，他不吃，最多要了碗水喝。他喝水喉耳骨不動，水直接灌下去了，就直著眼睛看遇到的每一個人，每一棵樹，甚至看過來的豬和牛，遠處場畔上正打滾的毛驢。然後，盯住自己的影子，若有所思。村寨的人就說：你是在尋找什麼嗎？他卻什麼也不肯說的，提上竹竿，拿著碗，去了另一個村寨。

十天後，這個人走出了草花溝，在月河上過橋去西岸。河面很寬，橋是十幾根獨木接連起來的，又窄又長，他用竹竿敲打著，走到橋中間了低頭看，水往下流，橋往上行，叫了聲哎呀，人就跌下去。人在河裡很快就被剝去了衣服，而且不再讓看到天，他漂浮了十五里，赤裸裸的，身子一直趴伏在水皮上。

草花溝十三個村寨的人半年裡還忘不了那個陌生人，眼前常回閃他一身的白衣白褲吹竹竿的樣子。想不通他怎麼就出現在草花溝呢，他肯定是在尋找，可尋找什麼呢：前世和來生？婚姻和愛情？青春和希望？還是丟了魂，要尋找魂的。他不是七老八老的，年輕輕的，說死就死了，或許他受到了什麼委屈和傷害，鬱鬱寡歡，在過橋時眩暈而失了足落水。或許河水如鏡，他在河水裡猛地看見了自己，才哎呀一聲，故意跌下去自殺。

第二年春上，草花溝裡開始生長竹子，草花溝從來都沒有長過竹子呀，這竹子越長越多，形成了一片一片竹林。半夜風過，竹林裡有一種聲響，混沌低沉，像是在訴說什麼，又聽不出訴說了什麼，老往睡夢裡人的骨頭裡鑽。

四十九

村子多是不安，村口就安置石獅。秦嶺裡從來沒有過獅子，鑿石獅的匠人連獅子也沒見過，他們代代相傳鑿出來的，已不是動物，是一種符，說是與神溝通著了，鬼都怕的。

宋家有個孩子，生下來臉皮枯皺，頭髮眉毛都是白的，而且腿極短，左右腳趾各只有四根。他爹說：這是老頭啊？丟進尿桶。村裡習慣生下怪胎了或想要男嬰卻又生個女嬰，隨手就丟進放在炕邊的尿桶裡溺死。他娘就哭，老鼠生下來還長鬍子哩，沒事，他長長就會好的。撲下炕又撈出來。這孩子便一直叫撈娃。撈娃六歲的時候，頭髮眉毛還是白的，而眼睛是牛眼，幾乎佔了頭的三分之一，頭又是身子的三分之一，模樣倒像村口蹲著的石獅。娘就帶撈娃認石獅是乾爹。撈娃長到甕高便不再長了，皮膚越來越白，白得像紙，眼睛老是羞著，不敢見太陽。於是，沒有去五里外的學校讀書，在家裡，上山也放不了牛，砍不了柴。父母去地裡勞動，他在院子裡洗蘿蔔，刮土豆皮，從一簸箕的豆子裡往出揀壞豆子，然後坐在捶布石上發呆，把捶布石都坐熱坐軟了。等父母回來了，他說：娘被蜂螫了？他娘確實在鋤草時被蜂螫了頭，頭髮裡那個包還沒下去。她驚訝地看著他，他又說：爹你腳上的傷不能見水哩。爹說：你咋知道的？他腦裡有畫面，是娘被蜂螫過，用鼻涕塗抹了那個包，是爹從腳趾上拔扎上的荊棘，血流了出來，他是看到了畫面說的。但他不曉得那是畫面，也說不清腦子裡怎麼就有這些畫面，他沒有回答爹。

這年冬天的一個夜裡，山下村子裡放映電影，爹背了他去，他知道了什麼是電影，從此腦子裡整天都在演電影。電影裡有村子的每一個人，這些人是張三李四在壘牆、挖地，腰酸背痛了就歇下來吃煙，說驢怎麼打滾解乏，說女人是解藥也是毒藥。是趙家的兒媳和婆婆言語不合又吵架了，兒媳要尋繩死呀，要尋井死呀，被隔壁的人拉住，勸告孝順不一定是管待老人吃喝，還要喜孝，喜孝就是好臉色好言語。是一夥人在喝包穀酒，不用盅子喝用碗喝，喝高了，你戳我一拳，我踢你一腳，最後翻了臉，手裡拿了刀和棍，被人拉開了，還仄棱仰板地往一塊撲　是幾個老婆子老漢子蹴在牆根，黏稠的陽光照在身上，整晌地互不說話，又自言自語。他是想看到村裡村外，包括每一條巷每一戶人家，就能過一遍電影全看到了。他先還覺得好玩，後來看多了就頭疼，便睜著眼不敢閉。夜裡睡覺少了。人越發瘦，皮膚白得發亮，像是身子裡有了燈。

愈不去看，偏就看了，不思量，怎能不胡思亂想？他知道了後牆根的石頭縫裡一條蛇在蛻皮，那是件漂亮的花衣服，脫下來就不要了。知道了後溝裡正走過三隻狼，狼低著頭，掃帚尾巴拖在地上，但狼喘氣的時候，臉上笑笑的。知道了門前的柿樹上那顆最大的柿子裡鑽進了蟲子，蟲子在咬噬著，柿子卻紅起來，柿皮慢慢變薄，一碰就要破了。知道了簷前飛過一隻蜻蜓，其實是兩隻蜻蜓，一隻蜻蜓背上趴著另一隻蜻蜓。知道了屋左邊的地塄上，一棵醋珠珠草開花了，醋珠珠草的葉子僅僅筷頭大，花更小得像錐尖，但它還是在開。知道了山頂上廟裡的鐘在響，村裡的狗在吠，而捶布石下的蛐蛐也在叫，還有旱蝸牛聲、濕濕蟲聲、蚯蚓聲。知道了那個小姑娘在打麥場上踢雞毛毽子，踢累了，就在麥草垛裡睡著了，她的夢是五彩顏色。

他甚至知道了十天後將有水災，他說給爹，讓爹加固院牆，爹不聽。果然十天後真的下雨了，溝裡起洪水，沖垮了幾十畝地，後山滑坡，一片子樹林子也沒了，而自家的院牆被水泡倒，壓住了母豬，母豬流產。村人在下灣修壩淤地，他說要死人呀，結果在山開石頭時，一顆石子，也只是指頭蛋大的小石子飛起來，偏偏砸中了一個人的腦門，那人就死了。爹不再讓他說話，尤其不讓給家裡人之外的人說話。世上的事情不能想得太多，想多了都會成病，不能知道得太多，知道得多了就成了禍。

他是有了病，頭疼得更嚴重，腰也沒了勁，走路像踩在棉花上。便再不出門，也不多說話，嘴除了出氣就是吃。他突然地喜歡了吃牆土，門窗下的牆，灶台的牆，差不多都被摳得凹凸不平，嘴裡老是泥漿。想不通自己怎麼就覺得牆土吃著香呢，莊稼吃土長哩，人也能吃土沽？仰頭看天，天是什麼呢？就是颳風下雨，雲來霧去，那怎麼有了太陽，又有了月亮？這日子一天一天過去了，樹落葉子在樹下堆那麼厚的，過去的日子堆在哪兒呢？村裡老人一茬一茬在死，人死如果真是如燈滅，啥也沒有了，為什麼還能想到他們，他們常出現在夢裡呢？

你病又犯了？爹看著他的樣子，臉上的表情是生氣、痛苦和無奈。他往往是冷丁一下，然後後悔，自己恨自己，拿手打臉。

那個下午，他努力地控制著不再去想，但雨一直在下。他看著雨地裡的樹，楊樹、柳樹、榆樹、苦楝子樹、皂角樹，他想做棵樹多好。

二〇〇〇年世紀之交，撈娃三十三歲，村口的石獅風化得厲害，沒有了眉眼，撈娃是病倒了，下不了炕，整日整夜眼睛睜著。爹娘還得勞動，每天早上出門時在炕上放些吃的，放一碗水，當然也放一疙瘩摳下來的牆土，傍晚才能回來。如此半個月，這一天收工回來，卻見兒子赤條條躺在炕上，身上長滿了草和苔蘚，近去看了，那不是草和苔蘚，是白亮的皮膚上所有的血管都暴露了，而人已經死了。

五十

黃石鄉的芒崖是個落後村，各項工作都搞不前去，鄉政府派幹事王子約去兼任村長。王子約幹了三個月，心力交瘁，想提拔個副村長來協助他，但不知道誰能勝任，便一邊重新調整責任田，一邊暗中考察一個叫任春來的人。村裡梁興旺的責任田裡有棵核桃樹，當年分田時僅是個小樹苗，誰也不在意，二十年後樹成碗粗，年年結核桃。把梁興旺的地和任春來的地做了調換，兩家為核桃樹起了糾紛。核桃成熟了，梁興旺去摘，任春來攔住，一個說：樹是我家的，為啥不能摘？一個說：樹在我家地裡了就是我家的，你就摘不成。兩人找王子約，王子約讓每家摘一年。任春來就摘了當年的核桃。第二年梁興旺摘核桃，核桃結得繁，任春來給梁興旺說核桃樹有大年小年的，應該給他一麻袋核桃，補補去年的虧。梁興旺當然不肯，兩人吵起來又去找王子約。王子約說：今年的事不說啦，明年以後，摘下的核桃過秤，一分為二。晚上，任春來拿了斧頭去把核桃樹砍了。砍了核桃樹了，兩家都安生了。王子約覺得任春來爭強用狠，不再考慮任用的事。

王子約開始物色李天順、馮二牙、劉鎖子，還故意放出風，將來村民投票選副村長，就在這三人中選一個。從此芒崖不安寧了，黑天白日總有人在一塊嘁嘁啾啾。李天順家在村裡開了個小賣鋪，以前鋪門上貼了告示：小本買賣，概不賒賬。現在有人去買一斤鹽就送一包方便麵，接著好多人都去了，不買鹽也能得到一包方便麵。村裡各家各戶幾乎都白拿了一包方便麵，人就說：李天順，你人好，到時候投票給你投！劉鎖子的小兒子過周歲，劉鎖子殺了一頭豬，把全村人都請了去吃席。席上的蒸碗是拳芽條子肉、蘿蔔紅燒肉和酒糟子甜肉，吃的人嘴角流油，說：這一片肉能抵三包方便麵麼！馮二牙就告狀李天順、劉鎖子賄選。接著李天順又告馮二牙三年前偷砍過集體林中的一棵樺樹，解板做了桌子。劉鎖子再告李天順的小賣鋪賣過假農藥。後來就更亂了，馮二牙和李天順告劉鎖子蓋新房時多佔了兩分莊基地，劉鎖子和馮二牙告李天順還騙過低保，李天順和劉鎖子告馮二牙傷風敗俗，他堂弟去世後，與堂弟媳有一腿。狀告得一團糟，王子約頭都大了，說：真是爛村爛人！

村裡總得有個副村長呀，王子約有意了薛為貴，才找薛為貴談了兩次話，唐老三就對王子約說：你是不是要提拔薛為貴呀，小心老鼠拉車拉到床底下去。村裡姓薛的是大姓，姓唐的也是大姓，兩個家族歷來不合。不出三天，姓薛的一家的雞吃了姓唐的一家地裡的菜，兩家一吵鬧，兩個家族全出了頭，發生了一場群毆。王子約就沒找薛為貴談話，而且再不考慮了薛家和唐家。

伸出指頭扳來扳去，王子約觀察了一個冬天，認為一個叫汪中保的小夥可以。汪中保人精幹，沒有是非，平日在山上挖些當歸，賣給縣城的中藥鋪，日子過得還滋潤。但汪中保不願意當副村長，王子約說：咋不當，副村長每月還補貼兩千元的，別人爭破了頭，你不當？汪中保說：我不稀罕那點錢，賣一次當歸都萬八千的。王子約說：年輕人要帶領全村人致富才是，再說，當副村長也不影響你挖藥麼。汪中保說：要當也得結了婚再當。王子約一了解，汪中保是和李天順的閨女談戀愛了三年，而李天順的閨女長得漂亮，對她示愛的人多，汪中保就遲遲沒定下婚。王子約說：我是過來人，我問你，你心裡有沒有她？汪中保說：心裡有她，我才堅持這三年的。王子約說：你還疑猜她？汪中保說：我個子矮，怕她不真心。王子約說：我幫你。如此這般地出了主意。王子約這樣做一是教導著汪中保去考驗李天順的閨女，二是也考驗汪中保有沒有智慧，聽不聽他的指撥。汪中保就再去縣城賣當歸時帶上了李天順的閨女，並在縣城給介紹認識了一個年輕的老闆朋友。他讓李天順的閨女住在酒店了，安排那個老闆朋友去勾引。那老闆朋友一番甜言蜜語後要動手動腳，李天順的閨女披頭散髮地跑出酒店來給汪中保哭訴，罵他交友不慎。汪中保嘿嘿著笑，說了原委，李天順的閨女吃驚地說：你在考驗我？你用這辦法考驗我！翻了臉，甩手而去。戀愛失敗，汪中保真的不在村裡待了，出山去城裡打工。

王子約在芒崖待了三年五個月，始終沒選中個副村長，而芒崖村人倒聯名給鄉政府去信，要求罷免王子約的村長，信裡說：誰身上沒有好的東西和壞的東西？而王子約老是引逗別人身上壞的東西出來，他也就是個壞人。

五十一

從丹泉寨往東二十里可以到戴帽山，從椅子坪往西也可以到戴帽山。戴帽山上有個老漢一百一十九歲，還目光亮堂，一口白牙，活成個神仙了。山上山下，包括丹泉寨的、椅子坪的人，有事沒事了，到戴帽山啊，和神仙說話去。

神仙，你吃了沒？都吃的啥呀，你身體能這麼好！我六十歲後茶飯不賴呀，頓頓有腥的，也是人參湯、靈芝粉、阿膠膏、蜂王漿的，可還是瘦，你瞧瞧我這腿，除了骨頭就是一把鬆皮麼。

答：吃了，在戴帽山上就吃戴帽山上的麼，兩個蒸饃一碗白菜豆腐湯。啥事都有個基本，飯食的基本就是米和麵，白菜和蘿蔔，這也就是主糧，人的生命靠主糧嘛。

神仙，往世上看，這做父母的誰不是全心全意待自己兒女好，要一就給二，要襖連褲子都脫了給，只要兒女還餓著，恨不得割自己身上肉給他們吃。可兒女對待父母呢，即便再孝順的，手裡有十個錢了，你讓他們給父母，他們還是掂量著給三個呀還是四個呀。

答：嘿嘿，又抱怨兒女啦？你們兒女對待他們兒女比對待你們心重，你想沒想，你們就曾經對待兒女比對待父母心重啊，你們的父母也是對待你們比對待他們父母心重啊，這都公平麼。人輩輩都這樣，就像走樓梯，眼往高處瞅，愛是向下移。

我有個做難事，問問你神仙。我現在有三個女兒，沒有兒子，我想和媳婦離婚，這媳婦跟了我二十年，種責任田，從山上砍柴背到鎮上去賣，一塊從窮日子走過來，光景好過了說離婚，我覺得不忍，可沒有兒子，我又怎麼傳宗接代呢？

答：你知道你父親的名字嗎，你肯定知道。你知道你爺爺的名字嗎，你或許知道。你知道你爺的爺的名字嗎？你就不知道了吧。你爺的爺的名字都不知道，你給誰傳宗接代？

我被選為村長了，我很有壓力，總擔心把事辦錯。

答：沒有私心錯也錯不到哪兒去。

神仙，我知道因果報應，報應有及時兌現的，有隔世兌現的。但是，我問你，比如一個人殺了人，被殺的人臨死前說：你不得好死。殺人的人當然最後是判了死刑，槍子把腦袋打了個稀巴爛，而被殺的人不也沒有好死嗎？

答：你說的是前年椅子坪馬王村發生的案件嗎？你問的其實你也知道，我只給你再說一句：人身上都有一隻狗的，狗沒拴住就出來亂咬，拴住了便守家護院的。

神仙啊，我就看不慣我們村那個姓張的。我初中畢業，他小學畢業，我們的上輩都是皮影戲藝人，到我們這一輩，皮影戲是不演了，我們倒繼承了刻皮影的手藝。我刻得比他好，還有四個人都比他刻得好，可是城文化館有他親戚，讓他去辦皮影展，他竟然就去了！他想幹啥，要出名？要壓住我們？辦了展覽就有人能買他的皮影啦？

答：甕裡窩著漿水菜，你舀一碗漿水喝了消消氣。鄰居的孩子長得醜，可人家的父母也得給孩子慶滿月過生日呀。

神仙，人為什麼就有食慾和性慾？

答：吃飯是辛苦事，你想想，得先種莊稼，莊稼熟了要收割，收割回來曬呀晾呀，推磨子，推碾子，要蒸要煮，好不容易做成飯了，還要咬嚼、吞咽、消化，再排泄。上天為了人能活下去，就給了人食慾，沒有食慾誰肯去勞作？性慾也是一樣呀。

神仙，我給磕個頭。前天我給我爹去掃墓，發現墓對面的一座墓前安置了一對石獅子，這不是要鎮我爹的墓嗎？這三天我心裡一直糾結，是不是也該在我爹的墓前安置一對石獅子，或者「泰山石敢當」？

答：你糾結就是你心裡有了陰影，那你就去你爹墓前也安置對石獅吧。

神仙，壞事情來了，我看清了周圍各種人的面目。

答：好事情來了，也同樣能看清周圍各種人的面目。

我父親是六十歲患病去世的，我今年五十八了，總擔心我也過不了六十歲的坎，夜裡常常驚醒，就出一身的汗。神仙，你會不會也恐懼死呢？

答：樹葉子幾時落那是樹決定的。葉子正綠著，硬拽扯著下來，葉子痛苦，而葉子不論是夏天或是冬天，它發黃變紅就自然落，也是快樂地落。

神仙，神仙……

答：不要叫我神仙，我不是神仙，我只是活得老了些。

老，老子就是神仙麼。

答：那老鼠呢？

五十二

褒斜古道有這樣一段地方，山不連貫，各自直起直立，如插刀戟，形勢陡然令人緊張。生在那裡，就決定了你，山下的五馬子鎮歷來便興盛武風。民國時期五馬子鎮出了叫孫我在的人，長得腿短身長，坐著比站起來高，人戲謔是狗。十六歲拜了拳家張九條為師，白天在炭窯場上練陽功，晚上到荒廢的墓穴裡練陰功。初學了三年，褒斜道上哪兒都去過，行俠仗義。又學了三年，已經能使刀弄槍，能飛簷走壁，能投鏢甩鞭，還會了輕功和縮骨術，卻再不外出，只在鎮上待著，三六九逢集市上露面，待人客客氣氣，臉上是笑，而每有屁放，人都聽到的是嗡聲。他是四十八歲上死的，死後四十年裡，五馬子鎮上仍流傳著他八宗英武。

一、他去看護瓜田，拿張席就睡在地頭。他睡覺是架著二郎腿的，腿上似乎長了眼，瓜田一有響動，他就知道來的是野獸還是賊人。賊人偷了一顆他不理，又偷第二顆，便起來，卻躬下腰假裝繫鞋帶，警告著賊人趕快離開。沒想賊人膽大妄為，瞧見他彎著腰，過來一手按他的頭，一手扳了他的屁股往上揭。他沒說話，僅一收勁，賊人的指頭被溝子夾住，一時拔不出來，疼得吱哇叫喚。他再一放鬆，賊人倒在地上了，他說：別再來。賊人連滾帶爬逃走了，甩著手，手指頭已經沒了皮。

二、天近黃昏，男人們都還在包穀地裡鋤草，有狼進鎮把張長久的小兒叼走了。張長久的媳婦一吶喊，左鄰右舍婦女都去攆，狼跑到寺前照壁下，正碰著他從寺裡燒香出來，人和狼都愣住。他說：是狗？他把狼叫作狗，是他要麻痺狼。狼果然就搖尾巴，把小兒放下來換口氣。換了氣還沒把小兒再叼上，他就撲上去。狼也往起撲，兩個前腿已經搭在他肩，他就勢抓了狼的兩個前腿朝上舉。狼伸過嘴要咬他，他頭一低，抵在了狼脖子下，推著狼往後退，狼像是被釘在了照壁上，氣就出不來，一袋煙時間，狼撲哧撲哧拉了一股子稀屎，稀屎是白的，狼就死了。

三、那一年河裡漲水，從上游沖下來的樹木柴草、死豬爛狗、石頭塊，把鎮前的橋三個橋洞堵住了兩個，水越聚越多，橋隨時都有塌垮的危險。去疏通樹木柴草已不可能，必須用炸藥包子去炸，但如何去炸，人們束手無策。他只脫了鞋，放在河邊，拿了炸藥包進了河。人都喊：腰裡要拴繩！他說：把鞋看好。他竟然能在水皮上行走。走著走著，浪頭過來，人看不見了，頭也沒有，兩隻手還露出來頂著炸藥包。岸上的人一片驚呼，他卻冒出來，好像一跳，又站在了水皮子上。橋洞下的樹木柴草堆爆破後，河水暢通，但他的鞋被水沖走了。鎮上表揚他，獎勵他一雙鞋，他穿上了，說：咦，我托生得不完全，怎麼有著牛腳？

四、他家門口壘著兩個碌碡，他每日早晨在碌碡上拍掌，拍時碌碡就發軟，顫乎乎的，如同麵團。七年過去，下邊的碌碡還是碌碡，上邊的碌碡不是圓的了，成為長方碇子。

五、那年頭有土匪，一夥土匪就進了鎮。鎮是三排房子兩條巷的，土匪從前巷的東頭進來，他就在中間排的房頂上，跟著往西走。土匪有槍打他，他身上帶了戳鏢，卻只揭瓦當武器。槍子從下往上打，他能躲開，瓦片從上往下砸，一砸一個準。土匪再從後巷由西往東來，他還在中間排的房頂上，跟著往東走。還是土匪從下往上打槍，他能躲開，從上往下砸瓦片，一砸一個準。三個土匪點了掃帚要燒房子，他甩出了三支戳鏢，三個土匪同時死在了街上。這一股土匪沒搶走一升糧食、一件衣裳、一隻雞，反倒傷了十二人，丟下三具屍首。三具屍首被鎮上人點了天燈，十五年內，任何土匪強盜散兵游勇再沒來過五馬子鎮。

六、毛生老漢九十大壽的那天請鎮上人都去吃席，他腰裡別了雙筷子去的。要殺三頭豬，其中三個人按住了一頭，刀在脖子下捅了四下，豬不死，爬起來又在院裡跑。跑過他面前，他給了一筷子，豬撲沓倒在那裡不動彈。那動作太快，看不清筷子是怎麼戳的，又戳在豬身上的哪裡，讓他用筷子再殺另外兩頭豬，他沒有再動手。飯熟了，坐席吃飯，腥味招來蒼蠅老是在面前飛，他吃著吃著，筷子在空中一夾，夾住一隻蒼蠅，扔在地上，用腳踩了，繼續吃飯。

七、五馬子鎮在河灣東，河灣西是汀鎮，兩鎮因各自在自己的這邊河灘多修了地，把水逼到對面，經常引起糾紛，發生群架。這一年，河水在汀鎮那邊自然改了主漕道，汀鎮人說是五馬子鎮修的地堰太高所致，上百人要到五馬子鎮鬧事。他讓鎮子裡的人都在家不要出來，他獨自在鎮街口坐著。鎮街上一左一右兩個石獅子，每個千八百斤重。汀鎮的人一來，黑壓壓站了一片，來人說：孫我在，你有拳腳，可你一人能打過百人？他說：我不打，我是來迎接的。然後高聲叫道：獅子，獅子，你們也迎接啊！就走到左邊的獅子跟前，那是個腳踩繡球的公獅子，他把公獅子抱起來放到右邊。右邊的是背上爬著個小獅子的母獅子，他再把母獅子抱起來放到了左邊。汀鎮的人看得怯了，說：孫我在，你狗日的行！就退了。

八、他的名聲大，就有了「拳打不過五馬子鎮」的話。百里外的白城關是水旱碼頭，那裡有個武館不服氣，偏就在猴年，三個人來到鎮上要拜會他。都是習武人，他熱情接待。夜裡喝酒，來的人有兩個喝了一陣，頭趴在了桌上。他說：這不行麼！和另一個拿大碗對喝。那人喝了酒大腿根往外流汗，越喝越能喝，他便醉倒了。那三人就用鐵鏈子把他捆了個結實，黎明前離開時，又把他放在門前的碌碡上，留下紙條：就這？天一亮，鎮上有拾糞的人看見了，給他解鐵鏈，鐵鏈上還上了鎖，解不開，他也就醒了。他醒來就開始蠕動，幾次險些從碌碡上掉下來，但都沒有掉下來，身子還在蠕動，像是蛇在蛻皮。後來鐵鏈就脫落，他從碌碡上跳下來，說了句：就這！

他是四十八歲時去山上挖老鴰蒜，腳上扎了一個荊刺，並沒在意。回來荊刺扎的地方開始化膿、潰爛，再是腳發黑，腿肚子發黑。黑到膝蓋上了，人就死了。鎮上人有各種說法，有說那荊刺有毒，不小心扎的，有說那是汀鎮的人把毒荊刺扎在了他身上。但無論如何，是壞在一個荊刺上，一個荊刺把他的命要了。

五十三

玄武山雖小，卻是界山，東北三合縣，西南商水縣，東南丹陽縣，山上的雞一叫，三個縣的天都亮了。武來子家裡養雞養狗也養貓，沒有養豬，因為他是闡客，常年在方圓十里的村寨裡闡豬，割下的東西歸他，是不缺肉的。

閹客的行頭很簡單，就是一把小刀，配有精美的刀鞘，別在腰裡，再就是一輛自行車，車子已經老了，除了鈴不響渾身都響，車把上豎著一根鐵絲，上邊繫了紅綢條。從玄武山到別的村寨幾乎都是些土路，哪兒上坡下坡，什麼地方彎大彎小，路邊長著松樹還是槐樹，石頭是立著趴著，上面長不長苔蘚，他沒有不熟悉的。黑夜吃飯，筷子也會把飯送到嘴裡，而雲霧封山的時候，他仍在土路上把車子騎得飛快，看不到車身，聲音是叮里　當響，待雲霧飄過，偶爾的稀薄處，鐵絲上的紅綢條會冒出來，像火苗子。

閹了二十年的豬，他清楚各村寨總共有過多少豬，每頭豬又都長得如何。一般人看豬，豬都是一個樣的，其實也分醜陋俊朗的豬和相貌平平的豬。每個豬上世，命裡必然帶著糠的，所以它們都被圈養，差不多的人家也就圈養一頭或兩頭。生來的豬也必然身上帶著那東西，但人們不允許它們都能繁殖後代或尋歡作樂。村寨大的專門有一頭種豬，小的村寨二個三個合起來也專門有一頭種豬。種豬吃喝之外唯一的工作就是配種，不論道德，不講倫理，為配種而配種，那已經不是一種高貴和享受，成了負擔、痛苦、遭罪。那麼，除了極少數的草豬留養要生崽外，大多數的草豬和所有的牙豬就得挨閹了。那是將它們摁倒在地，用繩索將四條腿固定在兩根木棍上。如果是牙豬，薅住卵子，刀子劃開，將一顆肉球擠出來，如果是草豬則在肚臍邊開口子，勾出那像腸子一樣的卵巢。然後是縫合創口，抹上鹽，再抓一把灶灰撒上了，一切完畢。這些牙豬草豬都分別圈養，或許並沒有條件繁殖，但不閹割，它們會衝動，有慾望，想入非非，煩躁不安，被閹割了，夠蠢的豬更蠢，就無思無慮地吃喝睡覺，好好長肉了。

武來子覺得自己的事業太重要了，他到各村寨去當然受到尊重，除了收取工費錢，拿走閹下的那些肉也是應該。他騎著自行車就唱山歌：摟著姐兒親了個嘴，肚裡的疙瘩化成了水。

二〇一五年的七月初五，武來子去牛角寨閹豬，返回時陽光普照，鳥語花香，他把自行車騎成了一股風。在茨溝的那條下坡路上，突然看到前邊有一頭豬，他忙往右拐，那豬也往右跑，他再往左拐，豬又往左跑，躲不及了，車頭一擰，衝出路面，車子和人掉到十丈下的河灘就昏過去了。醒來後，看見了自己在一堆沙上，而離沙堆不遠就是一大片石頭，背籠大的籮筐大的白石頭和黑石頭。他說：爺呀，我得給沙堆燒香！卻覺得石頭都在動，是臥著站著的一群豬，再看，那群豬又是白石頭和黑石頭。

但武來子還是摔傷了，他十多天裡小便尿裡都有血，就待在家裡養著。虧得家裡箱底子厚，吃了睡，睡了吃，很快就一身肉。老婆開始嘟囔起來，說地裡的草荒了，說家裡的菜油快完了，說他吃飯嘴吧唧個不停，說他睡覺鼾聲是打雷呀！他為了討好老婆，去和老婆親熱，最擔心的事果然發生了，他不行。後來還試過幾次，都沒成功。老婆倒懷疑他走鄉串村的外面有了女人。他發咒沒有，拿拳頭打自己的臉，說：我不出去了行了吧！真的從此不做閹客。

五十四

紅魚河往東到浦渡，百里之地峰巒疊嶂，山高峽深，少有走獸，卻集中了百十種鳥類，雨後天晴，這些鳥類就在林子裡爭鳴，奇聲異調，蔚為壯觀。這裡的人也話多愛唱，村寨裡一直流傳著民歌。一九九九年，有個叫康世銘的去那裡採風，在高壩鄉招待所遇見了縣文化館幹部劉師道也在那裡收集民歌。兩人談起來，劉師道得意他發現這裡民歌旋律和地理一致，山是一座座直上直下，曲調是忽高忽低，不舒緩，卻歡快。內容當然多男女愛情，詞裡稱女的是姐兒，稱男的是小郎，都是女大男小。但劉師道總嫌歌詞太黃，他就改編，一改編，失了味道。康世銘就不滿了劉師道，晚上還住鄉政府招待所，白天便獨自去走村串寨。這一日進了一寨子，寨裡人家門上的對聯多是紅紙上扣碗畫出的圓圈，而僅一家寫著文字。一打問，這家祖上三世都是中醫郎中，到父輩以後雖都念過書，也只是上完小學就回來種莊稼了。康世銘去了那家，主人粗手大腳的，面容倒十分清秀，說起話來不說土話，極力用些新詞，顯得結結巴巴的。康世銘說：你就用當地話說吧，土話聽著舒服。主人笑了笑，說：你城裡人不要笑話呀！他放開了來說，說的非常有意思，康世銘倒記下來，把土語和新詞作比較。比如吃飯和咥飯，抱孩子和攜孩子，呻吟和聲喚，滾開和避開，收拾和攏掛，折騰和勢翻，輕狂和擰趾，蹦和蹕，不舒服和不謟，蛇和纏，親切和對近，舒服和受活，瞌睡和丟盹，沒心眼和差竅。康世銘高興了，起身給主人敬煙，抬頭見到後牆的木架上有一個鴨子，眼睛一亮，便問：那是件陶？主人說：是陶，十年前修水渠挖到個墓墓裡的。康世銘對文字感興趣外，也喜歡古董。他走近去再看，這是一隻漢代的陶鴨，上面紅的白的畫有圖案。就說：能不能把這賣給我？主人說：行麼。你們城裡人咋都愛這東西，上次也是來了人，買走了一個小桌子，還要二百元買這陶鴨，我沒賣。康世銘笑了笑，知道山裡以前沒有商業意識，城裡來人看上了什麼就讓拿去，而後來稍有些商業意識了，都是啥都要錢，值一元的東西就要百元價。他說：一個陶鴨哪能值二百元呀，既然有人出到二百你沒賣，我給你二百。主人同意了，但康世銘身上沒帶那麼多錢，說好明日一手交錢一手拿貨。當晚回鄉政府招待所，向劉師道借了錢，第二天再來，陶鴨子身上沒有了灰塵，沒有了包漿，沒有了色彩花紋，問這咋啦，主人說：我嫌不乾淨，特意給你洗了一下。康世銘大失所望，就不再買那陶鴨，問：家裡還有啥老東西？主人說：泥樓上倒是有一堆舊書，你要去。泥樓是臥屋上又加了一層，柴排搭的，上下用泥塗抹了，放些雜物。康世銘上到泥樓，確實放著籮筐、紡線車子、草席、麻袋之類，而樓角是有一堆舊書，翻了翻，除了主人小時候讀過的課本、作業本外，也有一些發黃破爛的書，是皇曆，算卦的，看風水的，全是手抄本，其中還有一本，封面寫著《秦嶺草木記》，署名麻天池。康世銘在縣上借閱縣誌時，知道民國時期的一個縣長叫麻天池，記載此人不善俯仰，仕途久不得意，常寫些詩文排泄鬱怨。而麻天池還寫過這本小冊子？這小冊子怎麼能在這裡？康世銘覺得好奇，就掏二十元錢買了。

夜裡返回鄉政府招待所，發現《秦嶺草木記》一共三十頁，只有前十二頁有文字。燈下翻看了，第一頁到七頁的內容如下：

蕺菜，莖下部伏地，節上輪生小根，有時帶紫紅色，葉箔紙質，卵形或闊卵形，頂端短漸尖，基部心形，兩面一般均無毛。葉柄光滑，頂端鈍，有緣毛。苞片長圓或倒卵形，雄蕊長於子房，花絲為花藥的三倍，蒴果。

大葉碎米薺，葉橢圓形或卵狀披針形，邊緣有整齊鋸齒。外輪萼片淡紫或紫紅。四強雄蕊，子房柱形，花柱短，長角果扁平。種子橢圓形，褐色。

諸葛菜，莖直立且僅有單一莖。下部莖生葉羽狀深裂，葉莖心形，葉緣有鈍齒。上部莖生葉長圓形，葉莖抱莖呈耳狀。花多為藍紫色或淡紅色，花瓣三四枚，長爪，花絲白色，花藥黃色，角果頂端有喙。

甘露子，根莖白色，在節上有鱗狀葉及鬚根，頂端有念珠狀肥大塊莖，莖四棱，具槽，在棱及節上有平展的硬毛。葉卵圓形，先端尖，邊緣有鋸齒，內面貼生硬毛。花萼狹鐘形，花冠粉紅，下唇有紫斑，冠筒狀，前面在毛環上方呈囊狀膨大。小堅果卵珠形，黑褐色。地下肥大塊莖，可食。

白三七，全體無毛，根狀莖圓錐形，肉質肥厚。莖直立。葉三片輪生，無柄，葉片寬卵形，先端鈍尖，莖部寬楔形。聚傘花序頂生，具多數花，花梗纖細，萼四片，條狀披針形。

六道木，葉片菱形，卵圓狀，莖部楔形或鈍，緣具疏齒，兩面附毛。花生於側生短枝頂端葉腋，聚傘花序，花萼筒細長，花冠紅色，狹鐘形。核果。其葉含膠質，用熱水浸提可形成膠凍做涼粉。

接骨木，皮灰褐色，枝條具縱棱線，奇數羽狀複葉對生。聚傘圓錐花序頂生，疏散，花小，白色或黃色，花冠輻射狀，具五卵形裂片，漿果黑紫色。莖皮、根皮及葉散發一種只有老鼠才能聞到的味，可頭昏腦脹致死。

胡頹子，幼枝扁棱形，密披鏽色鱗片，老枝鱗片脫落，黑色具光澤。草質葉長橢圓形，邊緣反捲或皺波狀。花生於葉腋鏽色短小枝上，萼圓筒形，在子房上驟然收縮，裂片三角形，內面疏生白色星狀短柔毛。果食可生食。

第八頁的內容如下：

秋季紅葉類的有槭樹、黃櫨、烏桕、紅瑞木、郁李、地錦。黃葉類的有銀杏、無患子、欒樹、馬褂木、白蠟、刺槐。橙葉類的有櫸木、水杉、黃連木。紫紅葉類的有榛樹、柿樹、衛矛。

构樹開的花不豔不香，不招蜂引蝶，但有男株和女株，自己授粉。花柱草的花蕊能從花裡伸出一拃或尺餘，甚至可以突然擊打飛來的蜂蝶。鴨跖草是六根雄蕊，長成三個形態。曼陀羅，如果是笑著採了它的花釀酒，喝了酒會止不住地笑，如果是舞著採了花釀酒，喝了酒會手舞足蹈。天鵝花真的開花像天鵝形。金魚尊開花真的像小金魚。

第九頁到十二頁的內容如下：

草木比人更懂得生長環境。

山中可以封樹封石封泉為╳╳侯、╳╳公、╳╳君，凡封號後，禱無不應。

山上葛條無聊地生長著，然有時被用來縛人手腳。它即使生於高山頂上，也是朝下長。

不同的草木，有著不同氣流運行方向。

窗前有棗樹，梢舒展又繁雜，雨後太陽下，枝條閃亮，透望去將院樓門如鐵絲網住。

讀懂了樹，就理解某個地方的生命氣理。

樹的軀幹、枝葉、枝間、表情，與周遭情形的選擇，與時間的經歷，與大地的記憶，都不是無緣由地出現。

進芒山，傍溪穿林，攀蘿鳥道。

百花開荊棘之花亦開，泉水流而糞壤之水亦流。

枸杞最能結果，一株可結成千上萬，其根幾丈長，從沒人完整地挖過。

鎖陽是活血壯陽通便之不老藥，數九寒天，它仍在地下生長，其地方圓一尺不會結冰。

問荊，不開花不結果，沒葉，只是枝條，但極深的根鬚，能把土壤中的金、銀、鐵、銅吸收出來。尋找礦藏，往往它是依據。

竟然還有楷樹和模樹。

香椿稱為樹上熟菜，嫩芽暗紅色，其味原本是驅蟲的，人卻以香味吃了它。

有些植物傳宗接代是鳥。

樹是一站在那裡，就再不動，但好多樹其實都是想飛，因為葉為羽狀。

菟絲子會依附，有人亦是。

核桃樹結果有大年小年，為了年年能掛果，需用刀刻樹身一圈皮。

何首烏只發兩支藤，白天裡分開，一支向東另一支向西，或一支向南另一支向北。夜間，頭靠頭尾接尾纏繞，如膠似漆在風中微微抖動。白天吸收陽氣最多，晚上陰氣最重，其用藥，陰陽雙補。

康世銘讀罷，感慨萬千。回到縣城，打問縣上有沒有麻天池的墳墓，他想去憑吊，被問人都說：沒聽說過。康世銘把《秦嶺草木記》捐入了縣檔案館。

五十五

潘溪河裡石頭多，但不是水沖走著石頭，而是石頭在送水流。上河灣的一個村叫寺兒，現在沒了寺，卻好看的女人多，都說這是她們前世給佛獻過花。

杏開的娘最好看，最好看的才喜歡打扮，她一直有一面鏡子，一有空就坐在鏡子前頭不動彈。三月三鎮街上辦廟會，婆婆要領四個兒媳婦去熱鬧，早早起來都洗了臉，換上新衣，三個兒媳已經到了村口了，杏開的娘還沒蹤影，婆婆趕回來喊她，她還在鏡子前梳頭，抹頭油，別上了髮卡，又取了髮卡，插上簪子，再是繫領扣，左看右看，轉了一圈兒看。婆婆站在窗外了，她又用捽子撲打腳面，沒土的，沒灰的，還是拿濕手巾擦鞋底沿，又對著鏡子照。婆婆說：鏡子裡有老虎，吃了你！

杏開是十九歲上嫁到了下河灣。結婚那天，一溜帶串的人搬嫁妝：櫃子、箱子、被子、褥子、火盆、臉盆、縫紉機、收音機、自行車、米麵碗、熱水壺、枕頭、門簾，當然還有大鏡子。嗩吶一響，新郎把新娘抱走呀，母女倆都哭得梨花帶雨，娘突然收住聲，從懷裡掏出個小圓鏡給了杏開。杏開說：不是有那個大鏡子嗎？娘說：大鏡子是在屋裡照的，出門在外了身上得裝個小的。

下河灣距上河灣二十里，上河灣的地勢高，下河灣的河道深，岸上卻是旱地，下河灣就在河灣建一條水壩，修渠往下引水。修渠的時候，杏開在工地上刁空來看娘。後來渠修好了，杏開也上有公婆下有了孩子，忙著過自己的日子，一月兩月的才回一趟娘家。

二十年在不知不覺中就過去了。杏開到了她出嫁時娘的年紀，娘卻已滿頭銀髮，腿腳僵硬，還患上了氣管炎，一遇風寒就咳嗽不止。好看的女人什麼年齡段都有什麼年齡段的好看，娘依然喜歡打扮，愛鏡子。

這年收罷秋，犁過地，農閒下來，杏開蒸了一籠饃，收拾兩斤紅糖、一罐醪糟、一包麻花，去看娘。這一次住了五天。頭一天就看到廂房門邊牆縫裡塞著一小團一小團娘梳下來的白頭髮，心裡有些發酸，再看到娘的那面鏡子背面起了鏽，鏡面上斑駁模糊，就在第二天特意去鎮上重買了一面新鏡子，把舊鏡子扔在了院門前的垃圾裡。第三天她幫娘去上坡摘花椒，黃昏時返回來，發現娘的那面舊鏡子又擺在桌案上，杏開說：娘，娘，你咋把它又撿回來了？娘說：那鏡子好，照著臉白。

杏開想了想，就給娘笑了，娘也在笑。那時候，門口的金桂正吐蕊，村子裡都聞見了香氣。

五十六

牛站在嶮畔，伸嘴去吃酸棗刺。人吃辣椒圖辣哩，牛吃棗刺圖扎哩，酸棗刺是牛的調料。狗臥在門道裡一直在啃骨頭。骨頭早已成了黑棒子，狗不在乎有肉沒肉，它好的就是那一股味道。東頭的鐵匠鋪裡一直在叮叮咣咣敲打，西頭的彈棉花店裡一直在嗡嗡嗡作響，整個後晌石坡村都在軟硬相間的聲音裡。

石坡村之所以在白蘆峪出名，就是有張家的鐵匠鋪和司家的彈棉花店。但是，張家看不起司家：去，有什麼技術含量，棉花用手撕著也能撕蓬鬆！張鐵匠打鐵打乏了，要喝釅茶，收拾了錘子，也讓兒子歇下。兒子歇下就是吹嗩吶，吹出的像放屁，唾沫星子都噴出來，風一吹又落在自己臉上。兒子是個笨傢伙，張鐵匠抬頭看到遠處的梁背上過來了人，說：把那些貨都掛出來！新打造的扎鍁、鑵鍁、板鐝、犁鏵、齒耙、鐮刀、砍刀、鋼釺、撬槓以及碾磙子槤枷軸，解板的長鋸，錐子夾子鉤子釘子，齊齊掛了鋪門兩邊的木架上和擺了木架前的攤位上。來人果然是買家，要挑一把牙子鐝。張鐵匠明明知道是羊角村的，卻要問：哪個村的？回答是：羊角村的。張鐵匠又說：羊角村不是也有鐵匠鋪嗎？那人說：這不是貨怕比貨麼！一股子大風在颳了，啥都吹起來，張鐵匠吆喝著讓碌碡起，起，碌碡到底沒被吹起。

爺爺是鐵匠，爹是鐵匠，張鐵匠也是打了二十年鐵了，要把手藝再傳下去，兒子卻越來越心不在焉。他常常用鉗子從爐火裡夾出一疙瘩鐵了，在砧子上用小錘子敲，讓兒子掄起大錘了砸，敲兩下，砸一下，他覺得節奏有致，叮叮咣咣著是戲台上一齣戲。但後來，砸著砸著，大錘子就亂了，他呵斥：咋啦？兒子說：我瞀亂。這些年裡，白蘆峪裡的年輕人時興著出山進城去打工，他知道兒子受了誘惑。就罵生處的水，熟處的鬼，別上了那些人的當。強壓著沒有讓兒子外出，而兒子要麼吊個臉，要麼消極怠工，嘴裡嘟嘟囔囔，像個走扇子門。

這樣的日子又持續了三年。村子裡已沒了牛，連狗都沒有了，來買鍁、鋤、钁頭的越來越少，而齒耙、犁鏵、鋼釺、撬槓幾乎無人問津。鐵匠鋪的爐火再不日夜通紅，大錘子小錘子的敲打聲，響一會兒就消停了，就是還響，也節奏大亂。而西頭彈棉花店裡嗡嗡聲依舊。這使張鐵匠恨恨不已。他問兒子：咱村你那些同學去了城裡，峪裡別村的那些同學也都去了城裡？兒子說：就是。他說：都不種地啦？兒子說：種一年地抵不住打一月工。他告誡兒子：這不會長久的，是農民麼能不種地？種地能不用農具？咱多打些鐵貨放著。

父子倆是打造了一批鐵貨，卻一直堆放在柴棚裡。在第四年裡，一件都沒賣出，鐵匠鋪就關門了。沒了鐵打，張鐵匠腰卻疼起來，脾氣也比以前壞。兒子每天一早往鎮上跑，天黑才回來，說縣政府在發展旅遊產業，鎮街都開始改造老鋪麵房了，他和人正謀劃著做些生意。張鐵匠在罵兒子：放著家傳的手藝，做什麼生意！腰疼得站不住，睡在躺椅上了，還在罵。

兒子再也不怕爹罵了，先是出去偶爾夜不歸宿，後來就十天半月不回來。終於回來了，卻讓爹打造一批鐵叉。張鐵匠問：做鐵叉幹啥？兒子說：在河灘淤泥裡叉鱉呀。現在一隻鱉在城裡賣五十元，在鎮街飯館裡也賣十幾元。遊客要是親自去河灘體驗叉鱉，叉上叉不上，按時間收費，一小時四十元。張鐵匠說：還有這事？他就打造起了鐵叉。打鐵叉是小活，用不著兒子掄大錘子，他一個人能幹，幹著腰也不疼了。他打造了四十個鐵叉，兒子和他一手交錢一手拿貨。不久，兒子又訂新貨了：你打釘子，能打多少我就收多少。告訴是他們在臨河岸上修三千米長廊，全用木頭，釘子的需求量很大。張鐵匠再生爐火，開始打造釘子，叮叮噹，叮叮噹，白天打，夜裡還點了燈打。這天下雨，鐵匠鋪外邊的場子上積了水，雨還下著，水面上的雨腳像無數的釘子在跳躍，張鐵匠突然就不打了。他耷拉著腦袋坐在裡間屋去吃煙，裡間屋黑咕隆咚，他就想在黑暗裡，不願見外人，自己也見不得自己。兒子回來了，還領著一個人。兒子給爹介紹這是他的合夥人，張鐵匠看了一眼，沒搭理。兒子問爹生誰的氣了，張鐵匠說他生他的氣。兒子說他們是來收貨的，看到的筐子裡怎麼只有那麼一些釘子？張鐵匠說：不打啦！那合夥人說：咋不打啦？我們急需要的，貨款都帶來了。張鐵匠說：丟先人哩，我這麼大的鐵匠，就打這些小零碎？咹？咹？他攤開手，臉色十分難看。合夥人卻嘿嘿地笑，在說：這有啥呀老爺子，發明了火藥還不是做鞭炮嗎，恐龍那麼大的，現在挖出來的恐龍蛋不也是拳頭那麼小？只要能賺錢，打啥還不一樣啊！張鐵匠一下子火了，撲過來要打人呀，兒子忙喊：爹，爹！張鐵匠並沒有去打合夥人，一腳卻把火爐蹬倒，又一腳把淬火的水桶蹬倒。地上的紅炭在水裡嗞嗞冒煙，他老牛一樣的嗚嗚，哭鼻子流眼淚。

張鐵匠到山上去看父親和爺爺。父親是一個墓堆子，爺爺是一個墓堆子。在墓堆前蹴了一整晌，站起來往遠處看，能看到白蘆峪河，白蘆峪河是一條線。那線的拐彎處是鎮街，更遠更遠的雲外是縣城省城吧。他一步一步再下山回鐵匠鋪，拿了掛在牆上的嗩吶，這是兒子的嗩吶他不會吹，開口唱起小時候學會的山謠，唱得不沾弦。西頭彈棉花店裡好像還有嗡嗡響，也已經不是火把燎著蜂巢漫天轟鳴，而蚊子似的，聲愈來愈細，愈來愈小。

五十七

洛水流過陽虛山、頁山、元扈山、望溝和鹿鳴谷，這一帶相傳是倉頡造字地，但沒有任何遺跡。兩岸岔壑崖砭，路瘦田薄，稀稀拉拉的村寨，有大到千戶的，也有小到三家五家。山民出入，不論冬夏，頭上多纏布巾，帶了竹籠，有東西裝東西背著，沒有東西空籠還背著。他們或許就不知道倉頡，或許有知道的，也就覺得那只是傳說，與自己無關，好比空氣是多麼重要，無時無刻不在呼吸，但沒有生病的時候，這一切都不存在似的。他們世世代代在田地勞作，土裡有什麼顏色，豆子也有什麼顏色，身上流多少汗珠，麥子也有多少顆粒。生命變成了日子，日子裡他們就知道了天是有晴有陰，忽冷忽熱。知道了黑夜裡看不清東西，太陽也不能直視。知道了月亮裡的暗斑那是吳剛在砍桂樹，砍一斧子，樹又長合，吳剛總是砍不斷桂樹。知道了星星數不清的，一遍和一遍數目不同。於是，要麼喝酒，常常是閉門轟飲，不醉倒幾個，席不得散。要麼聚堆兒，哭呀笑呀，爭吵、咒罵、呻吟、嘆息、說是非，眾聲喧嘩，如黃昏蕁麻地裡的麻花，如夏天的白雨經過了沙灘，只有啟山上的大鐘一響，才得以消失。

這鐘聲是由啟山上的倉頡書院響起的。

啟山在群山眾峰間並不高，但它是土山，渾圓如饅頭，山頂上一片若木樹林，一年四季紅葉不落。書院就在樹林子裡，雖然建校僅十年歷史，師生已超過五千。鐘在上課或下課時敲動，聲聞於天，提醒了一個一個村寨人的耳朵，他們這才意識到啟山上有學院，書院是以倉頡命名的，自己的孩子就是在那裡求學。

這些學生，當然沒有像倉頡那樣長著四個眼睛，而每一個卻如從父母的蛹裡出來的蝶或蟬，是秦嶺的精靈。想像不來倉頡造字時如何「天雨粟，鬼夜哭」，可學生們在倉頡創造的文字裡，努力學習，天天向上，猶有所待。

這其中有個叫立水的，家住在元扈山上，父親是瞎子，母親是啞巴，他卻生得稜角嶄然，平和沉靜，時常冥想。學習三年，哲學、文學、音樂、美術，求知的慾望如同筷子，見什麼飯菜都要品嘗。待到也能「仰觀象於玄表，俯察式於群形」，他越來越強烈地感覺到他頭頂上時不時颼颼有涼氣，如同煙囪冒煙，又如同門縫裡鑽風。他似乎理解了這個世界永遠在變化著，人與萬物沉浮於生長之門。似乎理解了流動中必定有的東西，大河流過，逝者如斯，而孔子在岸。似乎理解了風是空氣的不平衡。似乎理解了睡在哪裡都是睡在夜裡。似乎理解了無法分割水和火焰。似乎明白了上天無言，百鬼猙獰。似乎理解了與神的溝通聯繫方式就是自己的風格。似乎理解了現實往往是一堆生命的垃圾。似乎理解了未來的日子裡，人類和非人類同居。似乎理解了秦嶺的龐大、雍容，過去是秦嶺，現在是秦嶺，將來還是秦嶺。似乎理解了父親的瞎、母親的啞再也無藥可醫。

立水的腦子裡像煮沸的滾水，咕咕嘟嘟，那些時宜或不時宜的全都冒泡和蒸發熱氣，有了各種色彩、各種聲音、無數的翅膀。一切都在似乎著似乎著，在他後來熱衷起了寫文章，自信而又刻苦地要在倉頡創造的文字中寫出最好的句子，但一次又一次地於大鐘響過的寂靜裡，他似乎理解了自己的理解只是似乎。他於是坐在秦嶺的啟山上，望著遠遠近近如海濤一樣的秦嶺，成了一棵若木、一塊石頭，直到大鐘再來一次轟鳴。

外編一

太白山

寡婦

一入冬就邪法兒的冷。石塊都裂了，酥如糟糕。人不敢在屋外尿，尿出尿成冰棍兒撐在地上。太白山的男人耐不過女人，冬天裡就死去許多。

孩子，睡吧睡吧，一睡著權當死了，把什麼苦愁都忘了。那爹就是睡著了嗎？不要說爹。

娘將一顆癟棗塞進三歲孩子的口裡，自己睡去。孩子嚼完癟棗，饞興未盡，又吮了半晌的指頭，拿眼在黑暗裡瞧娘頭頂上的一圈火焰，隨即亦瞧見燈芯一般的一點火焰在屋梁上移動，認得那是一隻小鼠。倏忽間聽到一類聲音，像是牛犁水田，又像是貓舔糨糊。後來就感覺到炕上有什麼在蠕動。孩子看了看，竟是爹在娘的身上，爹和娘打架了！爹瘋牛一般，一條一塊的肌肉在背上隆起，急不可耐，牙在娘的嘴上啃，臉上啃；可憐的娘兀自閉眼，頭髮零亂，渾身痙攣。孩子嫌爹太狠，要幫娘，拿拳頭打爹的頭，爹的頭一下子就不動了。爹被打死了嗎？孩子嚇慌了，呆坐起定眼靜看，後來就放下心，爹的頭是死了，屁股還在活著。遂不管他們的事體，安然復睡。

天明起來，炕上睡著娘，娘把被角摟在懷裡。卻沒見了爹。臨夜，孩子又看見了爹。爹依舊在和娘打架。孩子亦不再幫娘，欣賞被頭外邊露出的娘的腳和爹的腳在蹭在磨在蹬，十分有趣。天明了炕下竟又只是娘的一雙鞋和他的一雙鞋。

又一個晚上，娘與孩子坐上炕的時候，孩子問爹今夜還來嗎？娘說爹不會來，永遠也不會來了。娘騙人，你以為我沒有看見爹每夜來打你嗎？娘抱住了孩子，疑惑萬狀，遂面若土色，渾身直抖。他們守挨到半夜，卻無動靜，娘肯定了孩子在說夢話，於門窗上多加了橫槓蒙頭睡去。孩子不信爹不來的，等娘睡熟，仍睜著眼睛。果然爹又出現在炕上。爹一定是要和兒子捉迷藏了，赤著身子貼牆往娘那邊挪。爹，那樣會冷著身子的！因為爹的頭上沒有火焰。但爹不說話，腮幫子鼓鼓的。爹在被人抬著裝進一口棺木中時口裡是塞了兩個核桃的。爹，那核桃還沒吃嗎？爹還是不說話，繼續朝娘挪去。孩子就生氣了，恨恨爹，繼而又埋怨娘，怎麼還要騙我說爹永遠不會回來呢？孩子想讓爹叫出聲來，讓娘驚醒而感到騙人的難堪，便手在炕頭摸，摸出個東西向爹擲去。擲出去的竟是磚枕頭，恰砸在爹身子中間的那個硬挺的東西上。娘醒過來。娘，我打著爹了。爹在哪兒？燈點亮了，卻沒有爹，但孩子發現爹貼在牆上的那個地方上，有一個光溜的木橛。你這孩子，釘一個木橛嚇娘！娘在被窩裡換下待洗的褲衩，掛在那木橛上。木橛潮潮的，娘說天要變了，木橛上也潮露水。

翌日，娘攜著孩子往山坡上的墳丘去焚紙，發現墳丘塌開一個洞。驚駭入洞，棺木早已開啟，爹在裡邊睡得好好的，但身子中間的那個東西齊根沒有了。

孩子在與同伴玩耍時，將爹打娘的事說了出來。數年後，娘想改嫁，人都說她年輕，說她漂亮，人卻都不娶她。

挖參人

有人家出外挖藥，均能收穫到參，變賣高價，家境富裕竟為方圓數十里首戶。但做人吝嗇，唯恐露富，平日新衣著內破衫罩外，吃好飯好菜，必掩門窗，飯後令家人揩嘴剔牙方准出去，見人就長吁短嘆，一味哭窮。

此一夏又挖得許多參，蒸晾乾後，裝一爛簍中往山下城中出售，臨走卻在院門框上安一鏡。婦人不解，他說這是照賊鏡，賊見鏡則退，如狼怕鞭竹鬼怕明火。婦人奚落他疑神疑鬼，多此了一舉，他正色說咱無害人之意卻要有防人之心，人是識不破的肉疙瘩，窮了笑你窮，富了恨你富，我這一走，肯定有人要生賊慾，這院子裡的井是偷不去的，那茅房是沒人偷的，除此之外樣樣留神，那些未晾乾的參越發藏好，可全記住？婦人說記住了。他說那你說一遍。婦人說井是偷不去的，茅房沒人偷，把未晾乾的參藏好。他說除了參，家裡一個柴棒也要留神，記住了我就去了。婦人把他推出門，他走得一步一回頭。

婦人在家裡果然四門不出。太陽亮光光的，照在門框上的鏡子，一圓片的白光射到門外很遠的地方，直落場外的水池，水池再把圓片的白光反射到屋子來。婦人守著圓片光在屋中坐地，直待太陽墜落天黑，前後門關嚴睡去。睡去一夜無事，卻擔心門框上的鏡子被賊偷了，沒有照賊的東西，賊就會來嗎？翌日開門第一宗事，就去瞧鏡子，鏡子還在。

鏡子裡卻有了圖影。圖影正是自家的房子，一小偷就出現在簷下的晾席上偷參，丈夫與小偷搏鬥。小偷個頭小，身法卻靈活，總是從丈夫的胯下溜脫。丈夫氣得嗷嗷叫，抄一根磨棍照小偷頭上打，小偷一閃，棍打在捶布石上，小偷奪門跑了。婦人先是瞧著，嚇得出了一身汗，待小偷要跑，叫道我去追，拔腳跨步，一跤摔倒在門檻，看時四周並不見小偷。覺得奇怪，抬頭看鏡子，鏡子裡什麼也沒有了，一個圓白片子。

又一日開門看鏡子，鏡子裡又有了圖影。一人黑布蒙面在翻院牆，動作輕盈如貓。剛跌進院，一人卻撲來，正是丈夫。蒙面人並不逃走，反倒一拳擊倒丈夫，丈夫就滿口鮮血倒在地上。蒙面人入室翻箱倒櫃，將所有新衣新褲一繩捆了負在背上，再卸下屋柱上的一吊臘肉，又踢倒堂桌，用钁挖桌下的磚地，挖出一個鐵匣，從匣中大把大把掏錢票塞在懷裡。婦人看著鏡子，心想丈夫幾時把錢埋在地下她竟不知？再看時，蒙面人已走出堂屋，丈夫還躺在地上起不來，眼看蒙面人又要躍牆出去了，丈夫卻倏忽衝去，雙手在蒙面人的交襠裡抓，抓住一嘟嚕肉了，使勁捏，蒙面人跌倒地上，動彈不得。丈夫將衣物奪了，將臘肉奪了，將懷中的錢票掏了，再警告蒙面人還敢不敢再來偷？蒙面人磕頭求饒，丈夫卻要留一件東西，拿了剪刀一鉸，鉸下蒙面人的一隻耳朵。遂扯著蒙面人的腿拉出來，把門關了，那隻耳朵還在地上跳著動。婦人瞧得心花怒放，沒想丈夫這般英武，待喊時，鏡子裡的一切圖影倏忽消失。

以後的多日，婦人總見鏡子裡有自家的房子，並未有小偷出現，而丈夫始終坐在房前，威嚴如一頭獅子。婦人不明白這是一面什麼鏡子如此神奇？既然丈夫在門框上裝了這寶物，家裡是不會出現什麼事故的，心就寬鬆起來，有好多天已不守坐，兀自出門砍柴，下河淘米，家裡果真未有失盜。

一日，開門後又來看鏡子，鏡子裡又有了圖影。一人從院門裡進來，見了丈夫拱拳恭問，笑臉嘻嘻，且從衣袋取一壺酒邀丈夫共飲。丈夫先狐疑，後笑容可掬，同來人坐院中吃酒。吃到酣處，忽聽屋內有櫃蓋響動，回頭看時，一人提了鼓囊囊包袱已立於台階，一邊將包袱中的參抖，一邊給丈夫做鬼臉，遂一個正身衝出門走了。丈夫大驚，再看時屋後簷處一個窟窿，明白這兩賊詭秘，一人從門前來以酒拖住自己，一個趁機從後屋簷入室行竊。急伸手抓那吃酒賊，賊反手將一碗酒潑在丈夫眼上，又一刀捅向丈夫的肚子，轉身遁去。丈夫倒在那裡，腸子白花花流出來，急拿酒碗裝了腸子反扣傷處，用腰帶繫緊，追至門口，再一次栽倒地上。

婦人駭得面如土色。再要看丈夫是死是活，鏡子裡卻復一片空白。

三日後，山下有人急急來向婦人報喪，說是挖參人賣了參，原本好端端的，卻懷揣著一沓錢票死在城中的旅館床上。

獵手

從太白山的北麓往上，越上樹木越密越高，上到山的中腰再往上，樹木則越稀越矮。待到大稀大矮的境界，繁衍著狼的族類，也居住了一戶獵狼的人家。

這獵手粗腳大手，熟知狼的習性，能準確地把一顆在鞋底蹭亮的彈丸從槍膛射出。聲響狼倒。但獵手並不用槍，特製一根鐵棍，遇見狼故意對狼扮鬼臉，惹狼暴躁，揚手一棍掃狼腿。狼的腿是麻稈一般，著掃即折。然後攔腰直磕，狼腿軟若豆腐，遂癱臥不起。旋即彎兩股樹枝吊起狼腿，於狼的吼叫聲中趁熱剝皮，只要在銅疙瘩一樣的狼頭上劃開口子，拳頭伸出去於皮肉之間嘭嘭捶打，一張皮子十分完整。

幾年裡，矮林中的狼竟被獵殺盡了。

沒有狼可獵，獵手突然感到空落。他常常在家坐喝悶酒，倏忽聽見一聲嚎叫，提棍奔出來，鳥叫風前，花迷野徑，遠近卻無狼跡。這種現象折磨得他白日不能安然吃酒，夜裡也似睡非睡，欲睡乍醒。獵手無聊得緊。

一日，懶懶地在林子中走，一抬頭見前邊三棵樹旁臥有一狼作寐態，見他便遁。獵手立即撲過去，狼的逃路是沒有了，就前爪搭地，後腿拱起，掃帚大尾豎起，尾毛拂動，如一面旗子。獵手一步步向狼走近，瞇眼以手招之，狼莫解其意，連吼三聲，震得樹上落下一層枯葉。獵手將落在肩上的一片葉子拿了，吹吹上邊的灰氣，突然棍擊去，倏忽棍又在懷中，狼卻臥在那裡，一條前爪已經斷了。獵手哈哈大笑，迅雷不及掩耳之勢將棍再要磕狼腰，狼狂風般躍起，抱住了獵手，獵手在一生中從未見這樣傷而發瘋的惡狼，棍掉在地上，同時一手抓住了一隻狼爪，一拳直塞進彎過來要咬手的狼口中直抵喉嚨。人狼就在地上滾翻搏鬥，狼口不敢合，人手不敢鬆。眼看滾至崖邊了，繼而就從崖頭滾落數百米深的崖下去了。

獵手在跌落到三十米，岸壁的一塊凸石上，驚而發現了一隻狼。此狼皮毛焦黃，肚皮豐滿，一腦殼桃花瓣。獵手看出這是狼的狼妻。有狼妻就有狼家，原來太白山的狼果然並未絕種啊。

獵手在跌落到六十米，崖壁窩進去有一小小石坪，一隻幼狼在那裡翻筋斗。這一定是狼的狼子。狼子有一歲吧，已經老長的尾巴，老長的白牙。這惡東西是長子還是老二老三？

獵手在跌落到一百米，看見崖壁上有一洞，古藤垂簾中臥一狼，瘦皮包骨，鬚眉灰白，一石眼瞎了，趴聚了一圈蚊蟲。不用問這是狼的狼父了。狡猾的老傢伙，就是你在傳種嗎？狼母呢？

獵手在跌落到二百米，狼母果然在又一個山洞口。

獵手和狼終於跌落到了岸根，先在斜出的一棵樹上，樹咔嚓斷了，同他們一塊墜在一塊石上，復彈起來，再落在草地上。獵手感到劇痛，然後一片空白。

獵手醒來的時候，趕忙看那隻狼。但沒有見到狼，和他一塊下來已經摔死的是一個四十餘歲的男人。

殺人犯

某年的春季，雞腸溝一位貧農被殺。村人發現時滿屋雞毛，屍無首級，只好在脖頸倒插了葫蘆，炭畫眉眼，哀而葬去。

十八年後，山下尤家莊有後生十五歲，極盡頑皮，惹是生非，人罵之「野種」。後生挨罵倒不介意，其母卻以為受欺，欲與村人廝鬥。此戶三代單傳，傳至四代，僅存一女，招納了女婿上門，雖生下後生維繫了門宗，終是根基不純，最忌被人揭短。丈夫竭力勸慰，一場事故，善罷甘休。也從此，村人念及這上門婿忠厚，再不下眼作踐。上門婿善木工，製器堅美絕倫，箍木盆木桶日曬七天風吹七夜盛水不漏，故常被村人請去做工。做工從不收費，飯食也不挑揀，只是合卯安楔時需雞血蘸黏，最多有一碟雞肉就是。

木匠唯有一癖好，珍視一隻木箱，每出外做工，隨身攜帶，無事在家，箱存炕角。平日寡言少語，表情愁苦，便要獨自一人開箱取一物件靜觀，然後面部活泛，銜一顆煙於暖和和的陽坡上仰躺了坦然。箱中的物件並不是奇珍異寶，而是分開兩半的頭殼模型。後半是頭的後腦殼，前半則是典型的面具。面具刻作十分精緻，老人面狀，長眼、撮嘴、沖天短鼻，額皮唇上縱橫皺紋。後生的娘一見面具就要說是自己的丈夫刻的，木匠卻否認。不是你刻的誰能有這等手藝？瞧瞧這是木質嗎？是垢甲做的。婦道人拿在手裡端詳，果然是垢甲做的。垢甲竟能做面具，垢甲簡直和土漆一樣了！問哪兒能弄到這麼多垢甲，做面具好是好，卻骯髒死人了！揚手就要撂出門去。木匠卻趕忙奪了，安放箱中，且加了鐵鎖，一臉嚴肅，再不示外人看。

後生長至十七，依然不肯安生。四月初八太白山祭祖師爺，村中照例要往山上送「紙貨」，做了許多山水、人物、樓閣的紙扎，又皮鼓銅鑼中出動千姿萬態的高蹺、芯子。更有戲謔之徒扮各類醜角，或灶灰抹臉，或男著女裝，或以草繩繞頭作辮，或股後夾掃帚為尾，呼呼隆隆往山上三十里遠的庵中湧去。木匠家的後生不甘落後，回家扭開父親木箱上的鎖，取了那半個頭殼的面具覆在臉上，擠入佇列。到了山上，庵前庵後放滿了別的村舍送的「紙貨」，不乏亦有各種竹馬、社虎在演動，進香的和瞧熱鬧的更是人多如蟻。這後生戴面具舞蹈，一個小兒身卻有老頭臉，人群叫好，後生愈發得意忘形。恰雞腸溝有人也來進香，忽見一人酷像當年被殺的老貧農，遂上前一把抱住叫說我爺你怎的活著？後生取下面具說爺我就沒死！那人方知不是被害的貧農，卻一口認定這面具是二十年前被殺的貧農的頭臉。於是後生被扭到山下公安局。木厈遂也被傳來，稍一問，木匠供認貧農是他所殺，但強調他並未要了貧農老頭的命。

那天夜裡我安木楔沒雞血，便去他家偷雞，雞已經抓到手了，被他發現。我放下雞就走，他拉住我說要把賊交給公社去鬥爭，要叫人人知道我是賊，以後娶妻生子，也要讓人知道妻是賊妻子是賊子，叫我永遠揭不下賊皮。我說你這麼狠，不給我一條活人路嗎？他說貧農對你這富農成分的兒子就要狠，水不容火，天不共戴。我想他是鐵了心，我也只有咬咬牙，殺人滅口。一斧子砍在他頭上，頭立即斷了，又裂成兩半。用衣服包了頭逃，一路上真後悔，無論如何我也不該殺了他的頭啊！我坐下來，決意要給那顆頭懺悔，然後自殺謝罪，可解開衣包看時，那竟不是他的頭。阿彌陀佛，虧他長年不洗頭不洗臉結了一層垢甲，我砍來的是垢甲殼。我沒罪的，我把他的垢甲殼砍了還他一個白淨的頭臉，所以我沒有去自首投案，所以我活了二十年。

香客

太白山頂有一池，池圍三百六十五丈，不漏不洩，四季如然。池水碧清如玻璃，但凡有落葉漂浮，便有水鳥銜走，人以為神事。於是池左旁建一道觀，太白山上下方圓求神禱告避災驅邪的人都來進貢，香火自是紅火。

一日，道觀的香客廂房住下了兩位男人，本是陌路人，磕頭上香，將大把的錢扔進布施箱後，天向晚各蒙被睡下無話。天將明，一人睡夢中被哭聲驚醒，坐起聽哭者正是對面床上那人。

這人問睡起來你哭什麼呀？

那人說我才睡醒一摸頭頭不見了。

這人大驚，拉開窗簾，看見對面床上那人被子裏體坐著，果然沒有頭。說你沒了頭怎麼還能說話呀？

那人說我現在是用肚臍窩兒說話。說著掀開被子，真是用肚臍窩說話，且兩個乳長長流淚。

這人知道那人的乳也已做了雙眼。便說你不要哭看頭是不是掉在被窩裡？

那人將被子抖開，沒有頭。

這人說你到床下看看是不是掉到床下了？

那人跳下床，爬著進去看了一會兒，沒有頭。

這人說你半夜上茅房尿尿是不是掉到茅房了？

那人披衣去茅房查看，沒有頭。用長竿攪動糞水也沒有頭。哭著回來了。

這人說不要哭你好好想想昨日天黑時你去過哪兒？

那人說我去大殿裡給神磕過頭。

這人說那去殿裡找找說不定掉在殿裡。

那人便去殿裡，剛要出門，這人說我也糊塗了怎麼能去殿裡你在殿裡磕頭當然是頭還在肩膀上的不會掉在殿裡了。

那人就又回坐床上。

這人說你還去過哪兒？

那人說擦黑月亮出來我去池邊看水中的月亮。

這人說這就好了肯定掉到池邊了我幫你去找。

兩人跑到池邊把每一塊石頭都翻了，每一片草都拔了，沒有頭。掉到池裡是不可能的，因為水鳥不允許有雜物落進去，要掉在池裡水鳥會銜出來扔到岸上的。兩人又往來路上往回找，仍是沒有頭。回到廂房那人又哭，這人瞧見那人哭，也覺傷心，後來就也哭起來。哭著哭著，那人卻不哭了，反倒笑了一聲，還勸慰這人也不要哭。

這人說你沒頭了你還笑什麼呢？

那人說你這麼幫我讓我感謝不盡我還從來未遇過你這好人我怎能也讓你哭我沒頭我也不找了我不要我的頭了！

那人說罷，頭卻突然長在了肩膀上。

丈夫

過了饅頭疙瘩峁，漫走七里坪，然後是兩岔溝口穿越黑松林，丈夫挑著貨郎擔兒走了。走了，給婦人留一身好力氣，每日便消耗在砍柴、攬羊，吆牛耕耘掛在坡上的片田上。

貨擔兒裝滿著針頭線腦，胭脂頭油，顫悠，顫悠，顫顫悠悠；一走十天，一走一月。轉回來了，天就起濃霧，濃得化不開。夜裡不點燈，寬闊的土炕上，短小精悍的丈夫在她身上做雜技，像個小猴猴。她求他不要再出去，日子已經滋潤，她受不得黑著的夜，她聽見豬圈裡豬在餓得哼哼。他說也讓我守一頭豬嗎？丈夫便又出門走。丈夫一走，天就放晴，炸著白太陽。

又是一次丈夫回來，濃霧瀰漫了天地，三步外什麼也看不見，呼吸喉嚨裡發嗆。霧直罩了七天七夜，丈夫出門上路了，霧倏忽散去，婦人第三天裡突然頭髮烏黑起來，而且十分軟，十分長，像瀉出黑色瀑布。她每日早上只得站在高凳子上來梳理。因為梳理常常耽誤了時光，等趕牛到了山上，太陽也快旋到中天了。她用剪刀把長髮剪下，第二天卻又長起來。扎條辮子垂到背後吧，林中採菌子又被樹杈纏掛個不休。她只得從後領裝在衣服裡，再繫在褲帶上，惧她長了尾巴。

丈夫回來了，補充了貨品又出門上路。婦人覺得越來越吃得少，以為害了病。卻並不覺哪兒疼，而腰一天天細起來，細如蜂腰。腰一細胸部也前鼓，屁股也後撅，走路直打晃，已經不能從山上背負一百四十斤的柴捆了。天哪，我還能生養出娃娃嗎？

丈夫在九月份又出動了。婦人的臉開始脫皮。一層一層脫。照鏡子，當然沒有了雀斑，白如粉團，卻見太陽就疼。眼見著地裡的荒草鏽了莊稼，但她一去太陽光下鋤薅，臉便疼，針扎的疼。

丈夫一次次回來，一次次又出去，每去一趟，婦人的身子就要出現一次奇變。她的腿開始修長。她的牙齒小白如米。脖頸滾圓。肩頭斜削。末了，一雙腳迅速縮小，舊鞋成了船兒似的無法再穿，無論如何不能在山坡上跑來跑去地勞作了。婦人變得什麼也幹不成，她痛苦得在家裡哭，哭自己是個廢人了，要成為丈夫的拖累了，他原本不親熱我，往後又會怎樣嫌棄呢？

婦人終在一天上吊自盡。

丈夫回來了，照例天生大霧。霧湧滿了門道，婦人美麗絕倫地立於門框中。丈夫跑近去，霧遂淡化，看見了洞開的門框裡婦人雙腳懸地，一條繩索拴在框梁。丈夫號啕大叫，恨自己生無豔福，潸然淚下。淚下流濕了臉面，同時衣服也全然濕淋。將衣服脫去，前心後背竟露出十三個眼睛。

公公

夏天裡，長得好稀的一個女人嫁給了採藥翁的兒子。採藥翁住在太白山南峰與北峰的夾溝裡，環境優美，屋後有疏竹扶搖，門前澗水湉湉。傍晚霞光奇豔，女人喜歡獨自下水沐浴，兒子在澗邊瞧著一副聳奶和渾圓屁股唱歌，老翁於門檻上聽著歌聲，悠悠抽煙。八月份的第七個天，兒子去主峰上採藥，炸雷打響，電火一疙瘩一疙瘩落下來攆。兒子躲進三塊巨石下，火疙瘩在石頭上擊，兒子就壓死在石頭下。女人孝順，不忍心撇公公，好歹伺候公公過。

公公是個豁嘴，但除了豁嘴公公再沒有缺點。

夜裡掩堂門安睡。公公在東間臥房，女人在西間臥房，唯一的尿桶放在中間廳地。公公解手了，咚咚樂律如屋簷吊水，女人在這邊就醒過來。後來女人去解手，噹噹樂律如淵中泉鳴，公公在那邊聲聲入耳。

日子過得很寡，也很幽靜。

傍晚又是霞光奇豔，女人照例去澗溪沐浴。澗邊上沒有唱歌人，公公呆呆在門檻上抽煙葉，抽得滿口苦。黎明裡，公公去澗中提水，水在他腿上癢癢地動，看見了數尾的白條子魚。做了釣竿拉出一尾欲拿回去熬了湯讓女人喝，卻又放進水。公公似乎懂得了水為什麼這麼活，女人又為什麼愛到水裡去。

公公告訴女子他要到兒子採過藥的主峰上去採藥，一去沒有回來。女人天天盼公公回來，天天去澗溪裡沐浴。女人在水中游，魚也在水中游，便發現了一條娃娃魚。娃娃魚挺大，真像一個人，但女人並不覺得害怕。她抱著魚嬉戲，手腳和魚尾打濺水花，後來人和魚全累了，靜靜地仰浮水面，月光照著他們的白肚皮子。

女人等著公公回來告訴他澗溪中有了這條奇怪的娃娃魚，但公公沒有回來。十個月後，女人突然懷孕，生下一個女孩來。孩子什麼都齊全，而嘴是豁唇。女人嚇慌了，百思不解，她並沒有交結任何男人，卻怎麼生下孩子來？且孩子又是個豁嘴？！女人在尿桶裡溺死孩子，埋在了屋後土坡。

又十個月，女人又生下一個豁嘴孩子。女人又在屋後的土坡埋了。再過了三個十月，屋後的土坡埋葬了三個孩子。三個孩子都是豁嘴。

公公永遠不會回來了嗎？或許公公明日一早就回來。

女人已經極度地虛弱了，又一次將孩子埋在屋後土坡時，被散居於溝岔中的山民瞧見。他們剝光了她的衣服，用鞋底扇她的臉和她的下體。然後四處尋覓採藥翁，終在溪邊的泥沙中發現採藥翁的藥，哀嘆他一定是受不了這女人的不貞而自溺。山民便把女人背負小石磨墜入澗溪。水碧清，女人墜下去，就游來了許多魚，山民們驚駭著有一條極大的似人非人的魚。

自此，娃娃魚為太白山一寶，山歸於重點保護。

村祖

山北砬子坪的村裡，一老翁高壽八十九歲，村人皆呼作爺。爺雞皮鶴首，記不清近事能記清遠事，愛吃硬的又咬不動硬的，一心欲尿得遠卻常常就淋在鞋上。因為年事高邁，村人尊敬，因為受敬，則敬而遠之，爺活得寂寞無聊，兀自將唯獨的一顆門牙包鑲的金質牙殼取下來，裝上去，又復取下。

過罷十年，算起來爺是九十九歲。一茬人已老而死去，活上來的又一茬人卻見爺頭髮由白轉灰，除那顆門牙外又有槽牙。再過罷十年，一茬人再皆死去，另一茬活上來的人見爺頭髮由灰為黑，門牙齊整。如果不是鑲有金牙，誰也不認為他是那個爺的。不能算作爺，村人即呼他伯。又過十年，又是一茬人見他臉色紅潤，叫他是叔。又又十年，又又又十年，八十年後，他同一幫頑童在村中爬高上低，鬧得雞犬不寧。一個秋天，太白山下陰雨，直下了三個月。一切無所事事，孩子們便在一起賭錢。正賭著，村口有人喊：公家抓賭來了！孩子們賭得真，沒有了耳朵，只有凸出的眼泡。他已經輸盡了，同伴欲開除他的賭資，他指著口裡的那枚金牙，這不頂錢嗎？執意再賭。抓賭人到了身邊，孩子們才發覺，一哄散去。他又輸了一頑童，頑童要金牙。他賴著不給，再賭一次，三求二贏。頑童說沒牌了怎個賭？划拳賭。抓賭人在後邊追，他們在前邊跑，口裡叫著拳數。抓賭人追不上不追了，他卻還是又輸一次。輸了仍不給金牙。兩人就繞著一座房子兜圈子。忽聽房子裡有婦人在呻吟，有老嫗將一個男人推出門，說生娃不疼啥時疼。他忽地躍上那家後窗台，不見了。追他的頑童撵過牆角不見人。瞧瞧樹，樹上臥隻鳥兒。掀掀碌碡，碌碡下一叢黃芽兒草。猛地轉過身，身後也沒有。頑童呆若木雞。恰屋裡又撲地有響，產婦呻吟聲止，老嫗喊生下了生下了。這頑童罵過一句，煩惱忘卻，便爬後窗去瞧稀奇。土炕上血水汪汪，浸一個嬰兒，那嬰兒卻不哭。老嫗說怎個不哭，用針扎人中，仍不哭。用手捏嘴，嘴張開了，掉出一枚金牙殼，哭聲也哇地出來了。

多少年後。

這個村一代一代的人都知道他們的村祖還在活著，卻誰也不認識。自此他們沒有了輩分。人人相見，各生畏懼，真說不得面前的這位就是。

領導

縣上領導到太白山檢查工作，鄉政府籌辦了土特山貨，大包小包地堆放在辦公室，預備領導走時表示一點山區人民的心意。不料竟失盜。緊張查尋，終於捉到小偷，欲讓派出所拘留時，小偷請求立功贖罪，問如何立功，說是身懷特異功能，能數十米外知道屋中人的活動，若能饒恕，往後可協助派出所緝拿別的罪犯。領導生了興趣，同意明日一早來驗證。

明日，領導收了禮品，馬上坐車要返回了，記起那個小偷，提來問道：「你既然有特異功能，我問你，我昨夜一更天做什麼事？」小偷說：「回答領導，昨夜一更天領導沒有休息，還是抓緊時間和婦聯主任談工作。領導是坐在床上的，後來不小心掉了床下。」領導說：「胡說！我一個大人，怎麼會掉到床下？」小偷說：「那我怎麼聽見婦聯主任說：『上來，上來。』這不是領導掉到床下了嗎？」領導想想，點了頭，說：「那麼，二更天我幹什麼了？」小偷說：「二更天領導吃夜宵，吃的是螃蟹。」領導說：「胡說，我從不吃夜宵，我的腸胃不好，吃了睡不著覺的。」小偷說：「那我聽見領導說：『掰腿。』這不是吃螃蟹是幹什麼呢？」領導想了想，「嗯」了一聲，說：「那三更天我幹什麼了？」小偷說：「三更天是領導為了進一步了解山區群眾生活狀況，特意請來了婦聯主任的母親問情況。」領導說：「真是胡說！白天我了解情況了，晚上壓根兒沒請婦聯主任的母親。」小偷說：「我聽見婦聯主任叫了一聲『哎喲媽呀！』」領導不言語了，問：「那四更天呢？」小偷說：「四更天領導談工作談累了，用涼水洗臉，清醒頭腦哩！」領導說：「又在胡說了！根本未洗臉！」小偷說：「如果沒洗臉，領導怎麼說：『你擦了，給我擦一下。』」領導若有所思地咕嘟了數語，說：「五更天，五更天幹什麼？」小偷說：「五更天工作談完，領導真會調劑生活，與婦聯主任下起棋了。」領導說：「胡說胡說！什麼時候了還下棋？」小偷說：「我明明聽見領導說：『再來一回，再來一回。』這不是下棋嗎？」領導嘎地笑了起來，說：「還行，有特異功能，我讓派出所免你的罪了！」

自此，小偷被太白山派出所器重，據說協助參與了幾起破案工作。

飲者

太白山北側有一姓夜人家，娶妻歡眉光眼，智力卻鈍，不善操持，家境便日漸消乏，夜氏就托人說情租借了丫樹坳一塊門面開設飯館。因要生意順通，自然不敢怠慢地方，常邀鄉政府的人來用膳。

中秋之夜，月出圓滿，早早掩了店門，特擺酒菜與鄉長在堂中坐喝，兩人都海量，妻就不住地篩酒炒菜。吃過一更，鄉長脖臉通紅，說：「你也是喝家！讓我老婆替我幾盅。」便趴在桌上，手蘸酒畫一圓圈。圓圈中出來一個婦人，肥壯短脖，聲明用大杯不用小盅，隨之一杯，仰脖灌下。夜氏吃了一驚，也用大杯。連喝五杯，婦人醉眼矇矓，擺手說：「我喝不過你呢，你卻不是我兒子的對手！」遂也蘸酒畫圈，出來一個青年，英氣勃勃，言稱悶酒不喝，吆喝划拳。夜氏甚精拳術，划畢常拳，又划廣東拳，復又划日本拳，老頭拳。青年善飲，但敗於拳路，喝得臉色煞白，說：「讓你瞧瞧我妻弟的拳吧！」又畫圈出來一少年。少年腿手奇瘦，肚腹便便，形若蜘蛛，說：「讓我先吃些菜墊底。」低頭一陣狼吞虎嚥。夜氏妻就又一番燒火炒菜。兩人對過一杯，相互要檢查杯底裡是否乾淨，規定滴一點罰三杯，一來二往竟將桌上三四瓶酒喝完。又啟一罐，少年舉杯過來要碰，酒杯嘩啦落地，已立站不穩，說句：「我服你了，你敢與我小姨子對杯嗎？」酒圈剛畫畢，人就嘔吐。夜氏也早頭重腳輕，待要去扶少年，卻見一個窈窕少女已坐在了桌邊，笑吟吟地說：「你不陪我嗎？」夜氏說：「幾杯淡酒，怎能不陪的？姑娘你喝好！」少女說：「咱不划拳，聯連成語定輸贏。」夜氏應允，無奈肚中文墨欠缺，少女說「恭喜發財」，夜氏說「財源茂盛」，少女說「盛情難卻」，夜氏卻連不上來，輸酒便喝了。如是一個頓時，輸喝十杯，醉倒桌底，說：「失禮了，失禮了。」不省人事。少女笑道：「我喝酒還沒有人能陪到底的。」兀自入了酒圈不見。又，少年入了青年酒圈不見，青年入了婦人酒圈不見，婦人也入了鄉長的酒圈不見。鄉長笑瞇瞇對夜氏妻說：「在咱這兒開飯館，沒酒量不行哩！」邀其再喝。

天明，夜氏酒醒，見滿屋酒瓶，倏忽記得昨夜事，忙呼叫其妻。妻未回應，卻見一人跳窗而走，似乎是鄉長的身影。翻坐起視，妻竟沉醉床上，被褥狼藉，不覺心中森然，掀開被子看時，果然床上留有一脫殼之物，尖硬如牛犄角。便打醒妻子，令其速去屋後陰溝裡小解。妻去一會兒回來，喜悅說：「尿出來了，尿出來了，果然是個小鄉長！」夜氏去陰溝查看，陰溝的一塊鬆沙被尿水沖開一坑，正有一隻螃蟹往外爬，行走橫側著身子，口吐泡沫，似乎還有酒氣。夜氏一石頭將螃蟹砸爛，用沙埋了叮嚀妻子不能外漏，遂返回店去，一身輕快。

兒子

山北側的溝裡磨了四十年的寡，熬到獨兒長大了讀書了幹事了做上某縣的一個主任了，跟兒享享福去啊，城市中呆半個月卻害紅眼，口舌生瘡，大便乾燥，還是回居太白山。太白山的空氣可以向滿世界出售，一日綠林裡出一個太陽，太陽多新煊。

孝順的主任嘆一口氣，送回來一隻波斯貓為娘解悶。

貓長至數月，本事蠻大，或妖媚如狐或暴戾如虎，但不捉鼠。大白日裡要叫春，聲聲殷切，溝中人家的雞和狗就趨來，亂哄哄集在門口，貓卻懶坐籬笆前做洗臉狀，遂以後爪直豎，蹣跚類似人樣，倏忽發尖利之聲。雞狗則狂躁安靜，一派馴服，久而悄然退散。娘初覺有趣，而以後雞狗常來便生厭煩，知道這全因了貓叫春的緣故，遂將貓挑閹做獸中寡。但雞狗依然隔三間五日必來，甚至來了，狗要叼一根木棒雞要生一顆熱蛋。木棒枯黑，分明是從哪兒的籬笆上弄的，雞常常小步跑來將雞蛋生在路上，是特意要來貢獻的。娘好生奇怪。木棒拿去燒了飯，蛋卻不敢吃，提著去溝中人家問誰家雞不在家中生蛋，竟所有的都荒窩，遂計算日期退還蛋數。娘博得賢慧人緣，溝中人家無事要來聊天。每有婦人抱了小兒，小兒拉屎，貓則立即去舔屁股。狗舔，貓怎的也舔？娘頓生噁心，不讓它再跳上案板去吃剩飯。到後來，有大人去茅房，貓竟也去舔，被一巴掌打落進茅坑。這是什麼貓呀，該貓幹的不幹，盡幹不該貓幹的，避！娘夜裡把貓關住門外，貓哀叫了一夜，娘不理睬，狠心嫌棄。貓到第三日就發瘋，狂叫不已，且咬斷屋簷下吊籠繩，一籠豆腐墜落灰地。將院中的花草搗碎。在廚房的水甕中撒尿。娘終於大怒，把貓用褲帶勒死。

醜人

兒子常常發呆，尋找著那個火球。

娘是凶死的，村人看見她站在凳子上，將腦袋套進了繩圈裡，凳子就蹬翻了。那繩圈套的正是地方，舌頭沒有伸出來：靈魂遂出了殼，是一個火球，旋轉著進了樹林子。後來在很長的日子裡，火球就出現，或在誰家的院牆頭，或在巷口的碾盤上，或在樹梢上，坐著像一隻鳥。人們都在說，娘是掛牽著她的兒子的。

任何孩子都有爹，他沒有爹。美麗的娘因為美麗而世上一切東西都想做他的爹，娘終於在一次採菌子的時候於樹林子貪睡了一會兒，娘就懷孕了。他的爹是樹精？還是土精？這始終是個謎，待他生出來的時候娘就羞恥地死去了。

兒子長大，逐漸忘卻了身世，與村中頑童在夏日的豔陽下捉迷藏，他的影子特別深重。他肯定不是一位年邁精衰的老頭的野子，因為精疲力竭所留下的孽種是沒有影子的，但他也不是哪一位年少者的種子，他的影子濃黑為人罕見。這一切也還罷了，奇怪的是他的影子還有感覺。偶然一次，一個孩子踩住了他的影子，他立即尖銳地痛叫，並且不能行走，待那孩子鬆了腳，他一個踉蹌就撲倒了。這一秘密被發覺之後，他從此就不自由了。他常常進門後隨手關門時影子就夾在門縫，像夾住了尾巴。他在樹林子裡追捕野兔時，樹杈和石頭就掛住了影子。惡作劇的人便要在他不經意地行走時突然用木楔釘住他的影子，他就立即被釘住，如拴在了木樁上的一頭驢，然後讓他做什麼就得做什麼，大受其辱。

他想逃脫他的影子，逃不脫。他想挽袍子一樣要把影子挽在腰間，挽不成。他開始詛咒天上的太陽和月亮，害怕一切光亮；陰雨連綿的白天和三十日的夜晚是他最歡心的時期，他在雨地裡大呼小叫地奔跑，在漆黑的晚上整夜不睡。

但是，太陽和月亮在百分之九十的日子裡照耀在天空，生性已經膽怯的兒子遠避人群，整晌整晌尋找著那個火球，他要向他的娘訴苦。火球卻一次未被他尋見。

有一次他聽村人議論，說很遠了的「文化大革命」時期，有一群人從城市裡逃到太白山的黑松峽去避難。不知怎麼，他總覺得他應該到那裡去，那裡似乎有他的爹，娘的靈魂的那個火球也似乎是從那裡常來到村中的。他獨自往黑松峽去，走了很遠很遠的路，終於在一片黑松林子裡發現了一些倒坍的茅舍和灶台，一塊巨石上斑駁不清地寫著「逃□村□」字樣。但沒有人。他住下來，撿起茅舍中已經紅鏽了的斧子和長鋸砍倒了松樹伐解成木板要背負到山下去換取米麵油鹽。當他伐解開了木板，木板中的紋路卻清晰的是一個完整的人形。他吃驚地伐解了十多棵樹，每一棵樹裡都有一個人形紋。他明白了黑松峽裡為什麼最後還是沒有人的原因，駭怕使他把斧子和長鋸一起丟進了深不見底的峽谷去。

村人都知道他出走了，良心使他們懺悔了對這個醜陋人的虐待，他們沒有侵佔和拆毀他曾居住的那三間房子，企望著他某一日回來，但他沒有回來。只是空蕩的房子裡，屋梁上有了一隻很大的蝙蝠，白日裡便雙爪倒掛，黑而大的雙翼包裹了頭和身，如上吊的醜鬼，晚上就黑電一般地在空中飛動。

少女

這一個冬季，太白山還不到下雪的時候就下雪。下得很厚，又不肯消融，見風起濛濛，只好潑上水凍一夜，結一層一層冰塊，用鍁鏟到陰溝去。年關將近，還不曾停止。有人驀地發現雪不是雪，沒有淩花，圓的方的不成規則，如脂溢性人的頭屑，或者更像是牛皮癬患者的脫皮。人們就驚慌了：莫非是天在斑駁脫落？天確實在斑駁脫落。

脫過了年關，在二月裡還脫，在四月裡還脫。

害眼疾已失明了一目的娘在催促著兒子，沒日子了，快去山頂寨求婚吧。後生把孝順留下，背著娘的叮嚀，直往山頂寨去。

三年前，後生相中了山頂寨的一個少女，在山圪塄裡兩人親了口。當少女感覺到一個木橛硬硬地頂在她的小腹時，一指頭彈下去，罵道：「沒道德！」戴頂針的手指有力，木橛遂蔫下去，原是沒長骨的東西。後生卻琢磨了那三個字，便正經去少女家求婚。但少女的娘掩了門，罵他是野種，你娘是獨目難道也要遺傳給我個單眼外孫？甚至還罵出一句不共戴天。

現在，天要斑駁脫落了，還共什麼天呢？

勇敢的後生來到寨上。正是晚上，一群雞皮鶴髮的年邁人在看著天上的星月嘆息，說天上的月亮比先前亮得多了，也大得多了。原來月亮是天的一個洞窟，一夜比一夜有了更多的星星，這是已經薄得不能再薄的天裂出的孔隙了。後生知道年邁人已無所謂，他沒有時間參與這一場嘆息，只是去找他的少女。但寨子裡沒有一個年輕人，打問之後方得知他們差不多於一個晚上都結婚了，這個還算美好的夜裡，不願辜負了時光，在寨後的樹林子裡取樂。他一陣心灰，卻並未喪氣，終於找到了少女。少女披散著長髮，長髮上是一個臘梅編成的花環，妖妖地在樹林子裡騎著一頭毛驢，一邊唱著情歌，一邊焦急地朝林外探詢。他們碰在對面的時候，都為著對方的俊俏而吃驚了。

他說，你是結婚了嗎？她說當然是結婚了。

他沒了力氣地喃喃，那麼，你是在等著你的丈夫了。

是等我的丈夫，她說，也是等所有愛過我的人。說罷了，又詭秘地笑，同時後生聽到了一句「我知道你也會來的」。僅這一句話，後生勃發了狼一樣的無畏，他們在毛驢的上下長長久久地接吻了。

後生高興的是少女毫無反抗，當看見她首先將外衣脫下鋪在地上，還說了一句「能長在手心多方便，一握手就是了」，他倒微微有一些吃驚。世上最急不可待的莫過於此了，但她卻一定要他使用她帶來的避孕套，他不願意，他希望不合法的妻子能為他生出一個兒子來。她嚴肅異常，誰還生兒子，讓自己的兒子降生下來受罪嗎？這麼爭執著並沒有結果。其實一切都發生了，他們幾乎是昏過去幾次，幾次又甦醒過來。在少女的頭腦裡，滿是一圈一圈的光環，她在光環中出入，喝到了新啟的一罐陳年老醋，吃到了上好的滷豬肉，穿著一雙寬鞋走過草地。她說：我的花骨朵兒綻了，我不虧做一場人人人了了了……聲音由急轉緩，高而滑低，遂化作顫音呻吟不已。

從此後生被安置在樹林裡，少女天天送來吃的，吃飽了他的肚子，也吃飽了他的眼睛，吃飽了他的心。不免要想起那個古老的故事，說是一個男人被劫進女人的宮中，享受著王了一樣的待遇，最後卻成為一堆藥渣。現在的後生沒有藥渣的恐懼，倒做了一回王子。他在樹林子裡跳躍呼叫，如一頭麝，為著自身的美麗和香氣而興奮。他甚至不再憂天，倒感念起天斑駁脫落的好處，竟也大大咧咧地走到寨子裡，不害怕了少女的娘，還企望見一見少女的那一位小丈夫。寨子裡的人並不恨他，並且全村人變得平和親熱，不再毆鬥和吵架，懺悔著以前的殘酷是因為製造了錢幣。錢幣就棄之如糞土了。善心的發現，將一切又都看作有了靈性，不再伐木，不再捕獸，連一棵草也不砍傷。

天繼續斑駁脫落，膚片一樣的雪雖然已經不大了，但終還是在下。

少女日日來幽會，換穿著所有的新衣。在越來越大而清的月亮下，他們或身子硬如木樁，或軟若麵條，全然淫浸於美妙的境界。他們原本不會作詩，此時卻滿腹詩意，每一次行樂都撿一蓬槲葉叢中，或是一株樺下，風前有鳥叫，徑邊亂花迷。後生在施愛中，看見雪似的天之膚片落在少女的長髮上，花花白白地抖不掉，心中有一股衝動，想寫些什麼，便用她的髮卡在樺皮上寫道：

誰在殷勤賀梨花
昨也在撒
今也在撒

他還要再寫下去，但已經困倦至極沒一點力氣，他軟軟地睡著了。少女小憩後首先醒過來，她沒有戳醒後生，她喜歡男人這時候的憨相，回頭卻瞧見了樺皮上的詩句，竟也用髮卡在下面寫道：

假作真來真作假
認了梨花
又恨梨花

末了便高望清月，思想哪一日天不復在、地殼變化，這有詩的樺皮成為化石，而要被後世的什麼什麼動物視為文物了。

不知過了多久，後生聽見深沉的嘆息而醒了，身邊的少女，親吻時黏上的那節草葉還黏在額上，卻已淚流滿面，遂擁少女在懷，卻尋不出一句可安慰的言語。

咱們數數那星星吧。後生尋著輕鬆的事要博得少女的歡心。這夜裡只有星月，他不說明那是天斑駁後的孔隙。

兩個人就數起來，每一次和每一次的數目不同，似乎越數越多，他們怨恨起自己的算術成績了。

後生的想像力好，又說起他和老娘居住的房子，如何在午時激射有許多光柱，而每個光柱都活活地動。少女卻立即想到了房頂的窟窿，沒有笑起來，卻沉沉地說：你要練縮身法的。

是的，他的一切都是她所愛的，唯獨怨恨的是他的個子，他的個子太高了。後生並不解她的意思，自作了聰明，說不是有個成語，天塌下來高個子撐嗎？她狼一樣兇惡地撕裂了他的嘴，咆哮著說不許再胡說八道，因為寨子裡人都習練這種功法了。

後生自此練功，個子似乎萎縮下去。而不伐的樹木長得十分茂盛，不捕的野獸時常來咬死和吃掉家畜家禽，不砍傷的荒草已鏽滿了長莊稼的田地。老鼠多得無數，他一睡著就要啃他的腳丫子；有一次帽子放在那裡三天，取時裡面就有了一窩新生的崽仔。後生有些憤恨，它們在這個時候，竟如此貪婪！這麼想著，又陡然添一層悲哀，或許將來沒有了天的世界上，主宰者就是這些東西吧？

一日，少女再一次來到樹林子，他將他的想法告訴了少女。少女沒有說話，只是領他進寨子去。寨子裡再沒有一個人，巷道中、牆根下到處是一些奇形怪狀的石頭。他疑疑惑惑，少女卻瘋了一般地縱笑，一邊笑著走一邊剝脫一件件衣服，後來就赤條條一絲不掛了，爬到一座碾盤上的木板上，呼叫著他，央求著他。等後生也爬上去了，木板悠晃不已，如水石滑舟，如秋千送蕩，他終於看清碾盤上鋪著一層豌豆，原是寨中人奇妙的享樂用具。他們極快進入了境界，忘物又忘我，直弄翻了木板，兩個人滾落到碾盤下的一堆亂石上。亂石堆的高低橫側恰正好適合了各種雜技，他們感到是那樣的和諧，動作優美。他說，寨中的人呢，難道只有咱們兩個人在快活？她說他們就在身下，在快活中都變成石頭了。後生這才發現石頭果然是雙雙接連在一起的。他想站起來細看，少女卻並不讓停歇，並叮嚀著默默運作縮身的功法。後生全然明白了，於是加緊著力氣，希望在極度的幸福裡昏迷而變成石頭，兩個在所有石頭中最小的連接最緊的石頭。

天仍在斑駁脫落。斑駁脫落就斑駁脫落吧。

後生和少女已經變化為石頭了，但興奮的餘熱一時不能冷卻。嘴是沒有了，不能說話，耳朵仍活著並靈敏。他們在空闊的安靜的山上聽到了狼嚎和虎嘯，聽見了天斑駁脫落下來的膚片滴瀝，突然又聽到了兩個人的吵架聲。少女終於聽出來了，那不是人聲，是鬼語。一個鬼是早年死去的老村長，一個鬼是早年死去的副村長。他們兩位領導活著的時候有路線之爭，死了偏偏一個埋在村路的左邊，一個埋在村路的右邊，兩個鬼就可以坐在各自的墳頭上吵，吵得莊嚴而有趣。

少男

一個人出去採藥再沒有回來，以為已經滾坡橫死，他卻在一個晚上給村裡人托夢：他是在雞腸溝的瀑布崖上做仙了，讓村裡的人忘記他的好處，也讓他的家妻忘記曾嫌棄過她的壞處。第二天，村人都在議論這個夢，那人的家妻卻忘不了丈夫，哭天嚎地，央求人們幫她去找回自己的男人。

村裡的人就一起去雞腸溝。雞腸溝亂石崩空，荊棘縱橫，他們以前從未去過，果然在一處看見了那個崖。崖很高，仰頭未看到其頂，長滿了古木，古木上又纏繞了青藤。此時正是黃昏，夕陽映照，所有的男人都看見了崖頭有一道瀑布流下來，很白，又很寬，扯得薄薄的如挑開的一面紗，風吹便飄。從那古木青藤的縫隙裡看進去，卻是許多白豔的東西，似乎是一群光著身子的人在那裡洗澡，或者是從水中才沐浴出來坐臥在那裡歇息。如果是人，什麼人都有這麼豐腴、這麼白豔呢？托夢人說他是成了仙，仙境裡沒有這麼多豐腴、白豔何以稱作仙境呢？天下的瀑布能有這般白這般柔？於是，男人們的神色都變化，一時沉醉於非非之想中，樣子發憨發癡。男人的變化，女人們覺察到了，但並未明白他們是怎麼啦，因為她們未看懂隱在古木中的東西。但她們體會最深的是自己只有一個丈夫，當男人們一步步往崖根下走時，她們各自拉住了屬於自己的那一個。

一位勇敢的少男堅持往前走，他是新婚不久的郎君。他往前走，新娘往後拖，郎君的力氣畢竟大，倒將新娘反拖著越來越走近崖根，奇妙的事情就發生了。遠遠站定的男女看見他們在崖根下的那塊青石板上，突然衣服飄動起來，雙腳開始離地，升浮如兩片樹葉一樣到了空中，一尺高，三尺高，差不多八九尺高了，但他們卻又靜止了一刻，慢慢落下來。落下來也不容新娘掙扎，再一尺高，三尺高升浮空中，同樣在七八尺的高度上靜止片刻再落下來。這次新娘就一手抓住了石板後的一株樹幹，一手死死抓住丈夫的胳膊，大聲呼救：幫幫我吧，難道你們看著我要成為寡婦嗎？村人同情起這新婚的少婦，她雖然並不漂亮，但也並不醜到托夢人的那個家妻，年紀這麼輕，真是不忍心讓她做寡。並且，男人們都是看見了古木內的景象，那是人生最美好的仙境，而自己的妻子已死死阻止了自己去享樂，那麼，就不能允許和自己一樣的這個男人單獨一個去，況且他才是新婚，這個不知足的傢伙！於是乎，所有的男人在女人的要求下一人拉一人排出長隊拖那崖根的夫婦，將那郎君拉過來了。新娘開始咒罵他，用指甲抓破了他的臉。他們在勸解之中，真下了狠勁在郎君的身上偷擊一拳或暗擰一把。

少年郎君垂頭喪氣地回來，從此不愛自己的新婦。每日勞動回來，脫光了衣服躺在床上抽煙，吆喝新婦端吃端喝，故意將自己的那根肉弄得勃起，卻偏不賜捨。新婦特別注意起化妝打扮，但白粉遮不住臉黑，渾身枯瘦並不能白豔。有時主動上來與他玩耍，他只是灰不沓沓，偶爾幹起來，懷著仇恨，報復般地野蠻擊撞，要不也一定要吹滅了燈，滿腦子裡是那豐腴白豔的想像。

這少男實在活得受罪了。

他試圖獨自去一次雞腸溝，但每次皆告失敗。村中所有的女人都在監視著自己的男人，所有的男人也就在監視著其他的男人。這少男的行動每次剛要實施就被一些男人發覺，立即通報了新娘。新娘就越發仇恨那個已經做仙的男人，她聯合了村中的女人，用灰在村四周撒一道灰線，不讓那做仙男人的靈魂到村中游蕩；各自將七彩繩兒繫在自己丈夫的脖子上，以防做仙男人托夢誘惑。而且，她們仇恨仙人的遺孀，唾她，咒她，甚至唆使自己的丈夫去強姦她，使她成為村中男人的公共尿壺，而讓那做仙男人的靈魂蒙遭侮辱。

但少男還是偷偷地去了雞腸溝。他背了獵槍和獵刀，說是去山林打獵而出走。他果然逆著雞腸溝的方向去了山林，新娘和男人們暗中跟蹤了半日後放心地回來，但少男在走出了遙遠的路程之後又繞道去了雞腸溝。他走到了崖根，也恰是一個黃昏，那古木青藤之內的東西看得真真切切。當他一走上那青石板，頓感到一種極強的吸力，身體為之輕盈，衣服鼓起猶如化羽，頭髮也水中浮草一樣豎直搖曳。這一種美妙的體驗使他立即想到了新婚夜的感覺，還未真正進入仙境就如此令人酥醉，他深深悟到了托夢人為什麼寧肯拋棄家妻的緣由。他還未來得及撿起石板上的獵槍，雙腳已離地三尺高了，他有點後悔不該將獵槍遺在這裡，將來一定會被村人發覺他是到了仙境中去了而仇恨他。但這想法一閃即逝，他聽著耳邊的風聲，甚至伸手撫摸了一下擦身而過的白雲，身心透滿了異常的幸福感。在愈來愈高的空中，那些豐腴白豔的東西越來越清晰了，突然覺得不應在背上還背著長長的獵刀，想拔下來丟到很遠的洞中去，但他沒有了力氣，吸引力陡然增強，似乎是大壩底窟窿裡的急流將他倏忽間吸了去了。

少男自然再沒有回到村中去。首先是新娘驚慌了，接著是所有的男人都驚慌了。他們又是手拉手，甚至各自腰上繫了繩索互相牽連著去了雞腸溝。果然遠遠看見了青石板的獵槍，他們統統哭了，新娘為丈夫的拋棄而哭，男人們為自己的命薄而哭，哭聲遂變為罵聲，罵得天搖地動。但是當他們集體站到了青石板上，誰也沒有一點要升浮的感覺。先以為是大家連在一起分量太重，慢慢是撒開手，解開繩索，還是沒有感覺。大家都覺得奇怪了，男人們懷疑這一定是仙境中去了兩個男人後已不需要更多的男人了，就吼叫著這世道的不公，而仙境也不公！有人喊：咱毀了這個崖！立即群情激憤，動手燒崖。崖上的草木燃燒了三天三夜，但因為有瀑布，仍有未燒盡的，而大火中那些黃羊、野豬亂跑亂竄，有的掉下崖來皮開肉綻，卻沒有什麼人的慘叫。男人們背負了利斧開始登崖，見草就拔，逢木便砍，然後垂下繩索讓別的人往上攀登。這項工作進行得十分艱鉅，但無一人氣餒，發誓攀到崖頂，徹底搗毀這個最美好也最可惡的地方。

他們終於爬到了崖頂，四處搜索，就在瀑布旁的崖頭上，發現了一個天然的洞窟。火並未燒到這裡，但一片刺鼻的腥臭味。走進去，一條巨大無比的蟒蛇腐爛在那裡，在蟒蛇的腹部有一把刀戳出來。人們剝開蟒蛇，裡面是一個人屍，一半消化模糊，一半依稀可辨，正是那位少男。

在洞後形成瀑布的山溪道上，滿是一些渾圓的潔白的石頭。

阿離

阿離在太白山上打獵，整個冬天一無所獲，老聽到山上繁亂吵嚷之響，疑是人聲，卻四下裡不見人影。一日，又甚囂塵上，鼎沸如過千軍萬馬的隊伍，且有銳聲喊：「數樹，數清山上的樹！」樹能數清？阿離覺得荒唐，不禁開笑，忽感後腦殼一處奇癢，有涼風洩漏。用手去摸，靈魂已經出竅，倏忽看見了坡下黑壓壓一片人正沒入林中，一人抱定一棵樹，彼此起伏著吆喝有沒有遺漏，又復返坡下，一鬚眉皆白人物狀若領袖，開始整隊清點，一面坡的樹數便確定了。阿離驚嘆這真是個好辦法，卻蹊蹺這是哪兒來人？前去詢問，來人冷淡不理，甚至咒罵：避！你是哪兒來的？！阿離很窘，不再多言。後，山上的人一日比一日多，長什麼模樣的都有，穿什麼服裝的都有，不但多如草木，幾乎沒有了空閒之處。原來阿離獨自孤寂，現在常常被擠到某一隅，有時守坐，他覺得腳癢，抱起一隻腳來抓，竟抱起的是別人的腳。出去小解，鞋跟便磕了睡臥在地上的人的牙齒。阿離不停地要賠笑，說：對不起！對不起！

這麼擁擠著，阿離終於與周圍的人熟悉了，終於有了對話：

「你們是從哪兒來的？」

「風從哪兒來我們就從哪兒來。」

「還到哪兒去嗎？」

「腳到哪兒去，我們就到哪兒去。」

「這兒真擠。」

「可不，市場上什麼都貴了！」

阿離這時方知道了在山林後的窪地裡，有一個好大的市場。

阿離去趕市，市場上更是人多如蟻，物價火苗似的躥，一根蒜苗已經賣到一元，一隻碟子也漲到五元。飯館的門口，一人吃饅頭，數十人涎著口水看，忽有乞丐猛地搶過一位食客手中的饅頭，邊吃邊跑，食客去攆，眼瞅著要抓住了，乞丐卻呸呸直往饅頭上吐唾沫，食客便不攆了，娘罵得煙山霧罩。阿離正感嘆萬分，一人挨近身來說：「先生，可要眼鏡？」一隻手在襟下一抖，亮出一副眼鏡，又收縮回去。阿離說：「不要。」那人俯耳道：「這是好石頭鏡哩，值一百八十元。不瞞先生，這是我偷來的，我只想急於出手，你給幾個錢就是。」阿離說：「你要啥價？」那人牽了他，走到避背處，四下觀望後，拿出眼鏡讓他看，說：「二十元，等於我送你了！」阿離說：「十元。」那人說：「這不行。」阿離起身就走，那人頭勾了一會兒，悶悶地說：「好了，先生，就給你吧！」阿離付錢拿貨，回坐到一棵古木下，直唱一首歌子，突然一陣暈去，醒來自身橫躺在一堆落葉上，蒼茫山林，濤聲正緊，面前峪谷寒溪色暗，鳥鳴淒清，遠近並無一人，惚如隔世。

阿離尋思前事，明白了自己去了一趟幽靈世界；陽界的人有生有死，陽界總還平衡；靈魂不滅，難怪冥界那麼擁擠了。急按口袋，口袋有硬硬的東西，掏出來果然是一副眼鏡，便欣喜撿得冥界便宜，就無心再打獵，下山回家，要倒賣眼鏡的好價錢了。阿離去了眼鏡行，眼鏡行的人卻說，這根本不是石頭鏡，純粹的有機玻璃片兒。阿離頓足捶胸，罵鬼也騙人，羞得數日不出門。又作想，我吃了鬼的虧，何不也去騙鬼？便也做了大批的有機玻璃鏡重新上山，也就是先前的地方獨坐，聽到浮囂之聲，仰首開笑，果然後腦殼有了涼風洩漏之感，不覺置身到市場上。

他大聲叫囂著出售石頭鏡，第一天便賺得許多錢幣。第二天，生意正好，有二人前來鬧事，說眼鏡是假的。阿離矢口否認，那二人就拉了阿離的領口去見官，阿離被推搡著走，已經面如土色，但忽然想到鬼怕唾沫，唾沫唾之讓變什麼就可變什麼。便一口濃痰唾在一人頭上，說聲：「變棵核桃樹！」那人立即不見，就地生一核桃樹來。另一人則駭然失智，阿離說：「你也認為這是假貨吧？他變成了核桃樹，結了果就砸著吃，我讓你變個漆樹，割漆時可以受千刀萬刀！」那人伏地求饒。阿離說：「那好，你幫我一塊兒推銷吧！」那人真的一直幫阿離，眼鏡賣得十分快。後來，有知道阿離的貨是假的，誰也不敢說；不知道的，都來買，阿離賺了一麻袋的票子。

阿離終於又恢復了真身，把錢袋背下了山。當夜同家人一起清點錢數，卻發現錢幣上都按有「冥國銀行」的章印。家人生氣，說：「這就是你做的營生？！都送給閻王爺去吧！」一把火就燒了。

錢燒了，阿離就死在炕上了。

阿離見到了閻王爺，閻王爺告訴說：「這裡靈魂已經夠多了，但無功不受祿，得了你這麼多賄賂，再有難處我還是要了你。」從此，阿離的靈魂再沒有回到竅裡，永遠在已經擁擠的靈魂中擁擠了。

觀鬥

阿兌十八歲時上太白山撿菌子，太陽很好，坐地解衣逮蝨子，腰帶便掛在身後的矮樹叢上。太陽西斜，紅嫩似一枚蛋柿，忽然那矮樹移動，將那腰帶帶去，看時竟是一頭美角的鹿，急忙呼喊窮追。鹿跑得快，阿兌未能追上，拐過一個山嘴，卻見草坪上有兩隻虎在搏鬥。一條白額，一條赤額，皆龐然大物。草坪上亂花已碎，土末飛揚，兩虎翻撲剪騰，正鬥得難分難解。阿兌嚇了一跳，返身逃躲，但虎仍在廝鬥，卻總是擋了去路，他向哪個方向跑，虎都在前邊鬥，阿兌急得雙目流淚，說：「難道是讓我觀虎鬥嗎？」兩虎同時大吼，旁邊樹葉簌簌墜地。阿兌便不再逃走，坐在那兒觀看。虎愈鬥愈兇，身上絨毛片片脫落，飄散如絮，竟落了阿兌一頭一身。一虎鬥得發狂處，竟分不出阿兌是虎還是人，便撲向了阿兌。阿兌也看得心熱，忘了駭怕，跳將起來迎之而鬥，另一虎則坐地觀看。那虎撲來之時，阿兌側身一閃，順之一腳踢中虎眼，虎咆哮縱起，舉爪打過來，阿兌早已跳開，沒想虎尾接連一掃，砰的一聲如棍磕在阿兌面門，血頓時肆流，跌坐地上。那虎嗷嗷長嘯，若得意狀，阿兌急中單手撐地，雙腳蹬去，恰在虎的前右腿，虎一個趔趄退臥在那裡一時難起。另一虎呼地撲到，又與阿兌搏鬥。阿兌想，我要死了，也不能便宜了你這麼死去。強忍著疼痛跳起，拳腳並用，騰挪躲閃，使虎不能近身。此虎惱羞成怒，一直逼阿兌到山嘴根，已無法脫身，雙爪搭上了阿兌雙肩，血盆大口來吞頭顱。阿兌說：「你吞吧！」竟猛地將頭直塞虎口，頂到喉嚨。虎無法合齒，氣息難通，人虎便寂然相持，看得那一條虎也呆了。如此一個時辰，虎終支援不住，鬆口倒在地上。阿兌滿頭血糊，雙耳已沒有了，定神了片刻，嘿嘿大笑，說：「我怕虎嗎？我也是虎了！」兩虎卻同時又撲起共鬥阿兌，阿兌又迎鬥，前打後擋，左攔右防，終氣力漸漸不支。絕望之際，見旁有一株大樹，疾速攀上。兩虎上望樹端苦不能上，遂在樹下又相互搏鬥。阿兌居高臨下，反覆看虎的鬥法，明白了自己失利有原因，且看出許多從未見過的技巧，一時也忘了後怕和疼痛，漸漸進入觀賞藝術之境。不知過了多久，肚子饑餓，摘樹上野果來吃，一邊吃一邊下觀，卻見兩虎漸漸縮小，已經形不是虎，是相鬥的兩犬。後，犬又在縮小，形若鬥雞。最後竟是兩隻蟋蟀了，跳躍敏捷，卻聲鳴細碎。阿兌遂覺得沒了意思，說：「我是不是看得太久了？」從樹上下來回村，村人皆不識他，屋舍全已更新，唯村口那口井還在，井口石盤上磨出了四指深的繩痕。

母子

娘在樹林子裡採蕨，突然天裂了縫，又合起，落下一疙瘩雷來。娘躲在槲下，雷把槲頂決了，娘逃到窩崖去，窩崖是佛窟，雷還是攆進來。娘不跑了，說：「龍你抓我了去！」轟然一聲，光火飛騰。娘並沒有燒成一截黑炭，鞋尖上繡的那朵絨花還豔豔紅；崖壁上的石佛沒了頭。

娘的膽便破了，吐很苦的唾沫，再不採蕨，挨門守望兒子。兒子去太白的深處圍獵，山深似海，兒子是最勇敢的獵手。世界的一切都又安靜，娘去河邊提水，一篙之水流動湉湉，心不敢兢，冷看落日裡飛鳥已遠，一朵雲滯留屋上，就回坐堂前。這時候，卻聽見了螞蟻叫，又聽見了蚯蚓叫，叫聲如枯木上長喙的鳥，三下快，三下慢；有草的澀味，有土的鹹味；還有類似七星瓢和螢火蟲的氣味；接著有敲門聲。

娘將門打開，門口並沒有人，關上又聽見敲門聲，再打開，還是沒人。娘疑惑了半刻，立即駭怕，很苦的唾液從口裡流出來，門牢牢地關上了。

篤，篤，篤。誰又在敲門，門響著金屬聲。

「誰？」

「把門開開。」

「你是誰？」

「我。」

「我是誰？」

娘就是不開門。數天數夜的時間裡，她把家中所有的竹竿都截了，做成一截一截的竹管，套在了手指上和腳趾上，提心那門終有被敲破的時候，有什麼人要來捉她，她的手腳可以從竹管裡抽掉。

終於兒子回來了，是個晚上，門還是不開；娘不信是兒子。

「娘，是我。」

「是我？」

「我是你兒。」

「我是你兒？」

兒子把佩戴的長劍從門下縫伸進半截，說娘識得兒的劍，娘說不是劍是一道月，但卻聞出了兒子膝蓋上的那一片垢甲的味，說你是我兒，兒從後窗你進來。兒子進來，肩上是槍，腰間是劍，提了十三隻黃皮狐狸。問娘為什麼不開門，娘說總有敲門的。說話間，娘又說誰敲門，兒子說沒有，娘說有，兒子說沒有就沒有，把門開開。門很沉重，門口沒有人，門扇卻比先前厚了幾倍。

「你瞧，多虧這門！他們沒能進來，影子全留在上面。」門的厚度果然是一層一層奇形怪樣的圖影的印疊。

兒子豪氣頓生，在屋中燃起火堆，拔刀剝下一層圖影，圖影是一個高瘦的人，面目並不熟悉，一刀劈二，丟進火堆燒了，娘說有人肉的焦糊味，也有牛肉的味。兒子用刀又剝下一層，圖影是一隻模樣怪異的熊，卻生有人之腳。兒子將熊身燒了，斷下人腳，用刀尖劃出一截，拿手往下捋，像剝柳皮一樣。兒子在春天裡有剝柳做口哨的手藝，但腳皮沒有剝下來，一氣亂刀斬成碎末。再剝一層，是三隻眼的奇物。再剝再剝，剝下的有野豬有馬有蛇舌的女人和長角的男人。兒子說：「我怕你嗎？不怕！」一層一層丟在火堆去燒，屋裡充滿了難聞的臭味，但沒有血和肉。兒子是懂得只要有肉煮在鍋裡，漂上來的油珠即可知這些是人還是獸。

「人油是半圓珠，獸肉的油珠兒才圓。」

兒子心情激動，遺憾沒有刺激到一個獵手的強烈的快感。如果一刀砍下去，是人是獸，肥嘟嘟的肉分開，殷紅的血漬在牆上如一個扇面，在火光的映照下鮮亮發明，或者血如紅色的蚯蚓沿著皮膚往下滑移，那該是奇豔無比的景象！兒子剝到最後一層了，不甘心地叫道：「來一個活的！」一圖影突然凸出，還未看清是人是獸，那物已張口向兒子撲來。兒子一刀剁去，哐啷滾下頭來，果然是顆人頭。待去撿拾，那沒頭的身子卻壓過來，兒子被壓在下邊了。兒子被壓得喘不過氣來，肋骨咔咔地發出欲斷的聲音。急一腳勾踢，身子飛起來撞在木柱上，再跌下去不動了。這卻是豬的身子，還是母豬，十八個奶頭紫紅腫大，如兩串熟透的葡萄。而同時有四隻五爪般的腳在方向不定地亂跑。兒子笑道：「往火堆中跑，往火堆中跑哇！」四隻腳便果然入火，已經成炭團，發出爆響。

兒子將刀提起來，用衣襟揩上邊的血，叫道：「娘，你兒子怕誰呢？門不要再關，我要看看誰敢來敲門？！」將刀哐地扎在門扇上，一扭頭，火光將自己的影子正照在牆上，兀然嚇死。

人草稿

太白山一個陽谷的村寨人很腴美，好吃喝，性淫逸，有採花的風俗，又聽得懂各種鳥鳴的樂音，山林中得天獨厚的資源，熊就以熊掌被獵，猴就以猴腦喪生，凡是有毛的不吃雞毛撣子外都吃了，長腳的見了板凳不發饞其餘的都發饞。結果，有人就為追一隻野兔而累死，有人被虎抓了半個臉，而瞄準一隻黃羊時槍膛炸了常常要瞎去某人一隻眼睛。吃喝好了，最大的快樂是什麼呢？操×。其次的快樂呢？歇一會兒再操。下來呢？就不下來。餵了自家的豬，又要出外糶糠。一個男人是這樣了，別的男人也是這樣，於是情形混亂。到了某年的某月，一家的小兒突然失蹤，另一家的人在吃包子時被人發現餡裡有了半枚手指甲，凶犯查出來，凶犯說人肉其實並不好吃，味兒發酸。六十二歲的老公公強吮了兒媳的奶頭被兒子責罵，做父親的竟勃然憤怒，說你龜兒子吮我老婆三年奶頭我沒說一句話，我吮一回你老婆的奶頭你就兇了？！終於召開了村寨全體村民的會議，實行懲治邪惡，當宣佈凡是有過亂倫，扒灰，或做了情夫或做了情婦的退出會廳中堂靠於牆角去，中堂竟沒有留下一個人，大家都全哭了。這不是某個人的道德問題，一定是這個村寨發生了毛病，由饞嘴追索到貪淫，末了便悟出是水的不好。

村寨中是有一眼趵突泉的，圍繞著泉屋舍輻射為一個圓。「這是一個車輪哩！」年老的人坐於山頭的時候會這麼說，年輕人便想入非非：大深山中哪兒會有車呢？既是一個車輪，那一定是天王遺落，而另一個車輪就是孤獨的太陽了。或許是平面的水輪，旋轉著才使泉水趵突出來。現在泉水成了萬惡之源，再不食用，於村外重新鑿井。井鑿七十三丈，轆轤龐大，須十二人合力起絞，村寨中便有了固定時間打水。若沒有趕上這時間去打水，那就一整天炒爆豆吃。

半年後，村寨安然無事，人已無慾，目不能辨五色，耳不能聽七音。口鼻不能識九味。慢慢，田地裡不種了香菜、蔥、蒜、花椒和辣子，到後也不種菜，只是五穀。飯食明顯的簡單了，一日三頓片片麵、麵片片，記不起麵粉還能做什麼麻食、餃子、餛飩。狐狸進村拉雞，蹲坐於村口翻弄臍眼，廢了的泉池裡滋生了蝦，也有了聲如嬰啼的鯢。人都懶起來，生活就貧困，連麵片也開始懶得做，懶得吃。先是孩子們不吃，大人說吃呀，不吃怎麼活命呀！孩子說吃為了能活嗎，寧願不活也怕出那份力。大人就還理智地去吃，要把東西洗淨，做熟，一口口塞進嘴，不停地嚼；冬天冷，夏天一碗飯一身水。他們不明白原先怎麼饞吃呢，吃飯是多麼繁重的勞作呀！也不好好吃了。村寨的人都失了腴美，臥於陽坡曬暖暖，怨這天長。

夜裡，他們更懶得性交，懷孕的極少。年老的就抱怨年輕人：「怎麼還不生個崽呀，怎麼傳宗續代呀？！」兒女說：「怎麼個傳種續代呢？！」那事體還需要教授吧，但夜夜聽兒女的房，房內安靜，真恨兒女不教不行，就編出男的陽具是鳥，女的陰器是窩，要鳥進窩，進窩了又不停讓鳥出鳥進幾十次，數百次，詢問鳥是否屙在窩裡？兒女們就火了，說拽頭在腿上按數百次皮肉都疼，何況那種大面積的摩擦哩！兒女們不願幹那勞作，老年人自己幹，但也是苦不能言，奇怪先前怎麼有那樣大的興趣呢？

到後來，他們發現人在說話，笑，吃飯，勞作時，口鼻竟然在不停地呼吸，想想，日日夜夜不停地一呼一吸，多緊張，多痛苦呀！怎麼長這麼大就全然不曉得呢？現在曉得了，何必再去從事這愚蠢的工作？！不再呼吸，這個村寨的人便先後死去。

太白山的一個陽谷中的村寨就這麼消失了，天上的太陽真正成了孤獨的車輪。太白山下有人偶爾到了這裡，看見似乎是有人住過的村寨，而到處是如人形狀的石塊和木頭。石頭生滿了苔蘚，冬夏春秋更變綠黃紅黑，木頭長著木耳。這人返回後卻寫了數十萬字的書，說他發現了人之初，論證女媧造人不是神話，確有其事，這些石塊和木頭就是當時女媧所造的人之草稿。以此又闡述，人為石木所變，一部分人為石，一部分人為木，為石雖還未有根據，但木所變確鑿，說他親眼見那木頭上不是木耳，是駐落著蝴蝶，歷史上不是莊子曾化蝶嗎？不是梁山伯祝英台化蝶嗎？這人遂成為人類學家。

小兒

「×俊！」

×俊抬起頭來，老淚縱橫，並沒應聲，又俯下身在新攏的土丘上哭泣；又覺得不對，疑惑地乜視著面前這個小兒，甚至有些憤憤然了。

「×俊，你耳聾了嗎？」

×俊又瞪了一眼，要抓起土坷垃打過去，但止住了，土坷垃在蒲扇般的手裡揑成粉碎。要不是×俊現在心中充滿了劇痛，他絕不會饒過這個乳臭未幹的缺乏家教的小兒！他哽咽著說：

「×貴，你就這麼生不見面、死不見屍的走了嗎？常言說，當你知道你身上某一個部位的時候，這個部位就生病了；當你懂得一個人的好處的時候，這個人就死了。×貴，你真的是死了？可你死在哪兒呢？我真後悔沒能珍惜我們的交情！還是昨日，你要我翻幾個跟頭給你看，我說七老八十的了，硬胳膊硬腿的，翻跟頭惹人笑話，我沒翻。現在，我為你修了這個墳，盼你靈魂到來，我要給你翻個跟頭了！」

×俊果真用手掃去地上的亂石，腦袋著地翻了個跟頭，那骨架咯咯響著，像要散裂了似的。

五歲的小兒格格地笑起來，肥嫩的手鼓著幾片掌聲，說：「翻得好，翻得好，再來一個要不要？要！」×俊終於忍無可忍，一巴掌將小兒扇遠了。

「×俊，你瘋了，你敢打我？」

×俊吼道：「你是誰？誰是你爹？小王八羔子！」

「唉，×俊真的是認不得我了。」

×俊停止了打罵，覺得蹊蹺，但他真的不認識這小兒，村裡也從未見過這小兒。

「我是×貴啊，狗日的！」

×俊簡直吃了一驚：這個小兒竟是×貴，×貴活著的時候，口頭禪就是「狗日的」，聲音一模一樣。可這五歲的小兒怎麼會是×貴？

「我真的是你×貴哥！」

×俊卻還是搖搖頭。

小兒說，中午吃過飯，他準備睡一覺後就去找×俊喝茶，就和衣睡了。睡起來又覺得該換一身新衣服去，就開始脫身上舊衣。脫下一件，怎麼還有一件；脫了，還是有一件；竟越脫衣服越多，脫到最後，才發現他是個小孩子，原來那麼高大的個頭都是衣服穿成的！這時候的他突然明白那過去的七十多年是一個悠長的夢。

「胡扯淡！」×俊說，「×俊這麼長鬍子的人了，不是像你這樣的小兒好哄！」

由小兒的話又想到了死去的×貴，×俊撲在墳上嚎啕起來。小兒任×俊慟哭，卻開始講他的過去的長夢。他說，他小的時候就和×俊要好，他們恨村口老嫗在桑葚樹幹上塗抹糞尿而咒罵，將老嫗家長在地裡的南瓜切了口，屙進一泡去，又將切口封好，使南瓜瘋長到篩子大而臭不可聞。他說，是你×俊四十歲的時候與方×的媳婦偷情被方×發覺並蓋頭澆下一桶涼水，是我在喊：快跑，跑出一身汗來！你才聽的，你才免了一場寒病。他說，×貴還知道×俊的左腿根下有一顆豆大的痣。

×俊不哭了，他覺得這小兒句句講得都對：「你真是×貴哥嗎？」

「×俊！」小兒手伸出來，親暱地在×俊的頭上撫了一把。

×俊卻又疑惑了，這哪兒可能呢，一個七十多歲的老頭怎麼會是五歲的小兒？突然，臉色大變：「你是鬼！」

小兒說：「你唾唾。」

一口唾沫唾上去，小兒還是小兒。

「你還在夢裡哩！」小兒可憐了×傻，「你信也罷，不信也罷，反正你還在夢中。」

「我做夢？做七十八年的夢？」

「夢是幾代人的事常有哩。」×傻用指甲掐自己的臉，怪疼的。「是夢怎的還疼？疼也疼不醒？」

小兒不知怎麼說服他了。

「你要在夢裡就在夢裡吧！我告訴你，我還知道你將來要長條尾巴，等長出尾巴了，你就信我是不是唬你。」

×傻回到家去，從此再沒有見到×貴老漢，便一陣兒信那小兒就是×貴，一陣兒又不信起來，好像很羞澀的樣子拿不了主意。他每天大小便時，手卻不自覺地去摸摸屁股，看有沒有尾巴長出來。五天過去了，沒有尾巴。十天過去了，覺得屁股上脹脹的不舒服，有一塊發硬的東西。又十天，那硬東西似乎又長大了些，終於在一個月後，一條小小的沒毛的尾巴長了出來。

父子

兒呀，爹要走了，誰都要走這步路的，爹想得開，兒你也不要難過。爹咽了一口氣後，你把爹埋到尖峰上你就是孝子了。

兒子一直伏守在爹的床前，淚水婆娑，想爹是患的腦溢血，或者心肌梗塞就好，爹無痛苦地走，兒女們也不看著爹的難受而難受。腦子清清楚楚的，就這麼在爹的等待下和兒女的看護下，一個人絕了五穀，痛失原形，腫瘤慢慢地消平了呼吸。爹有過千錯萬錯，現在的爹全剩下好處了，兒子咬著牙，再不讓眼淚流到臉上，他卻不停地去上廁所。廁所在簷廊那頭。天正下著雨。

十五年前，兒子是爹的尾巴，父子倆一塊兒到集市上去。太陽紅光光照著，爹脫了氈帽，一顆碩大的剃得青白的腦袋發亮，兩隻蝨就趴在後腦處，而且相疊在一塊兒了。「爹，蝨在頭上××哩！」爹正要與熙熙攘攘的熟人打招呼，狠勁地一甩，將兒子牽襟的手甩掉了。「爹，真的是在××哩！」爹已經瞪了一眼，罵出一句最粗土——其實是散佚在太白山的上古雅辭——「避！」兒子就也生氣了：「避就避，哪怕蝨把你的頭×爛哩！」從那時起，爹對於兒子失去了偉大的正確性。

「德！」這是爹又在叫著兒子的乳名訓斥了，「吃飯不要咂嘴，難堪，豬才吃得這麼響的！」兒子的咂嘴聲更大了，直至飯完，長舌還伸出來刷掉唇角的湯汁，弄出連續的響音。

兒子正在興趣地掃除院土，爹突然高興，說今日沒有給老爺畫鬍子了。兒子不做聲，將掃除的土復又撒回原地，掀開了捶布石，石下面有兩隻青頭蟋蟀，專心去以草撥逗了。爹動火起來，抓過兒子開始教訓，教訓是威嚴而長久的，兒子卻抬起頭說：「爹，你鼻子上的一顆清涕快掉下來了！」爹頓時中止訓話，窩到一邊去了。

兒子到了戀愛的時節，爹認真地叮嚀著戀愛就戀愛姣好的姑娘，不要與村中的年輕寡婦接觸，免得平白遭人說三道四。兒子末了領回來的，卻偏偏就是那個寡婦。

雨還在下，兒子立在尿缸邊上尿，尿得很多。他疑心是眼淚倒流進了肚裡才有這麼多的水又尿出來。

病床上的爹並不知道天在下雨，他還以為這簷前長長久久的一溜吊線的水是兒子在尿，腦子裡想像著那尿由一顆一顆滴珠組成落下去，他不懂得文章中的省略號，但感覺卻與省略號的境界相同，便尋思他真的要死了，留在這個世界上的將是一個縮小了的他，但這個他與他那麼不和諧，事事產生著矛盾。父子是人生半路相遇的永不會統一的緣分嗎？他已經琢磨了十多年自己的兒子，相拗的脾性是不可能改變了。既然你娶了寡婦做妻就安生去過你們的日月，卻要吵鬧，發兇性砸傢俱，越說媳婦快把鍋拿開別讓他砸了，一榔頭就砸在鍋上。「我的兒子會怎樣處理我的後事呢？」爹唯一操心的是這件事了。太白山七十二座尖峰，我的一生猶如在刀刃般的峰尖上度過，我不願意在我另一個世界裡仍住在刀刃上，兒子能滿足我的意願嗎？

「德，你還沒尿完嗎？」爹在竭力地呼喚了。

兒子也錯覺了屋簷的流水是自己在尿，慌忙返回床邊。

「爹，屋簷水流哩。」

爹想把自己靜靜思考後要說的遺囑告訴兒子，聽了兒子的回答，認定兒子又是在拗著他說話了，長長地嘆一口氣，說：

「兒呀，爹死後，爹求你把爹埋在那尖峰上，爹不願埋在山下那一片平坦的窪地中，也不需要窪地四周植上松柏和鮮花，你記住了嗎？」

兒子點著頭，看著爹微笑地閉了雙目，安詳長息。

兒子嚎啕起來，突然悔恨起自己十多年執拗了老爹。「把我埋到尖峰上。」這是爹最後一次對兒子說的話，兒子不能再違背著爹的意願啊！兒子邀請了眾多的山民，開始將爹的棺木往尖峰上抬。尖峰高兀，路陡如刀，實在抬不上去，運用了很長很粗的鐵繩牽著棺木往上拉，棺木雖然破裂，但是爹終於埋在了爹想埋的地方。

外編二

雲塔山

已經到了高山，瀰漫的雲霧一散開，高山上竟然還有高山。那個下午我在雲塔山第一次體驗到了什麼叫出世，於是我望著山尖上的那間屋舍，當然我的帽子就掉了，說：那就是道觀嗎？

穿過了無數的岩角和石嘴，終於站在了那個廊樓下，石磚的台階幾乎都直立了。手腳並用著往上爬吧，爬得戰戰兢兢的，雲就趕了來，我是在雲裡了，沒有了驚恐，別人卻在下邊說我是見首不見尾。總算上去了，頂上也就是四五平方米的地方，屋舍的牆盡邊盡沿，裡邊只有一張條案，條案上坐著泥身的神，在給我微笑，而旁邊站一道士，說：你來了！我便在門口行朝拜禮。我沒有帶供果和鮮花，在懷裡掏，唯有一支心愛的筆，掏出來放在了神前，那一瞬間能感覺所有的東西都開始搖晃，像是在了夢裡，記得磕頭的時候，腳是緊緊地蹬著那門檻。

我問：為什麼要把道觀蓋在這裡呢？

道士說：你不覺得在天上嗎？

是在天上。我看見了太陽，像金冠一樣就在身子西邊，伸手便能撫到。一棵白皮松長在石壁上，你不知道它怎麼就能長在石壁上，那是看得見的風的形狀。屋簷還吊著一個鐵片，並沒有什麼撞叩，卻自鳴出一種韻音。香爐裡一股青煙在端端生長。門邊靠著的是一把笤帚，那是掃雲用的。

從道觀下來，我並沒有再坐車從前山的來路返回，而是繞到後山沿小路而下。後山陰暗，到處是銳齒櫟、粗榧、鵝耳櫪和刺楸樹，全都斜著長。能聽到繁複的鳥叫，也偶爾看到有獾有獐子和黃羊奔跑，還有蛇。而到了谷底，那裡就是村子，狗叫得很厲害，有個婦女在哭，同時圍觀了許多人，原來是飛鼠吃掉了她家的雞。這裡產石斛，也就有了以石斛為生的飛鼠。鼠本來是鼠，又有了狼的兇狠，一些就成了黃鼠狼子，一些則嫉妒著鷹，就長出一條長毛尾，能在半空中飛翔十幾丈，常常要撲食人家的雞。

路邊有了一種草，葉子肥厚，頂著一粒紅珠，我去摘，旁邊人說：這是山虎草，有毒的，牛吃了即死。遠遠的埸畔上是臥著了一頭牛，還有人趕了一群羊過來。我有些不解，牛和羊都是吃草的，並不是掠食者，怎麼還長著犄角？

蛙事

世上萬物都分陰陽，蛙就屬於陽，它來自水裡。先是在小河或池塘中，那浮著的一片黏糊糊的東西內有了些黑點，黑點長大了，生出條尾巴，便跟著魚遊。它以為它也是魚，游著游著，有天把尾巴游掉了，從水裡爬上岸來。

有兩種動物對自己的出身疑惑不已，一種是蝴蝶，本是在地上爬的，怎麼竟飛到空中？一種是蛙，為什麼可以在湖河裡又可以在陸地上？蝴蝶不吭聲的，一生都在尋訪著哪一朵花是它的前世，而蛙只是驚叫：哇！哇！哇！它的叫聲就成了它的名字。蛙是人從來沒有豢養過卻與人不即不離的動物，它和燕子一樣古老。但燕子是報春的，在人家的門楣上和屋梁上處之超然。蛙永遠在水畔和田野，關注著吃，吃成了大肚子，再就是繁殖。

蛙的眼睛間距很寬，似乎有的還長在前額，有的就長在了額的兩側，大而圓，不閉合。它剛出生時的驚嘆，後來可能是看到了湖河或陸地的許多穢事與不祥，驚嘆遂為質問，進而抒發，便日夜蛙聲不歇。愈是質問，愈是抒發，生出了怒氣和志氣，脖子下就有了大的氣囊。春秋時越王勾踐為吳所敗，被釋放的路上，見一蛙，下車恭拜，說：「彼亦有氣者？！」立下雪恥志向，修德治兵，最終成了「春秋五霸」之一。

諧音是中國民間的一種獨特思維，把蝙蝠能聯繫到福，把有魚能聯繫到有餘，甚至在那麼多的刺繡、剪紙、石刻、繪圖上，女媧的造像就是隻蛙。我的名字裡有個凹字，我也諧音呀，就喜歡蛙，於是家裡收藏了各種各樣的石蛙、水蛙、陶蛙、玉蛙和瓷蛙。在收藏越來越多的時候，我發覺我的胳膊腿細起來，肚腹日漸碩大。我戲謔自己也成一隻蛙了，一隻會寫作的蛙。

或許蛙的叫聲是多了些，這叫聲使有些人聽著舒坦，也讓有些人聽了膽寒。毛澤東寫過蛙詩：「獨坐池塘如虎踞，綠蔭底下養精神。春來我不先開口，哪個蟲兒敢作聲。」但蛙也有不叫的時候，它若不叫，這個世界才是空曠和恐懼。我在廣西的鄉下見過用蛙防賊的事，是把蛙盛在帶孔的土罐裡，置於院子四角，夜裡在蛙鳴中主人安睡，而突然沒了叫聲，主人趕緊出來查看，果然有賊已潛入院。

雖然有青蛙王子的童話，但更有「癩蛤蟆想吃天鵝肉」的笑話。蛙確實樣子醜陋，暴睛闊嘴，且短胳膊短腿的，走路還是跳著，一跳一拃遠，一跳一拃遠。但我終於讀到一本古書，上面寫著蟾蜍、癩蛤蟆都是蛙的別名，還寫著嫦娥的名字原來叫恆我，說：「昔者，恆我竊毋死之藥於西王母，服之以奔月。將往，而枚占於有黃。有黃占之曰：吉。翩翩歸妹，獨將西行。逢天晦芒，毋驚毋恐，後且大昌。恆我遂托身於月，是為蟾蜍。」

啊哈，蛙是由美人變的，它是長生，它是黑夜中的月亮。

藥王堂

藥王堂僅僅是一間廟，就修在山根的一個台子上。台子可能是開出來的，也可能是水沖刷出來的，遠遠看去，就像一塊大的石頭。

據說孫思邈當年路過這裡，坐下來要歇腳，當地山民都跑來求他治病，他就再沒走成，從唐朝一直坐到了現在，坐成了一個小廟。

小廟不知翻修了幾百次，廟始終是一間房，和山區尋常人家的房子沒有區別。但來人不絕，似乎那就是孫思邈的家，有病了來看看，沒病了也來看看。

孫思邈也似乎已習慣這山區的日子了，小小的台面不足三十平方米，出門到台沿一丈多寬，不砌院牆，立馬就能看到台子下的乾佑河，河水總是嗚嗚咽咽。河對岸的山崗上，滿是柴林，雨後的太陽照著，柴林的葉子像塗了蠟，閃閃發亮，像無數的眼睛瞅過來。而房的左邊呢，崖壁上濕漉漉的，插了個竹片就流出水來，水細得如同掛麵，下邊的潭僅是籠筐大，這也就夠用了。

房的右邊還種了菜，是三行蔥，二十來棵豆角苗，竟然靠崖角還長著一窩西紅柿，柿子青裡泛了紅，正是好的顏色。

廟裡住著神，又覺得是白鬍子老者，能聽到咳嗽吧，是不是正研了藥往葫蘆裡裝呢？

山民又來了許多，都說：去摸摸那個葫蘆麼，要些藥，靈驗得很哩！

眼睛

秦嶺記

一開窗，天上正經過一架飛機。於是風在起波，雲也翻滾，像演了戲，類比著世上所有的詭譎和荒誕。那些還亮著殘光的星星，便瑟瑟不安，最後都病了，黯然墜落。

遠處埡口上的塔，漸漸清晰，應該有風鈴聲吧，傳來的卻是一群烏鴉，扇著翅膀在咯哇。

高高低低的房子沿著山根參錯，隨地賦形，棱角嶄新，這條小街的形勢就有些緊張。那危石上的老松，原本如一個亭子，現在一簇簇針一樣的葉子都張揚了，像是披掛了周身的箭。

家家開始生火做飯了，煙從囪裡出來，一疙瘩一疙瘩的黑煙，走了魂地往出冒。

一堵牆，其實是牌樓，簷角翹得很高，一直想飛的，到底還是站著。影子在西邊瘦長瘦長，後來就往回縮，縮到柱腳下了，是扔著的一件破襖，或者是臥了一隻狗。

斜對面的場子邊，突出來的崖角上往下流水，水硬得如一根銀棍就插在那個潭窩裡。有雞在那裡喝水，一個小孩趔趔趄趄也去喝水，他拿著一隻碗去接，水到碗裡水又跑了，怎麼都接不住。

灰沓沓的霧就從山頂上流下來了，是失了腳地流，一下子跌在街的拐彎那兒，再騰起來成了白色的氣，開始極快地湧過來。有人吃醉了酒，鬼一樣的飄忽著，自言自語。但他在白氣裡仍然回到了自己家，沒有走錯門。

那個屋簷下吊著旗幌的門口，女人把門面板一葉一葉安裝合攏了，便生起了小爐。一邊看著濕漉漉的石板街路，一邊熬藥。

一個夾著皮包的人已經站在樓下的台階上，拿著一張紙，在給店主說：這是文件，從北京到的省裡，從省裡到的縣裡，縣裡需要你們認真學習。店主啊啊著，在刮牙花子，抹在紙的四角，再把紙直接貼在了門上。

窗子關上了，窗子在褪色：由亮到灰，由灰到黑，全然就是夜了。拉滅了燈，燈使屋子在夜裡空空蕩蕩。空蕩裡還是有著光和塵，細菌和病毒呀，用力地揮打了一下，任何痕跡都沒有留下。

突然手機在桌面上嘶叫著打轉兒，像是一隻按住了還掙扎的知了。機屏上顯示的是那個歐洲朋友的名字。

還是坐下來吧。久久地坐在鏡子前，鏡子裡是我。

我是昨天晚上從城裡來到了秦嶺深處的小鎮上，一整天都待在這兩層樓的客棧裡。我百無聊賴地在看著這兒的一切，這兒的一切會不會也在看著我呢？我知道，只有我看到了也有看我的，我才能把要看的一切看疼。

松雲寺

楊峪河邊有一個寺，很小，就二百平方米的一個院子，也只住著一個和尚。和尚在每年的三月底或四月初，清早起來，要拿掃帚掃院裡的花絮，花絮顏色深黃，像撒了一地金子。

這是松花。

松是孤松，在院子西邊，一摟多粗的腰，皮裂著如同鱗甲，能一片一片揭下來。樹高到一丈多，骨幹就平著長，先是向東北方向發展，已經快挨著院牆了，又迴轉往西南方向伸張，並且不斷曲折，生出枝節，每一枝節處都呈Z字狀，整個院子的上空就被罩嚴了。

松樹真的像條龍。

應該起名松龍寺吧，卻叫松雲寺。叫松雲寺著好，因為松已是龍，則需雲從，雲起龍升，取的是騰達之意哈。

但寺院實在太小，松的腰枝往復盤旋，似藤蘿架一般，塞滿了院子，倒感嘆這松不是因寺而栽，是寺因松而建，寺的三面圍牆竟將龍的騰達限制了。

二〇〇一年九月五日，我從縣城去寺裡，去時傾盆大雨，到了卻雨住天晴，見松枝蒼翠，從院牆頭撲搭了許多，而門樓高背翹角，使其受阻。我建議既然寺緊鄰大路，院牆不可能推倒，不妨砸掉門樓背角，讓松能平行著伸長出來。所幸和尚和鄉政府幹部都同意，並保證半月內完成，我才慰然離開。離開時，雨又開始下，一直下到天黑。

當晚還住在縣城，半夜做了一夢，夢見飛龍在天，醒來睜眼的一瞬間，竟然恍惚看到周圍有一通碑子，有掃松花的掃帚，有和尚吃茶的石桌。很是驚奇，難道夢境在人睡著的時候是具現的？疑疑惑惑就直坐到天明。

人家

在秦嶺，去一戶人家。院子沒有牆，是栽了一圈多刺的枳籬笆，籬笆外又是一圈蕁麻。我原本拿著棍，準備打狗的，狗是不見，蕁麻上卻有螫毛，被蜇了胳膊，頓時紅腫一片，火燒火燎。主人是老兩口，就坐在上房台階上，似乎我到來前就一直吵著，聽見我哎喲，老婆子說：饃還佔不住你的嘴嗎？順手從門墩上拿起一塊肥皂，在上邊唾幾口，扔了過來。我把肥皂在胳膊上塗抹了一會，疼痛是止了，推開籬笆門走進去。

你把棍扔了，老頭子說，你防著狗，我們也防著你麼。

他留著一撮鬍子，眼睛裡白多黑少，像是一隻老山羊，繼續罵罵咧咧，嘴裡就濺出饃渣來。一隻公雞在他面前的地上啄，啄到腳面上的饃渣子，把腳啄疼了，他踢了一下公雞。

老婆子已經起來從台階下來，她的腿腳趔趄著，再到院角的廚房去，一陣風箱響，端了碗經過院子，再上到上房台階。院子裡的豬槽，捶布石，還有一個竹簍子，沒能絆磕她。她說：沒雞蛋了，喝些牡丹花水吧。

牡丹花水？我以為是用牡丹花煮的水，接過碗，水是白開水。

哦，我笑了一下，說：這裡還有牡丹？

咋沒牡丹，我就是種牡丹的。

老頭子是插了一句，徑自順著牡丹的話頭罵起來。罵這兒地瘦草都生得短，人來得少門前的路也壞了，屋後那十二畝牡丹，全是他早年栽種的。那時產的丹皮能賺錢，比種包穀土豆都划算。包穀是一斤╳毛╳分，土豆是一斤╳毛╳分，怎麼能不栽種牡丹呢？日他媽，他咳出一口痰來，要唾給公雞，卻唾在公雞背上。現在牡丹長得不景氣了，收下的丹皮也賣不了，沒人麼，黃鼠狼不來來誰呀，來了一次，又能來兩次，拉的全是母雞。拉母雞哩，咋不把你也拉去？！

老婆子手在空中打了兩下，好像要把他的話打亂，打亂了就不成話了，是風。她說：水燒開了，翻騰著不就是和牡丹花開了一樣麼，你是城裡來的？

是城裡來的。

我兒也在城裡！

在城裡哪個部門？

老頭子又罵起兒子了，說屁部門，浪蕩哩！五年前還跟著他栽種牡丹賣丹皮哩，這一跑就再沒影了，他腿腳不行了，賣丹皮走不到溝外的鎮子去。日他媽，養兒給城裡養了！

秦嶺深似海，我本是來考察山中修行人的，修行人還沒找到，卻見著了很多這樣的人家。遂想起我在城裡居住的那幢樓上，就有著五六個山裡的孩子合租著一間房子，他們沒有技術，沒有資金，反靠著打些零短工為生，但都穿著廉價的西服，染了黃頭髮，即便只吃泡麵，一定要在城裡。

是樹就長在溝裡麼。老頭子說，要到高處去，你站在房頂了，缺水少土的，就長個瓦松？！

我兒是個菟絲子，糾纏它城裡又咋啦？老婆子說：他說他掙下好日子了，還接咱去城裡哩。

你就聽他謊話吧！

啥樹上的花全都結果啦？有謊花也有結果的花麼。

老兩口就再次吵起來，他們可能是吵慣了，吵起來並不生氣，就那麼你一句我一句，不緊不慢，軟和著嘴。

我站在那裡，先還尷尬著，後來就覺得有趣，我說我會掏錢的，能不能給我做頓飯呢？老婆子說：做啥飯呀？老頭子說：你還能做啥飯？熬碗糊湯，弄個菜吧。老婆子說：弄啥菜？老頭子說：樹上不是有熟菜麼，這你也問我？！

院子裡有兩棵樹，一棵是紫薇，一棵是香椿。老婆子拿了竹竿在夾香椿樹上的嫩芽，嫩芽鐵紅的顏色，倒像是開著的花。我過去幫著撿掉在地上的香椿芽，她嘟囔說：他說我沒生下好兒，種瓜得瓜種豆得豆，那怪地呀？我應該噎住他，剛才倒沒想出來。

卻突然問我：你知道燕麥嗎？

我說：知道呀，麥地裡長的一種草。

她說：那不是草，燕麥也是麥麼。

我說：你是說你兒？

她說：我兒好著哩，燕麥就要長到麥地裡，你越要拔它，它越瘋長哩。

我靠在了紫薇樹上，樹葉都是羽狀，在嘩嘩地響，這樹是想飛的。

吃過了飯，老兩口又開始吵嘴，我離開了繼續往深山去。黃昏時經過另一個村子，也就七八戶人家，村口的一叢慈竹下是座碾盤，碾盤旁站著幾隻狗，而一隻一直坐著，坐著的狗比站著的狗高。

後記

二〇一七年寫《山本》，我說秦嶺是「一條龍脈，橫亙在那裡，提攜了黃河長江，統領著北方南方」。二〇二一年再寫《秦嶺記》，寫畢，我卻不知還能怎麼去說秦嶺：它是神的存在？是中國的象徵？是星位才能分野？是海的另一種形態？它太頂天立地，勢力四方，混沌，磅礴，偉大豐富了，不可理解，沒人能夠把握。秦嶺最好的形容詞就是秦嶺。

《山本》是長篇小說，《秦嶺記》篇幅短，十多萬字，不可說成小說，散文還覺不宜，也有人讀了後以為是筆記體小說。寫時渾然不覺，只意識到這如水一樣，水分離不了，水終究是水，把水寫出來，別人用斗去盛可以是方的，用盆去盛也可以是圓的。

從本年的六月一日動筆，草稿完於八月十六日。我早說過我是「冬蟲夏草」，冬季裡是眠著的蟲，夏季裡草長花開。近八十天裡，不諳世事，閉門謝客，每天完成一章。我笑我自己，生在秦嶺長在秦嶺，不過是秦嶺溝溝岔岔裡的一隻螻蟻，不停地去寫秦嶺，即便有多大的想法，末了也僅僅把自己寫成了秦嶺裡的一棵小樹。

《秦嶺記》分五十七章，每一章都沒有題目，不是不起，而是不願起。但所寫的秦嶺山山水水，人人事事，未敢懈怠、敷衍、輕佻和油滑順溜，努力寫好中國文字的每一個句子。雖然是蚊蟲，落在了獅子的臉上，它是獅子臉上的蚊蟲，絕不肯是螃蟹上市，捆螃蟹的草繩也賣個好價錢。

全書分了三部分。第一部分當然是「秦嶺記」，它是主體。第二部分是「《秦嶺記》外編一」，要說明的是它是舊作，寫於一九九〇年《太白山記》，這次把「記」去掉，避免與書名重複。第三部分是「《秦嶺記》外編二」，還是收錄了二〇〇〇年前後的六篇舊作。可以看出，「《秦嶺記》外編一」雖有二十個單獨章，分別都有題目，但屬於一體，都寫的是秦嶺最高峰太白山世事。也可以看出「《秦嶺記》外編二」裡的六篇，則完全各自獨立。也可以看出，「外編一」寫太白山我在試驗著以實寫虛，固執地把意念的心理的東西用很實的情節寫出來，可那時的文筆文白夾雜，是多麼生澀和彆扭。「外編二」那六篇又是第一人稱，和第一部分、第二部分有些隔。我曾想過能把「外編一」再寫一遍，把「外編二」的敘述角度再改變，後來這念頭取消了。還是保持原來的樣子吧，年輕的臉上長痘，或許難看，卻能看到我的青春和我一步步是怎麼老的。

幾十年過去了，我一直在寫秦嶺。寫它歷史的光榮和苦難，寫它現實的振興和憂患，寫它山水草木和飛禽走獸的形勝，寫它儒釋道加紅色革命的精神。先還是著眼於秦嶺裡的商州，後是放大到整個秦嶺。如果概括一句話，那就是：秦嶺和秦嶺裡的我。

常言，凡成大事以識為主，以才為輔。秦嶺實在是難以識的，面對秦嶺而有所謂識得者，最後都淪為笑柄。有好多朋友總是疑惑我怎麼還在寫，還能寫，是有才華和勤奮，其實道家認為「神滿不思睡，氣滿不思食，精滿不思淫」，我的寫作慾亢盛，正是自己對於秦嶺仍在雲裡霧裡，把可說的東西還沒弄清楚，把不可說的東西也沒表達出來。

呵，呵呵，一年又即將要過去了，明年一定得走出西安城，進秦嶺多待些日子啊。

二〇二一年十月十九日

國家圖書館出版品預行編目（CIP）資料

秦嶺記 / 賈平凹著. -- 初版. -- 臺北市 : 華品文創出版股份有限公司, 2024.12
面； 公分
ISBN 978-626-7614-01-3 (精裝)

857.7 113018475

秦嶺記

作者 賈平凹
書系顧問 朱文鑫
書系主編 楊宗翰
助理編輯 陳鋒哲
總經理 王承惠
財務長 江美慧
印務統籌 張傳財
業務統籌 龍佩旻
行銷總監 王方群
美術設計 不倒翁創意視覺
出版者 華品文創出版股份有限公司
公司地址：100台北市中正區重慶南路一段57號13樓之1
物流地址：221新北市汐止區大同路一段263號9樓
讀者服務專線：(02) 2331-7103
物流服務專線：(02) 2690-2366
http://ccpctw.com
E-mail：service.ccpc@msa.hinet.net
總經銷 大和書報圖書股份有限公司
地址：242新北市新莊區五工五路2號
電話：(02) 8990-2588 傳真：(02) 2299-7900
印刷 卡樂彩色製版印刷有限公司
初版一刷 2024年12月
定價 精裝新台幣580元
ISBN 978-626-7614-01-3

本書言論、圖片文責歸屬作者所有
版權所有 翻印必究（若有缺頁或破損，請寄回更換）